HEYNE
BÜCHER

Das Buch

Die 32-jährige Sandy Pressman ist seit zwölf Jahren mit Norman verheiratet. Gemeinsam haben sie zwei Kinder, sie wohnen in einem großen Haus und leben in geordneten finanziellen Verhältnissen. Eigentlich könnte es ihr also gut gehen. Doch Sandy ist nicht glücklich. Sie leidet unter der Gefühlskälte ihres Mannes. Norman, der es sich noch am Tag ihrer Hochzeit verbeten hat, noch einmal gefragt zu werden, ob er Sandy liebe, interessiert sich mehr für seine Firma als für seine Frau. Inmitten der alltäglichen Haushaltsarbeiten ist es Sandy bisher leicht gefallen, die Zurückweisungen und Unzulänglichkeiten ihrer Ehe zu verdrängen. Doch nun sind Sommerferien und die Kinder sind im Zeltlager. Sandy ist allein und wird sich der ganzen Trostlosigkeit ihres Lebens bewusst. Sie beschließt, aus dieser Langeweile auszubrechen und zu sich selbst zu finden. Davongetragen von sich widersprechenden Gefühlen verlebt Sandy einen Sommer voller verwirrender Leidenschaft …

Die Autorin

Judy Blume wurde 1938 geboren. Sie studierte Pädagogik an der New York University. Zunächst war sie vor allem als Autorin von Kinderbüchern sehr erfolgreich – sie erhielt zahlreiche Preise in diesem Genre – doch inzwischen hat sie sich auch in der Welt der Erwachsenenliteratur etabliert. Der Roman *Sommerschwestern* wurde einer ihrer größten Erfolge. Judy Blume lebt mit ihrer Familie auf Martha's Vineyard, Massachusetts.
Weiter Romane von Judy Blume im Wilhelm Heyne Verlag: *Sommerschwestern* (01/12240) und *Zeit der Gefühle* (01/12244).

JUDY BLUME

ZAUBER DER FREIHEIT

Roman

Aus dem Amerikanischen
von Ira Lanz

Überarbeitete Neuausgabe

WILHELM HEYNE VERLAG
MÜNCHEN

HEYNE ALLGEMEINE REIHE
Nr. 01/13183

Titel der Originalausgabe
WIFEY

Das Buch erschien bereits in der
Allgemeinen Reihe unter dem
Titel »Verlorene Zärtlichkeit«

Umwelthinweis:
Das Buch wurde auf
chlor- und säurefreiem Papier gedruckt.

4. Auflage

Redaktion: Lüra-Service für Verlage
Taschenbuchausgabe 2/2001

Printed in Germany 2001
Umschlagillustration: Tony Stone Images/Russell Kaye
Umschlaggestaltung: Nele Schütz Design, München
Satz: Pinkuin Satz und Datentechnik, Berlin
Druck und Bindung: Elsnerdruck, Berlin

ISBN 3-453-17328-7

http://www.heyne.de

1

Sandy setzte sich im Bett auf und sah auf die Uhr. Viertel vor acht. Verdammt noch mal! Gestern Abend hatte sie zu Norman gesagt, ihr Nachholbedarf sei so groß, dass sie am liebsten den ganzen Tag verschlafen würde. Endlich einmal keine Kinder, keine Forderungen, keine Verantwortung. Aber dieser Lärm. Was war das, ein Lastwagen, ein Bus? Jedenfalls ganz in der Nähe. Und dann plötzlich leere Stille, nachdem der Motor abgestellt worden war. Jetzt würde sie bestimmt nicht mehr einschlafen können. Sie schlüpfte in ihren Morgenmantel, den, den die Kinder ihr zum Muttertag geschenkt hatten.

»Daddy hat ihn ausgesucht«, hatte Jen gesagt. »Gefällt er dir?«

»O ja, er ist wunderschön«, hatte Sandy geantwortet, die das Ding nicht ausstehen konnte. Allein die Vorstellung, dass Norman den gleichen Morgenmantel für sie ausgesucht hatte, den sie seiner und auch ihrer Mutter geschenkt hatte …

Sie tappste durch das Zimmer zum Fenster, rieb sich die Augen, und blies sich die Haare aus dem Gesicht. Sie sah auf das baumbestandene Grundstück hinunter.

Er stand vor dem Holzapfelbaum, die Hände auf den Hüften, als warte er auf sie. Er war mit einem weißen Bettlaken und einem Sternenbannerhelm bekleidet und stand neben einem Motorrad. Was sollte das? Ein Kind, das Halloween spielte? Ein Geist aus der Nachbarschaft? Plötzlich hielt Sandy die Luft an. Er warf das Bettlaken von sich und stand, nackt mit langem, steifem Penis, da. Sandy ließ sich auf die Knie fallen. Sie wagte kaum noch, aus dem Fenster zu schauen. Sie fürchtete sich, aber gleichzeitig war sie fasziniert, nicht von dem Vorgang selbst, sondern von der Art des Vorgehens. So schnell, so schonungslos! Tat es nicht weh? Sie war immer so vorsichtig mit Norman, wollte ihm auf keinen Fall wehtun. Wer war er nur? Was tat er auf ihrem Grundstück? *Neunzehn, zwanzig, einundzwanzig*, zählte Sandy. Sie kam bis siebenundzwanzig, dann ließ er sein Zeug auf ihrem Rasen zurück, sprang dann auf sein Motorrad, trat mit einem Fuß den Anlasser hinunter und ließ den Motor an. Die Maschine wurde abgewürgt. Würde sie den Notruf wählen müssen, aber wie sollte sie das Problem erklären? *Guten Tag, hier spricht Mrs. Pressman ... da ist ein ... verstehen Sie ... nun ja ... jedenfalls ... und er hat Ärger mit seinem Motorrad ...* Doch da sprang der Motor an, und der Fahrer raste die Straße hinunter, nur mit dem Sternenbannerhelm bekleidet.

Zuerst rief sie Norman in der Firma an und er fragte: »Hat es Furchen im Rasen hinterlassen?«

»Was?«

»Das Motorrad. Hat es Furchen im Rasen hinterlassen?«

»Weiß ich nicht.«

»Dann geh und sieh nach.«

»Jetzt?«

»Ja, ich bleibe dran.«

Sandy legte den Hörer hin und lief hinaus.

»Ja, es sind Furchen im Rasen«, teilte sie Norman mit. »Zwei.«

»Okay. Du rufst jetzt Rufano an und sagst ihm, dass er sich darum kümmern soll.«

»Gut. Rufano«, wiederholte sie, während sie es notierte. »Soll er nachpflanzen oder was?«

»Das kann ich doch nicht sagen. Schließlich bin ich nicht da, oder? Er soll es entscheiden, er ist der Fachmann.«

»Aber es lohnt sich doch nicht, Geld in den Rasen zu stecken, wenn wir ohnehin ausziehen, oder?«

»Wir haben das Haus noch nicht verkauft. Es wäre etwas anderes, wenn wir es bereits verkauft hätten.«

»Norm ...«

»Was ist?«

»Ich fürchte mich ein bisschen.«

»Ich rufe die Polizei an, sobald wir eingehängt haben.«

»Ich bin nicht angezogen.«

»Dann zieh dich an.«

»Kommst du nach Hause?«

»Das geht nicht, Sandy. Ich stecke bis zum Hals in Arbeit.«

»Ach so.«

»Dann bis heute Abend.«

»Ist gut.«

Sandy duschte, zog sich an und wartete auf die Polizei.

»Okay, Mrs. Pressman, fangen wir noch mal von vorn an.« Sie hatte mindestens Columbo erwartet. Stattdessen kam Hubanski. Er war groß und dünn, ihm fehlte ein Zahn und sein Bein juckte. Er saß auf dem Sofa und kratzte sich über seinem schwarzen Fesselsöckchen. Beste Ware aus New Jersey.

»Mein Mann hat Ihnen doch die ganze Geschichte schon erzählt, oder etwa nicht?«

»Mhm.«

Er zog sein Notizbuch aus der Tasche und ließ seinen Kugelschreiber über das Papier gleiten. »Scheint heute nicht so recht zu wollen.«

»Probieren Sie es mal mit Pusten«, schlug Sandy vor. »Manchmal hilft das.«

Hubanski versuchte es. »Nee, nichts zu wollen.«

»Moment.« Sandy ging in die Küche und brachte ihm einen anderen Stift. »Probieren Sie es mal mit dem.«

»Danke«, sagte er. Er schrieb seinen Namen in Druckbuchstaben.

Sandy setzte sich auf das kleine Zweiersofa ihm gegenüber und zog ihre Beine unter sich.

»Okay, und jetzt will ich das Ganze noch mal von Ihnen hören, Mrs. Pressman. Sie sagen, es war Viertel nach acht?«

»Nein, Viertel vor.«

»Sind Sie sich da ganz sicher?«

»Ja, absolut, weil ich sofort auf die Uhr geschaut habe, als ich wach geworden bin.«

»Und der Lärm, der Sie geweckt hat, klang nach einem Motorrad?«

»Na ja, zu dem Zeitpunkt wusste ich noch nicht, dass es ein Motorrad ist. Ich wusste nur, dass es ein Motor war, und deshalb bin ich zum Fenster gegangen.«

»Wir müssen in dieser Hinsicht ganz sichergehen, Mrs. Pressman.«

»Ich habe aus dem Fenster geschaut und da stand er«, sagte Sandy. »Es ist ganz einfach.«

»Er hat nicht vorher geklingelt oder so was?«

»Warum hätte er das tun sollen?«

»Ich versuche nur, einen genauen Bericht aufzunehmen, Mrs. Pressman. Verstehen Sie, das fällt nicht gerade unter die üblichen Beschwerden, die täglich bei uns einlaufen. Lassen Sie sich also ruhig Zeit und erzählen Sie es mir noch einmal.«

»Er hatte ein Bettlaken umgehängt und er hat zu mir raufgeschaut.«

.»Sehen Sie, das hier ist der entscheidende Teil, Mrs. Pressman, und ich will ganz sichergehen, dass ich alles richtig verstanden habe. Sie sagen also, dass dieser Kerl auf einem Motorrad vorfährt.«

»Ja.«

»Und er ist in ein Laken gehüllt.«

»Stimmt.«

»Ein ganz normales, einfaches Bettlaken?«

»Ja, uni weiß, Krankenhausware.«

»Okay, ich sehe es vor mir. Machen wir also hier weiter, Mrs. Pressman. Sie sehen also von Ihrem Schlafzimmerfenster aus runter und er schaut rauf. Ist das soweit richtig?«

»Ausgezeichnet. Sie machen Ihre Sache gut.«

»Sehen Sie, Mrs. Pressman, vielleicht glauben Sie mir das nicht, aber für mich ist das auch kein Zuckerschlecken.«

»Entschuldigung.«

»Okay, er zieht also das Laken runter.«

»Stimmt.«

»Und er ist splitternackt.«

»Ja, bis auf seinen Helm ... mit dem Sternenbanner ...«

»Ja, das habe ich schon notiert. Also, fahren Sie fort.«

»Na ja, und dann hat er masturbiert. Und das war es eigentlich auch schon.«

»Sie sagen *eigentlich.* War sonst noch etwas?«

»Nein. Er ist auf sein Motorrad gestiegen und weggefahren. Das ist alles.«

»Nackt?«

»Ja, das habe ich Ihnen doch schon gesagt.«

»Und wo ist dann das Bettlaken, Mrs. Pressman?« Hubanski hob die Hand und zum ersten Mal zeigte sich auf seinem Gesicht die Andeutung eines Lächelns.

»Das weiß ich nicht.«

»Sie haben es nicht aufgehoben, als Sie rausgegangen sind, um sich den Rasen anzusehen?«

»Nein.«

»Sie haben aber auch nicht gesehen, wie er es aufgehoben hat?«

»Nein, aber das kann er durchaus getan haben. Ich war zu dem Zeitpunkt schließlich ziemlich außer mir. Kann sein, dass ich das nicht gesehen habe.«

»Was mir nicht klar ist, Mrs. Pressman, ist Folgendes: Wie kommt es, dass Sie sich das alles angesehen haben? Ich meine, Sie hätten uns doch gleich anrufen können. Vielleicht wären wir noch rechtzeitig hier gewesen.«

»Ich nehme an, ich war einfach zu erschrocken. Ich weiß es nicht genau.«

»Können Sie uns etwas zum Fabrikat des Motorrads sagen?«

»Es war verchromt.«

»Jetzt kommen Sie schon, Mrs. Pressman. Sie können uns bestimmt mehr sagen. War es ein neues Modell, eins von 1970? Oder würden Sie sagen, dass es fünf bis zehn Jahre alt war?«

»Ich weiß es nicht. Für mich sehen die Dinger alle gleich aus.«

Hubanski drückte auf den Kugelschreiber, stand auf und reichte ihn Sandy.

»Behalten Sie ihn«, sagte sie. »Sie können ihn sicher noch gebrauchen.«

»Danke. Sagen Sie, was ist mit dem Hund? Ihr Mann hat gesagt, dass Sie einen Hund haben.«

»Ja, das stimmt, einen winzigen Schnauzer. Banushka. Aber der Hund hat das Ganze verschlafen.«

»Und Sie sind sicher, dass es ein Weißer war?«

»Wer?«

»Der Kerl – der Exhibitionist.«

»Ach der, ja.«

»Mischlinge können nämlich auch fast weiß aussehen.«

»Nein, er war weiß. Wie Sie.«

Er seufzte. »Nun ja, viele Anhaltspunkte haben Sie mir nicht gerade gegeben, Mrs. Pressman.«

»Tut mir Leid.«

»Hören Sie, wenn Ihnen noch etwas einfällt, ganz gleich, wie unbedeutend es Ihnen auch erscheinen mag, dann rufen Sie mich an, okay? Ich werde in der Zwischenzeit mein Bestes tun.«

»Mehr kann man wirklich nicht verlangen, Sergeant ...« Sandy unterbrach sich. Wie, zum Teufel, hieß er doch gleich?

»Hubanski. U-ban-ski. Das H ist stumm.«

»Ich werde es mir merken. Auf Wiedersehen ... und vielen Dank.«

Während Hubanski die Treppe hinunterging, rief Sandy ihm nach: »Ach, Sergeant?«

Er drehte sich um. »Ja?«

»Mir ist gerade noch etwas eingefallen ... er war Linkshänder.«

»Hubanski hat mir nicht geglaubt«, sagte sie am Abend bei ›Hühnchen pikant‹ zu Norman. Sie war wirklich sauer.

»Es ist aber auch wirklich eine unglaubliche Geschichte, Sandy.«

»Glaubst du etwa, das weiß ich nicht?«

»Wie kommt es, dass es heute Hühnchen gibt? Heute ist Montag und Hühnchen gibt es immer mittwochs.«

»Es gibt keinen besonderen Grund. Ich habe einfach nur das Erste aufgetaut, was mir in die Finger gekommen ist, als ich die Gefriertruhe aufgemacht habe. Außerdem macht das doch keinen Unterschied, solange die Kinder weg sind.«

»Der Unterschied ist der, dass ich mittwochs mit Hühnchen rechne, genauso, wie ich mich donnerstags auf Braten und dienstags auf irgendein Hackfleischgericht verlasse. Ich habe zum Mittagessen Hühnersalat gehabt.«

»Oh, das tut mir Leid.«

»Hast du das Rezept von deiner Schwester?«

»Nein, es ist aus *Raffiniert, aber leicht.*«

»Nicht schlecht. Trotzdem hättest du es vorher anbraten sollen.«

»Hühnchen lassen sich so schlecht anbraten. Deshalb habe ich es nach diesem Rezept zubereitet, weil man es vorher nicht anbräunen muss.«

»Es würde aber appetitlicher aussehen.«

»Dann mach doch die Augen zu.«

»Ich habe dir doch nur einen Vorschlag gemacht, San. Du brauchst nicht gleich so empfindlich zu sein.«

»Wer ist hier empfindlich?«

Norman setzte seine Brille ab und putzte sie mit seiner Serviette. »Ich glaube, was dir fehlt, sind neue Interessen, gerade jetzt. Die Kinder sind schließlich den ganzen Sommer über fort.«

»Ich habe jede Menge zu tun. Wir haben das neue Haus und außerdem habe ich vor, viel zu lesen. Ich nehme mir die Klassiker vor. Das habe ich dir doch schon gesagt.«

»Du solltest öfter aus dem Haus gehen, unter Leute kommen«, sagte Norman.

»Ich brauche nicht ständig andere Leute.«

»Dir mangelt es an Selbstvertrauen.«

»Was soll denn das heißen?«

»Ich versuche doch nur, dir zu helfen. Wenn du nur auf mich hören würdest!«

»Möchtest du noch Reis?«

»Ja, bitte. Ich glaube, der Club wäre eine gute Idee, San.«

»Oh, bitte, Norman, fang nicht wieder davon an.«

»Ich dachte, wir hätten uns darauf geeinigt, dass du es

noch einmal versuchst, wenn die Kinder aus dem Haus sind.«

»Sieh mal, als du beigetreten bist, habe ich dir doch gesagt, dass das nicht mein Fall ist … dass ich nichts damit zu tun haben will. Also erwarte nicht von mir … bitte mich nicht darum …« Sie stand auf, um das Geschirr abzuräumen.

»Sieh dir doch deine Schwester an«, sagte Norman.

»Das tust du doch schon.«

»Vier Jahre älter als du.«

»Dreieinhalb, aber wer nimmt das schon so genau?«

»Sie liebt den Club. Sie lebt praktisch dort.«

»Sie war schon immer die Sportlerin in unserer Familie.«

»Braun und stramm und in Hochform.«

»Ich bin in der achten Klasse im Turnen durchgefallen, wusstest du das nicht?« Sandy stellte einen Teller mit Plätzchen auf den Tisch und zwei Tassen kaltes Wasser mit Teebeuteln in den neuen Mikrowellenherd.

»Du gehst nicht mehr in die achte Klasse, Sandy.« Er biss eins der Plätzchen an. »Pepperidge Farm?«

»Nein, Keeblers.« Der Mikrowellenherd surrte und Sandy trug die Teetassen zum Tisch. »Myra hatte während der gesamten Schulzeit Einser im Turnen. Sie hat Urkunden gewonnen. Sie hat bei der Organisation sämtlicher Sportveranstaltungen mitgemacht!«

»Du solltest lernen, mehr mit dem Mikrowellenherd anzufangen, als nur Wasser darin zu erhitzen.«

»Ich kann solche Apparate nicht ausstehen.«

»Weil es dir an Selbstvertrauen mangelt.«

»Was hat Selbstvertrauen mit Mikrowellen zu tun?«

»Was haben technische Geräte damit zu tun?«

»Ich habe das mit dem Club ausprobiert, Norm. Ich habe zwei Golfstunden und zwei Tennisstunden genommen und ich war miserabel. Ich bin für so was einfach nicht geeignet, ich kann's nicht.«

»Komm mir nicht mit diesem Blödsinn, Sandy. Du könntest so gut wie die meisten Mädchen sein, wenn du dir Mühe geben würdest.« Norman nahm sich noch ein Plätzchen. »Warum lässt du dir nicht die Haare machen … kaufst dir was Neues zum Anziehen … du hast doch ganz toll ausgesehen.«

»Meine Güte, du sagst das so wie meine Mutter.«

»Sie hat es also auch gemerkt?«

»Ich war krank, Norm!«

»Das ist Monate her. Das ist doch heute keine Entschuldigung mehr.«

Sandy ging zum Spülbecken und drehte den Wasserhahn auf.

»Ich werde wohl mal mit Banushka spazieren gehen«, sagte Norman.

»Mach doch!«

»Oh, San, um Himmels willen.« Er wollte sie in den Arm nehmen, aber sie stieß ihn von sich. »Du bist seit einer Weile so verdammt empfindlich«, sagte er. »Ich kann überhaupt nicht mehr mit dir reden.«

Nicht mehr?, dachte Sandy. Aber sie sprach es nicht aus.

Als die Haustür ins Schloss fiel, griff sie nach einem Teller und schleuderte ihn durch die Küche. Er zersplitterte in winzige Scherben und sie fühlte sich besser.

2

Okay. Sie sah also nicht gerade besonders gut aus. Aber das war doch schließlich nicht ihre Schuld, oder? Sie hatte zwei harte Monate hinter sich und begann gerade erst wieder, sich gesund zu fühlen. Nach einer solchen Krankheit konnte es ein Jahr dauern, bis sich alles wieder normalisiert hatte. Und es war noch kein Jahr her. Es hatte letztes Jahr an Halloween angefangen, im Supermarkt. Ihr war an der Kasse schlecht geworden und der Kassierer hatte sie zur Damentoilette gebracht. Sie dachte, sie würde ohnmächtig werden, doch als sie auf dem Boden lag, fühlte sie sich gleich besser. Der Manager hatte ihre Einkäufe zum Wagen getragen und ihr sogar angeboten, sie nach Hause zu fahren, doch sie hatte ihm versichert, dass sie sich wieder wohl fühlte, dass ihr nur wegen der Hitze in dem Laden in Verbindung mit ihrer schweren Jacke schwindlig geworden war. Es war einfach zu warm für Oktober.

Auf der Heimfahrt war eine Welle von Übelkeit über sie hereingebrochen, begleitet von heftigem Kopfschmerz. Sie war an den Straßenrand gefahren und hatte sich ganz so gefühlt wie vor Jahren, als sie an Pfeifferschem Drüsenfieber erkrankt war. Nach wenigen Minuten war auch das vorübergegangen und sie hatte nach Hause fahren können. Jen hatte sie an der Tür begrüßt: »Oh, Mom, du siehst ja ganz süß aus mit der Halloween-Schminke im Gesicht.«

»Welche Schminke?«

»Die kleinen Herzchen.«

Sandy war zum Spiegel gelaufen. Gütiger Gott, sie hatte wirklich kleine herzförmige Male um die Augen und auf den Wangen.

William R. Ackerman, Dr. med., spezialisiert auf innere Medizin, besonders auf Erkrankungen der Leber, hatte sie am Spätnachmittag untersucht. Inzwischen waren die herzförmigen Male verschwunden. »Scharlach«, hatte der Arzt gesagt und er hatte ihren Zustand mit Buckys gerade ausgeheilten Streptokokken in Verbindung gebracht. Dann hatte er einen Abstrich aus der Kehle entnommen und Penicillin verschrieben: dreimal täglich eine Kapsel.

Im Laufe einer Woche hatte sich ihr Zustand soweit gebessert, dass sie ihren Verpflichtungen gegenüber der Familie wieder nachgehen konnte, wenn sie sich auch nicht gerade großartig fühlte. Zehn Tage später ging es wieder los, diesmal aber schlimmer. Vierzigzwei Fieber, Schmerzen und Stiche in den Gelenken, ein seltsamer Ausschlag, der plötzlich ihren ganzen Körper bedeckte; wie Nesselausschlag auf den Armen, wie Masern auf dem Bauch, Pusteln auf ihrem geschwollenen Gesicht. Sie wollte nur noch schlafen.

Sie nahm das tägliche Geschehen nur noch am Rande wahr. Spürte es, ohne sich etwas daraus zu machen. »Wird Mom sterben?«, fragten die Kinder in demselben beiläufigen Tonfall wie: *Geht Mom einkaufen?* Normans Zorn entging ihr nicht. Sie hatte noch nie verstehen können, warum er so wütend war, wenn sie oder die Kinder krank waren, wenn das Leben nicht planmäßig verlief, als sei alles ihre Schuld. Auch ihre Mutter nahm sie wahr, die Norman geholt hatte, damit sie sich um alles kümmerte, denn in elfeinhalb Jahren Ehe hatte er nie auch nur einen Tag nicht gearbeitet oder auch nur ein Golf- oder Tennisspiel ausfallen lassen. »Oh, mein Gott, mein Gott«, hatte Mona ausgerufen. »Mein kleines Mädchen, Sandy, mein Liebling.«

Diesmal hatte Dr. Ackerman am Fußende von Sandys Bett gestanden. Nicht etwa, weil er Hausbesuche machte, sondern weil Sonntag war und er schräg gegenüber wohnte. Daher war es bequemer für ihn, sie zu Hause aufzusuchen, als quer durch die Stadt zu seiner Praxis zu fahren. Dort stand er, sah auf sie hinunter und zählte die Möglichkeiten an seinen Fingern ab. »… es könnte aber auch Brustkrebs sein oder Lepra, Leukämie oder eine heftige allergische Reaktion.«

Sandy schloss die Augen. Sie wollte nichts mehr hören. *Bitte, Gott, lass es nicht Lepra sein,* betete sie.

»Ich denke, wir sollten an der Theorie einer allergischen Reaktion festhalten und sie gleich mit Cortison behandeln«, sagte Dr. Ackerman.

»Aber was genau hat sie eigentlich?«, hatte Norman gedrängt.

»Hautausschlag. Entkräftend, aber nicht tödlich.«

Diesmal würde sie also nicht sterben.

»Es muss doch irgendetwas geben, was sie tun kann, um gegen diese Krankheiten vorzubeugen«, sagte Norman. »Vitamine essen oder sonst etwas. Ich habe keine Zeit für diese ganzen Geschichten.«

Später, als der Arzt gegangen war, schlug sie die Augen auf und blickte in Normans Nikon. »Was tust du da?«

»Nur ein paar Aufnahmen«, hatte Norman zu ihr gesagt.

»Aber, Norm …«

»Nur für den Notfall.«

»Für welchen Notfall?«

»Medizinische Fehlbehandlung, man kann ja nie wissen.«

Norman las das *AMA Journal* andächtig, ungewöhnlich für einen Mann, der sich beruflich mit chemischer Reinigung befasste. Hatte er eigentlich Arzt werden wollen? Oder war sein morbides Interesse an Medizin auf Sandys physische Probleme zurückzuführen? Dr. Ackerman hatte einmal zu ihr gesagt, sie sei die gesündeste *Kranke,* die er je behandelt habe. Gesund insofern, als ihr allgemein nichts fehlte. Man hatte sie immer wieder untersucht. Alles war soweit in Ordnung, wenngleich Dr. Ackerman auch einmal den Verdacht gehegt hatte, ihr Magen sei in ihrem Brustkasten, weil er beim Abhorchen ihrer Herztöne ein Gurgeln vernommen hatte. Keine Krankheit, hatte er tröstlich zu ihr gesagt, sondern ein Umstand, über den *wir* etwas wissen sollten, für *unsere* Akten. Er hatte sie zu einem Radiologen geschickt, der ihr ein großes Glas Barium mit Zitronengeschmack vorgesetzt hatte. Doch die Röntgenstrahlen hatten nur bewiesen, dass ihr Magen genau dort saß, wo er sitzen sollte.

Camille hatte Tante Lottie sie als Kind genannt. Doch Mona hatte gesagt: »Es ist nicht ihre Schuld, dass sie keine Abwehrkräfte hat!«

Ihre erste richtige Krankheit hatte sie mit zehn gehabt. Blasenentzündung. Es hatte beim Pinkeln gebrannt. Wie gemütlich, wie warm und sicher, sich im Bett zu verkriechen, während ihre Mutter sich um sie kümmerte! Mona war eine etwas nervöse, aber freundliche Krankenschwester, die Sandy jeden Wunsch erfüllte. In den ersten Tagen war sie zu krank gewesen, um etwas anderes zu tun, als nur einfach dazuliegen und vor sich hin zu dösen. Mona hatte ihr die grässliche Medizin mit dem Schokoladenaroma eingeflößt, die der Arzt verschrieben hatte, und als der Labortechniker zu ihr nach Hause kam, um eine Blutprobe zu entnehmen, hatte Sandy sich übergeben und die Medizin über den Techniker gekotzt. Mona war schrecklich verlegen gewesen. »Warum hast du nicht nach dem Eimer gefragt?«

»Es kam ganz plötzlich«, hatte Sandy gesagt. »Es tut mir Leid.«

Damals hatte sie zwei Wochen im Bett gelegen, sich im Radio Soap Operas angehört, Ausschneidebögen von Filmschauspielern ausgeschnitten, spannende Geschichten von Nancy Drew gelesen und geübt, ihre Zunge zu Tunneln zu rollen. Das hatte sie im Sprachunterricht in der Schule gelernt, bis Mona eines Tages in die Schule gelaufen war, um Sandys Befreiung vom Unterricht zu fordern, denn »An der Sprache meiner Tochter ist nichts auszusetzen.«

»Es geht um ihre ing-Endungen«, hatte Miss Tobias erklärt.

»Ihre ing-Endungen sind ebenso gut wie Ihre eigenen ing-Endungen, wenn nicht sogar besser«, hatte Mona argumentiert. Und sogar mit Erfolg.

All dem war ein dreijähriger Kampf gegen die Neurodermitis gefolgt. Alle anderen in ihrer Klasse hatten die gute, alte Akne, doch Sandy litt an Ekzemen, die sich großflächig auf ihrem Körper ausbreiteten, und sie musste mit weißen Baumwollhandschuhen schlafen, damit sie sich die Haut nicht aufriss, wenn sie sich nachts kratzte. In den folgenden Jahren wurde sie wegen ihrer Ohnmachtsanfälle auf Diabetes untersucht, jedoch mit negativem Ergebnis. Dann heiratete sie Norman und die Ehe brachte eine nie endende Parade von körperlichen Beschwerden mit sich: immer wieder auftretendes Halsweh, die verschiedensten Viruserkrankungen, Magenschmerzen, ein Überbein im rechten Handgelenk, Warzen an den Fußsohlen, und all das mit zwei Kindern, die ihre geringen Abwehrkräfte geerbt hatten und jeden erdenklichen Bazillus mit nach Hause brachten, und sowie sie sie gesund gepflegt hatte, brach die jeweilige Krankheit bei ihr aus. Aber diese Erytheme waren die erschreckendste, aber gleichzeitig auch die exotischste Krankheit bisher.

Sandy reagierte ohne Nebenwirkungen auf die Cortisonbehandlung. »Glück gehabt, Mädchen«, hatte Dr. Ackerman gesagt und im Lauf von zwei Wochen waren sämtliche Symptome verschwunden. Sie war zehn Pfund leichter, ausgelaugt und sah wirklich schlecht aus. In den Weihnachtsferien waren sie nach Jamaika geflogen. Myra und Gordon hatten darauf bestanden. »Schau dich doch an«, hatte Myra gesagt. »Ein Vogel könnte dich umpusten. Was du brauchst, ist Sonne, noch mal Sonne und Ruhe. Und außerdem kann Gordon nach dir sehen, wenn es Schwierigkeiten gibt.«

»Gordon ist Gynäkologe«, hatte Sandy gesagt. »Meine Probleme sind nicht gynäkologisch.«

»Glaubst du, bloß weil er Gynäkologe ist, kennt er sich nur mit Muschis aus? Ich sorge dafür, dass er mit Bill Ackerman spricht. *Er* wird entscheiden, was das Beste für dich ist.«

Und Dr. Ackerman hatte seinen Segen gegeben.

Sie waren gemeinsam nach Montego Bay geflogen. Myra, Gordon und ihre Töchter, die Zwillinge; Sandy, Norman, Bucky und Jen. »Gott gebe, dass dieses Flugzeug nicht abstürzt«, hatte Mona beim Abschied gesagt. »Sonst schlucke ich Tabletten … oder vielleicht lieber Gas … mein ganzes Leben ist an Bord!«

»Du solltest mitkommen«, hatte Myra gesagt.

»Ich fliege nicht, Punkt aus«, hatte Mona geantwortet. Und dann hatte sie ihre Geschichte mit den Tabletten oder dem Gas dem Mann am Flugschalter erzählt. Er hatte gelächelt und gesagt: »Kein Problem.« Womit gab es keine Probleme? Mit den Tabletten? Mit dem Flugzeug? Sandy hatte jedes Wort buchstäblich aufgefasst. Mit dem Fliegen war schließlich nicht zu spaßen.

Es machte sie nervös, doch sie spielte den Kindern gegenüber die Gelassene. *Seht mal, wie tapfer Mommy ist.* Sobald sie an Bord waren, betete sie jede halbe Stunde und nichts entging ihr: merkwürdige Geräusche, Gerüche, flackernde Lichter, Rufe nach den Stewardessen, verdächtig wirkende Gestalten, die durchaus Bomben im Gepäck haben konnten. Und während der Starts und Landungen griff sie immer nach Normans Hand und drückte sie so fest sie konnte. Einmal hatte er sich eine Infektion geholt, weil ihr Fingernagel seine Haut geritzt hatte.

Ihre älteste und liebste Freundin Lisbeth, eine Psychologin, hatte Sandy dieses Verhalten als ihren Drang erklärt, über ihr eigenes Schicksal zu bestimmen. »Wenn du der Pilot wärst«, hatte sie gesagt, »würdest du dich nicht fürchten. Eigentlich solltest du wirklich Flugstunden nehmen.«

»Sicher doch«, hatte Sandy geantwortet. »Als ob das Autofahren mir noch nicht genug Schwierigkeiten machen würde. Ich kann bis heute nicht rückwärts in eine Parklücke fahren.«

»Und mit deiner Angst vor Gewittern ist es dasselbe. Du hast keine Kontrolle über die Natur.«

»Wer hat das denn?«

»Niemand, aber die meisten Menschen akzeptieren das.«

»Deine Erklärung ist sehr vernünftig, aber es hilft mir doch nicht weiter, wenn ich es akzeptiere.«

»Du musst darum kämpfen, deine Ängste zu überwinden. Glaub mir, ich weiß es.«

Sandy wollte ihre Ängste überwinden, sie war bereit, zu kämpfen, aber nicht gerade auf diesem Flug. Sie hatte nicht die Kraft, etwas Neues auszuprobieren.

Sie waren sicher gelandet, fünf Minuten zu früh, und am Flughafen wurden sie von einer Steelband empfangen und bekamen zur Begrüßung Daiquiris serviert. Myra hatte Fleisch im Wert von dreihundert Dollar in ihrem Koffer transportiert, das von ihrem Metzger in South Orange verpackt und mit Trockeneis eingefroren worden war. Sie hatte sich mit dem zuständigen Zollbeamten vor dem Schalter von Air Jamaica verabredet, aber er war bisher nicht aufgetaucht. Ohne ihn würde das Fleisch beschlagnahmt werden. Sandy trank zwei weitere Daiquiris, während Myra hektisch in dem Flughafengebäude umherlief und den Mann suchte. Bucky und Jen, denen heiß und langweilig war, spielten Haschen. Die Zwillinge, die so missmutig waren wie immer, klagten über die fehlende Klimaanlage und fächerten sich mit Zeitschriften kühle Luft zu.

Nach einer Stunde war klar, dass der Beamte nicht erscheinen würde, und sie stellten sich in der Schlange an, um durch den Zoll zu gehen. »Diese Schufte!«, zischte Myra. »Das ist doch nicht gerecht. Man macht uns Schwierigkeiten und dabei sind wir doch diejenigen, die das Geld ins Land bringen ...«

»Nur die Ruhe, gnädige Frau«, sagte der Zollbeamte. »Sie haben drei Tage Zeit, Ihr Fleisch abzuholen, ehe wir es beschlagnahmen.«

»Und ich soll Ihnen wohl glauben, dass das Fleisch drei Tage lang gefroren bleibt?«

»Na klar ... Sie kommen mit dem Kollegen ... Sie nehmen das Fleisch mit nach Hause.«

»Sie erwarten tatsächlich von mir, dass ich einen ganzen Urlaubstag opfere, um wieder hierher zu kommen?«

»Ja, das ist Vorschrift.«

»Oh, dieses Volk!« Myra schüttelte den Kopf. »Kein Wunder, dass es so ist, wie es ist ... Sie glauben ...« Sie drohte ihm mit dem Finger. »Eines Tages werden Sie es schon merken!«

»Ja, gnädige Frau.«

Myra ging wütend davon. Ihre goldenen Armbänder klimperten, Ketten flogen nach allen Richtungen. Waren es wirklich Schweißflecken, die sich unter den Ärmeln ihrer beigen Seidenbluse bildeten? Sandy hatte Myra noch nie schwitzen sehen.

Der Wagen wartete auf sie, doch selbst in dem Buick Rancho war es stickig. Jen fischte einen Wollfaden aus ihrer Tasche und spielte allein Fadenabheben, während Bucky die restlichen Schokoladenplätzchen verputzte, die inzwischen geschmolzen waren. Connie und Kate schliefen sofort ein. Auch Sandy konnte nur mit Mühe die Augen offen halten. Sie brauchten eineinhalb Stunden zur Runaway Bay. Wenigstens wurde keinem der Kinder mehr beim Fahren übel.

Myra und Gordon hatten sich in diese Gegend verliebt und vor achtzehn Monaten das Haus gekauft. Komplett möbliert, mit vier Dienstboten und sogar einen Namen hatte es bereits. Sandy hatte viele Bilder von dem Haus gesehen, doch selbst die Fotos hatten sie nicht auf La Carousella vorbereitet. Der Name deutete es bereits an: Das Haus war rund. In der Mitte lag unter freiem Himmel ein Swimmingpool. Um den Pool herum lagen vier große Schlafzimmer und ein riesiges Wohnzimmer mit Wänden aus Glas, von dem aus man auf den Golfplatz sah und auf ein weiteres Gebäude, in dem das Personal untergebracht war. Daneben lag ein brandneuer Tennisplatz mit angrenzender strohgedeckter Bar.

»Hollywood ...«, sang Myra und tanzte um den Pool herum.

»Mutter, bitte!«, riefen ihre Töchter.

»Kann ich mich denn nicht mal über mein eigenes Haus freuen? Was hältst du davon, San?«

»Ich kann gar nicht ... es ist ... Ich bin sprachlos.«

»Dürfen wir schwimmen gehen, Tante Myra?«, fragte Bucky.

»Ja, zieht nur eure Badesachen an. Los, wir ziehen uns alle um! Wer als letzter fertig ist, ist ein faules Ei.«

Sandy, die von der Reise erschöpft war, sagte: »Ich glaube, ich ruhe mich erst etwas aus.« Sie schlief bis zum nächsten Morgen.

3

Sie war sicher, dass sie sich bis zum nächsten Halloween wieder vollständig erholt haben würde. Vielleicht würde sie die Kinder sogar ermutigen, ein Kostümfest zu geben, denn das wäre eine günstige Gelegenheit für sie, neue Freunde zu finden, wenn sie umgezogen waren. Daran dachte Sandy, während sie die Scherben zusammenkehrte. Sie räumte die Küche auf, schaltete den Fernseher für den Montagabendfilm ein und fragte sich, wie es Bucky und Jen im Ferienlager gehen mochte, als Norman mit Banushka hereinkam. »Dreimal groß und zweimal klein«, sagte er. »Würdest du es in die Tabelle eintragen, San? Ich habe noch einen wichtigen Anruf zu erledigen.«

Sandy wartete, bis der erste Werbespot kam. Dann ging sie in die Küche und trug Striche auf Banushkas Tabelle ein. Diese Tabelle war Normans Idee gewesen. Er hatte jedes Beinheben und jeden Haufen des Hundes aufgezeichnet, seit sie ihn vor vier Jahren aus dem Tierheim geholt hatten. Als die Kinder geboren wurden, hatte Norman darauf bestanden, dass Sandy auch für sie solche Tabellen anlegte. Sorgsame Aufzeichnungen ihrer Temperatur und der Regungen ihrer Eingeweide mit den entsprechenden Beschreibungen sollte sie anfertigen. Seine Mutter Enid hatte es genau so gemacht, als er ein kleiner Junge war. Sandy hatte die Tabellen der Kinder vor drei Jahren weggeworfen, als Buck acht war und sieben Darmbetätigungen pro Tag verzeichnet hatte. Sie hatte ihm eine große Dosis Kohletabletten gegeben, ehe sie herausgefunden hatte, dass Bucky nur einen Witz gemacht hatte. Norman hatte ihr das nie verziehen. Er und Enid diskutierten detailliert über ihre Darmtätigkeit und ihre Badezimmerschränke waren mit Klistierspritzen ausgestattet, nur für den Fall, dass …

Als sie zu Bett gingen, schwiegen sie. Sandy putzte sich die Zähne mit Crest und spuckte blaue Flüssigkeit in ihr Waschbecken. Norman benutzte Colgate, wie er es sein Leben lang getan hatte. Er ging in einer gestreiften, bügelfreien, kurzen Schlafanzughose in sein Bett und Sandy legte sich in einem pfirsichfarbenen Babydoll in das ihre. Sie hatte ihre Haare hoch gesteckt, weil sie in letzter Zeit im Schlaf schwitzte und die Haarsträhnen, die an den Seiten ihres Gesichts klebten, einen akneartigen Hautausschlag hervorriefen. Als sei sie mit zweiunddreißig wieder in der Pubertät! Norman drehte ihr den Rücken zu und sie ihm den ihren.

Sandy zitterte und rollte sich zu einer Kugel zusammen. Sie zog sich die Decke über den Kopf. Norman sorgte dafür, dass im Haus Kühlschranktemperatur herrschte, und die Klimaanlage war immer zu hoch eingestellt. Doch er fror nie. Er hatte Körperwärme. So nannte er es, aber das half Sandy auch nicht weiter. Er mochte es nicht, wenn sie dicht nebeneinander schliefen, und so hatten sie zwei Einzelbetten, die ein gemeinsames Kopfende hatten und morgens sehr schwer zu machen waren, aber weshalb sollte sie klagen? Schließlich machte meistens Florenzia die Betten.

Normans Bett, mit kühlen, gestreiften Laken, wurde zweimal wöchentlich frisch bezogen. Nicht, dass er nicht gern täglich frisches Bettzeug gehabt hätte, aber sogar er sah ein, dass dies ein unvernünftiges Ansinnen war. In Sandys Bett taten sie *es*, wenn sie ihre Periode nicht hatte, einmal wöchentlich, immer samstagabends. Sie vögelten in ihrem Bett, und anschließend ging Norman ins Bad, um sich die Hände und den Penis zu waschen. Sandy fühlte sich jedes Mal schmutzig und schämte sich. Dann kletterte er in sein eigenes Bett, in seine sauberen, kühlen Laken, und innerhalb von Sekunden schlief er ein, ohne sich je herumzuwälzen oder zu seufzen. Nie hatte er das Bedürfnis, ihre Hand zu halten, sich an sie zu kuscheln oder leise mit ihr zu lachen. Drei bis fünf Minuten vom Anfang bis zum Ende. Sie wusste es. Sie hatte oft genug auf die Digitaluhr auf dem Nachttisch geschaut. Drei bis fünf Minuten. Dann sagte er: »Sehr schön. Hast du dein Dessert bekommen?«

»Ja, danke, der Nachtisch hat geschmeckt.«

»Ja, dann schlaf gut.«

»Gute Nacht, Norm.«

Sie hatte gelernt, innerhalb von Minuten zu kommen, von Sekunden, wenn es sein musste, und sie schaffte es fast immer zweimal. Das war kein Problem. Sie bekam fast immer Hauptgang und Nachtisch. Aber es war ein gewöhnliches Abendessen vor dem Fernsehen und hinterher Plätzchen, während sie sich nach Scampi und Mousse au chocolat sehnte.

Norman war auch von einer gierigen, aufmüpfigen Muschi verschont geblieben, die ihn die halbe Nacht lang wach hielt. Die machte Sandy verrückt. Sie grub ihre Nägel in das zarte, empfindliche Fleisch der Schamlippen und riss sie auf. Wenn sie sich am nächsten Morgen zum Pinkeln hinsetzte, brannte es unerträglich. Sie probierte es mit Cremes und Lotionen und Puder und Maisstärke und Antihystaminen und mit Baumwollunterwäsche, aber nichts half.

»Ein Pilz ist es nicht«, sagte Gordon zu ihr, »und es bestehen auch keine Anzeichen für eine Infektion. Wir ziehen nach wie vor eine allergische Reaktion in Betracht. Auf Norms Samen. Aber es kann auch eine rein funktionelle Störung sein …«

»Funktionell?«

»Ja, psychosomatisch, bezogen auf dein Sexualleben. Also, wie steht es mit deinem Sexualleben, Sandy?«

Mein Sexualleben? Ach so, du meinst mein Sexualleben. Ja. Nun ja. Hmm, wenn du es auf der Grundlage von Orgasmen beurteilen willst, ist alles bestens. Großartig. Das heißt, ich onaniere wie verrückt, Gordon. Du kannst dir gar nicht vorstellen, wie ich onaniere. Mein Gott, ich mache es dauernd. Heute Morgen zum Beispiel, als ich hierhergefahren bin … beim Fahren, mitten im Verkehr, nicht mehr und nicht weniger … Nein, nicht im Cadillac, mit dem ist Norm zur Arbeit gefahren. Im Buick … ich fahre den Buick und höre diesen Song im Radio … aus meiner Jugend, Gordy … siebzehn oder so war ich damals … *Blue velvet, bluer than velvet was the night* … Das erinnert mich an Shep … Und ich spüre dieses komische Gefühl in meiner Muschi … Dieses tolle Gefühl, dass alles ganz heiß wird … und ich reibe nur ein bisschen mit einer Hand … nur ein kleines Kitzeln, ein Kitzeln durch meine Kleider … nur eins-zwei-drei und dann reicht es schon … Ich komme, und dabei will ich noch gar nicht kommen, weil es so gut tut … Ich will, dass es anhält. Und weißt du was, Gordy? Wenn ich auf die Art gekommen bin, juckt es mich nie. Es juckt mich nur nach Norman. Siehst du, es muss wohl etwas mit ihm zu tun haben. Vielleicht bin ich wirklich allergisch gegen sein Sperma … Vielleicht bin ich allergisch gegen seinen Schwanz … Vielleicht bin ich allergisch gegen ihn! Was hältst du davon?

Oh, du willst lieber etwas über mein Sexualleben *mit* Norman hören? Ja. Natürlich. Ich verstehe, Gordy. Auf das Krankheitsbild bezogen. Gewiss. Nun ja. Jeden Samstagabend, ob Regen oder Sonnenschein, es sei denn, ich habe meine Periode. Abwechslung? Du meinst so, wie es in den Büchern steht? Tja, also, nein … Norm hält nichts von Abwechslung. Jede Veränderung erzeugt bei ihm Unbehagen. Und ich bin auch nicht gerade der Typ, der etwas Neues vorschlägt, Gordy. Du findest, das sollte ich tun? Ich weiß nicht so recht … ich muss erst darüber nachdenken … vielleicht …

Oralverkehr? Oh, Gordy … jetzt wirst du aber sehr persönlich. Muss das sein? Muss das wirklich sein? Na gut, ich sehe natürlich, dass das ein Teil meines Sexuallebens ist. Ja, gewiss haben wir es probiert … Aber das einzige Mal, als Norman sein Gesicht zwischen meine Beine gelegt hat … Er hat gekeucht und gehustet und hinterher eine halbe Stunde im Bad verbracht und mit Listerine gegurgelt und ich habe schreckliche Schuldgefühle bekommen. All das Leid, nur um mir einen Gefallen zu tun. Und dazu kommt das Geruchsproblem … Körpergerüche, du weißt schon … Norman hasst den Geruch nach Sexualität. Am Morgen danach klagt er immer darüber, reißt alle Fenster auf und sprüht Lysol.

Deshalb dusche ich mit Essig … um es appetitlicher zu machen …

»Wie steht es jetzt damit, Sandy?«

»Womit?«

»Mit deinem Sexualleben.«

»Was hat das mit meinem Problem zu tun?«

»Es könnte viel damit zu tun haben.«

»Ich glaube nicht, dass ich mit dir darüber reden kann, Gordon.«

»Soll ich dich an einen anderen Arzt überweisen?«

»Nein, ich glaube nicht, dass ich überhaupt über dieses Thema reden kann.«

4

Früher hatte sie ausgesehen wie Jackie Kennedy. Jeder hatte das gesagt. 1960 hatte sie den Wettbewerb gewonnen, in dem es darum ging, wer Jackie Kennedy am ähnlichsten sah. Die Plainfield *Courier-News* hatten diesen Wettbewerb ausgeschrieben. Normans Mutter hatte ihr Foto eingeschickt und sie hatte gar nicht gewusst, dass sie unter den Bewerberinnen war, bis sie den Anruf bekam, dass sie gewonnen hatte, und ihr Bild zwei Spalten breit auf der Titelseite erschienen war. Sie war eine Berühmtheit. Ein Star.

Natürlich hatte sie für Jack gestimmt. Es war ihre erste Präsidentschaftswahl und sie hätte Normans Kandidaten unter keinen Umständen unterstützt, obwohl Norman damals Kassenwart des Republikanerclubs von Plainsfield war. Aber Norman hatte ohnehin keine Ahnung von ihren Plänen. Er dachte, seine Politik sei auch ihre Politik, sein Kandidat ihr Kandidat. Oh, dieser wonnige Schauder, sich für Kennedy einzusetzen, Norman zu trotzen, und sei es auch noch so heimlich!

»Du solltest mit mir die Runde machen«, hatte er während der Wahlkampagne zu ihr gesagt.

»Wenn du sagst, dass ich schwanger bin, versteht es jeder.«

Norman hatte nachgegeben und brachte Wählerlisten mit nach Hause. In der Wahlwoche saß Sandy jeden Abend am Telefon und rief Leute an.

So hatte sie ihren Teil dazu beigetragen, ihren Mann zu unterstützen. Sie hatte sich das Recht darauf erworben, insgeheim Jacks Wahlsieg zu feiern. Zum ersten Mal war Sandy mit Politik in Berührung gekommen. Keine Wirtschaftskrise und kein Weltkrieg hatten ihr Leben bestimmt und Mona und Ivan waren entschlossen, ihren Kindern die Unsicherheiten und die Ängste zu ersparen, die sie erlebt hatten. Als sie zwei Wochen mit Tante Lottie auf dem Land verbracht hatte, hatte sie ihre Mutter anschließend gefragt: »Wie steht der Krieg in Korea?« Und Mona hatte geantwortet: »Es ist alles beim Alten, und zerbrich dir dein hübsches kleines Köpfchen nicht darüber. Das betrifft dich überhaupt nicht.«

Bis jetzt. Sandy und Jackie. Sie waren gleichzeitig schwanger gewesen. John-John war als Erster geboren worden, im November, und Bucky war ihm im Dezember gefolgt. Sandy sah sich die Geburt nicht in dem Spiegel über dem Bett an, obwohl Dr. Snyder es ihr geraten hatte. Es war schon schlimm genug gewesen, dass er das Baby auf ihren Bauch gelegt hatte, frisch aus dem Ofen, ganz blutig und hässlich. Sie war high von den Medikamenten. »Nehmen Sie ihn weg!«, hatte sie geschrien. »Er ist grässlich!«

Dr. Snyder hatte gelacht. »Das meinen Sie nicht so, Sandy. Dies ist der glücklichste Augenblick in Ihrem Leben.«

Sie war dann eingedöst. Später hatte eine Krankenschwester Bucky zu ihr gebracht, sauber und in eine weiche Decke gewickelt, ganz kuschelig und warm. Und die Krankenschwester hatte ihn ausgezogen, damit Sandy seine winzigen Finger und Zehen begutachten konnte, seinen Nabel und seinen Miniaturpenis, und damit sie sehen konnte, dass sie und Norm ein perfektes Baby produziert hatten.

Nach ihrem Großvater hatten sie ihn Bertram genannt und sich geeinigt, ihn Bucky zu nennen, bis er alt genug war, mit einem so ernsten Namen umgehen zu können.

»Bucky«, hatte Enid gehöhnt. »Was ist denn das für ein Name für einen jüdischen Jungen?«

»Er ist genauso gut wie Brett«, hatte Sandy geantwortet, wobei sie den Namen von Enids älterem Enkel eher gezischt hatte.

»Von Miss Piss erwarte ich einen Namen wie Brett«, hatte Enid gesagt. »Von dir habe ich etwas Besseres erwartet.«

Miss Piss war mit Normans Bruder Fred verheiratet, einem Versicherungsvertreter, der in Sherman Oaks arbeitete. Andere Leute nannten sie Arlene. Sie sahen einander nur gelegentlich und Sandy hatte sich immer über Arlenes dauernd wechselnde Haarfarbe gewundert.

Sechs Monate nach Buddys Geburt, als Normans Vater Sam tot umgefallen war, während er einen Kassierer feuerte, der Kleingeld in die eigene Tasche gesteckt hatte, hatte Enid sich bei Sandy ausgeweint. »Hättest du das Baby nicht jetzt bekommen können! Dann hätte es einen anständigen Namen bekommen. Wer weiß, wie lange ich noch warten muss, bis Miss Piss mir noch ein Enkelkind schenkt. Oder du.«

Jen war zweieinhalb Jahre später gekommen, wenige Monate, nachdem Jackie ihren Patrick durch eine Lungenkrankheit verloren hatte. Sandy hatte ihre Tochter Jennifer Patrice genannt. Jennifer, weil ihr der Name gefiel, und Patrice wegen Jackies Baby.

»Findest du nicht, dass wir sie nach meinem Vater Sarah nennen sollten?«, hatte Norman gefragt.

»Sarah kann ihr hebräischer Name sein«, hatte Sandy gesagt und Norman hatte nichts dagegen eingewandt. Schließlich hatte sie die gesamte Arbeit geleistet. Und sie hatte mit Hilfe von Bucky herausgefunden, dass Normans Vorstellung von Vaterschaft sich darauf beschränkte, die Rechnungen zu zahlen.

Enid und Mona waren gemeinsam während der nachmittäglichen Besuchszeit ins Krankenhaus gekommen und beide hatten ein Geschenk für ihren kleinen Enkel mitgebracht: eine Giraffe mit eingebauter Spieluhr von Mona, ein rosaweißes Tuch von Enid. Sandy hatte ein kleines Privatzimmer, das voller Postkarten und Blumen war. Der kunstvollste Strauß war von Norman. Um die Tatsache wieder gutzumachen, dass er nicht da gewesen war, um sie ins Krankenhaus zu fahren? Sandy war nicht sicher. Als man ihn am sechzehnten Loch endlich erreichte, hatte Sandy das Kind bereits geboren.

Sie trug das rosa Bettjäckchen aus Satin, das Mona ihr geschickt hatte, als sie Bucky bekommen hatte, und sie hatte ihre Haare zu einem französischen Knoten hoch gesteckt, sich mit Chanel eingesprüht und Make-up aufgelegt und sich darüber hinweggesetzt, dass sie auf einem Gummireifen saß, um den Schmerz der Stiche zu lindern, und dass sie von dem Darvon, das Dr. Snyder ihr verschrieben hatte, um ihre zarten, angeschwollenen Brüste zu betäuben, leicht benommen war.

Nachts brachte ihr die Krankenschwester Eisbeutel, die sie unter ihre Arme klemmen sollte. »Immer sind es die ganz kleinen Mädchen, die gleich so voll werden … eine Schande, das alles zu verschwenden.«

»Ich glaube nicht an das Stillen«, hatte Sandy zu ihr gesagt. »Ich bin acht Monate lang gestillt worden, und war trotzdem laufend krank.«

»Das hätten Sie dem Arzt sagen sollen. Dagegen gibt es nämlich Spritzen.«

»Ich habe es ihm gesagt.«

Dr. Snyder hatte Mitgefühl für Sandys Unbehagen gehabt. »Ich dachte, Sie hätten es sich anders überlegt«, hatte er gesagt.

»Das mit dem Stillen werde ich mir nie anders überlegen.«

»Gut, dann geben wir Ihnen beim nächsten Mal sofort nach der Geburt eine Spritze, damit Sie nicht so leiden müssen.«

Beim nächsten Mal? Wer hatte etwas von einem nächsten Mal gesagt? Man hatte von ihr erwartet, dass sie zwei Kinder fabrizierte, vorzugsweise eins von jedem Geschlecht. Sie hatte ihr Soll erfüllt.

Beim ersten Mal hatte das plötzliche Wachstum ihrer Brüste Norman so beeindruckt, dass er seine Nikon ins Krankenhaus mitgebracht und Schnappschüsse von Sandy in ihrem Bettjäckchen gemacht hatte, das gerade soweit aufgeknöpft war, dass man den Spalt zwischen ihren Brüsten sehen konnte. Diesmal war er weniger enthusiastisch. Er hatte gemerkt, dass dies nur eine vorübergehende Veränderung war. Anschließend würde sie wieder ebenso kleine Brüste haben wie vorher, nicht wie ihre Schwester Myra, die Tante Lotties Mammutbusen geerbt und sich vor zwei Jahren einer Operation zur Brustverkleinerung unterzogen hatte, denn »du kannst dir nicht vorstellen, was es heißt, ein Paar solche Titten herumzutragen.«

»Zu schade, dass sie dir nicht was abgeben kann«, hatte Norman damals gesagt und dann hinzugefügt. »Ha, ha ...«

»Ja, wirklich zu schade«, hatte Sandy geantwortet. »Ha, ha, ha ...«

»Und wann kommt meine kleine Sarah nach Hause?«, fragte Enid, während sie die Karten las, die auf Sandys Kommode aufgereiht waren.

»Sie heißt Jennifer«, antwortete Sandy. »Jennifer Patrice. Hat Norman dir das nicht erzählt?«

»Er hat gesagt *Sarah.*«

»Ja, auf hebräisch heißt sie Sarah, aber wir werden sie Jen nennen.«

»Ich kann es einfach nicht glauben!«

»So ist es aber. »Ich habe die Geburtsurkunde bereits unterschrieben. Jennifer Patrice.«

»Mona, sag mir, dass ich das alles nur träume«., stöhnte Enid, eine Hand an die Stirn gepresst, die andere auf die Brust.

»Sie kann dem Baby einen Namen geben«, sagte Mona. »Du hattest deine Chance bei Norman und Fred.«

»O Gott, o Gott.« Enid setzte sich schwankend hin. »Ich fühle mich ganz schwach. Als würde ich gleich ohnmächtig.«

Mona schenkte Enid eine Tasse Wasser ein. »Versuch, dich zu entspannen. Mach dich nicht für nichts und wieder nichts verrückt ...«

»Nichts? Du glaubst, mein Sohn wollte sein eigenes Kind nicht nach seinem Vater nennen, möge er in Frieden ruhen. Nein, sie ist es ...«, sagte Enid mit einer Kopfbewegung zum Bett hin. »Sie glaubt, ein schlichter, schöner, biblischer Name wie Sarah ist nicht gut genug für sie.« Sie trank einen Schluck Wasser.

»Darum geht es nicht ...«, setzte Sandy an.

»Miss Hochmut!«

So war auch sie getauft worden.

»Miss Hochmut ist sich zu gut dazu, sich etwas aus ihrer armen, alten Schwiegermutter zu machen. Habe ich nun ihr Bild an die *Courier-News* geschickt und eine Berühmtheit aus ihr gemacht, oder nicht?«

»Bitte ...«

»Wie viel Zeit habe ich denn noch? Mehr als ein bisschen Glück verlange ich doch nicht.«

»Hör damit auf!« Sandy verlor die Geduld. »Hör jetzt bitte auf.«

Die Krankenschwester steckte ihren Kopf durch die Tür.

»Meine Damen, könnten wir bitte daran denken, dass wir in einem Krankenhaus sind?«

Enid wandte sich an Mona. »Eins sage ich dir: Meine Feinde behandeln mich besser als meine Schwiegertöchter. Du weißt gar nicht, wie froh du sein kannst, dass du Töchter und keine Söhne hast. Mit Söhnen handelst du dir nur Zores ein …«

»Du solltest wenigstens froh sein, dass das Baby den hebräischen Namen hat, den du wolltest«, erwiderte Mona.

»Für mich wird sie immer Sarah sein, ganz gleich, wie Miss Hochmut sie nennt!«

»Sie heißt Jennifer, verdammt noch mal!« schrie Sandy. »Und ich habe die Geburtsurkunde als Beweis!« Sie konnte ihre Tränen nicht länger zurückhalten.

»Meine Damen, meine Damen.« Die Krankenschwester stand kopfschüttelnd da. »Ich muss Sie bitten, jetzt zu gehen. Sehen Sie sich unsere Patientin an.«

Sandy schluchzte laut. »Pass auf dich auf, Liebling«, sagte Mona, während sie sie auf die Wange küsste. »Ich gehe jetzt besser auch. So sollte man sie nicht fahren lassen.« Dann eilte sie Enid hinterher.

Die Krankenschwester gab Sandy ein Beruhigungsmittel, und sie verschlief das Abendessen und sogar die abendliche Visite.

Sandy war voller Schuldgefühle. Es ging nicht nur darum, dass sie den Namen Jennifer mochte, und sie hatte bestimmt nichts gegen den Namen Sarah. Es war nur so, dass sie ihr Kind nicht nach Samuel D. Pressman benennen wollte, benennen konnte. Sam Pressman hatte Sandy nie mit ihrem Namen angesprochen. Er hatte *Mädchen* oder *du* zu ihr gesagt, nicht ohne Zuneigung, aber auch nicht besonders interessiert. Samuel David Pressman, der Besitzer von Pressman's Trockenreinigung, einer Kette von vier Läden in Plainfield, Roselle und New Brunswick, machte sein Geschäft mit ›Black is Beautiful‹, indem er den Slogan mit dem Zusatz ›in frisch gereinigten und gebügelten Kleidern‹ versah. Und im Schaufenster jedes Ladens schlief ein Dobermann als kleiner Hinweis für Einbrecher, dass sie ihren Geschäften besser andernorts nachgehen sollten.

Zwei Monate nach Sams Beerdigung beschloss Enid, ihre Vereine, ihre Gabelfrühstücke, ihre Einkaufsbummel bei Loehman und ihre nachmittäglichen Mah-Jongg-Spiele um des Geschäftes willen aufzugeben. »Ich kann doch schließlich nicht von meinem Jungen erwarten, dass er das alles allein macht, oder?« Und sie setzte sich selbst als Geschäftsführerin der Filiale in Plainfield ein, wobei sie Norman freie Hand ließ, das Geschäft auszubauen und Verbesserungen durchzuführen. Das tat er auch. Er hatte in jenem Jahr drei weitere Filialen eröffnet und seitdem weitere vier. Er steckte immer bis zu den Ellbogen in einer neuen Weiterentwicklung.

Sandy saß an jenem grauen Novembernachmittag im Jahre 1963 unter der Trockenhaube des Friseursalons *Coiffure Elegante* im Zentrum von Plainfield und ihr Kopf war mit riesigen blauen Lockenwicklern bedeckt, die nach einer Stunde die locker fallende Frisur der Frau zurücklassen sollten, der sie so ähnlich sah. Sie blätterte mit den Fingerkuppen die Seiten der neuesten Ausgabe von Vogue um und achtete dabei auf den frisch aufgetragenen Nagellack, als die Nachricht im Radio kam. Sandy wusste nicht, was los war, da sie unter der Trockenhaube nichts hören konnte, doch plötzlich liefen alle aufgeregt durcheinander. Sie schob die Trockenhaube nach oben. »Was ist passiert?«

»Auf den Präsidenten ist geschossen worden!«

»Ist es ernst?«

»Es sieht danach aus.«

»O Gott!«

Die anderen Frauen zogen sich die Trockenhauben wieder über die nassen Köpfe. Nicht so Sandy. Sie sprang auf und stieß den kleinen Maniküriisch um. Winzige Fläschchen mit Nagellack fielen auf den Boden. Sie rannte durch den Laden zu dem Hinterzimmer, in dem ihr Mantel hing, und als sie aus der Tür stürzte, waren die letzten Worte, die sie hörte, die ihrer Nachbarin: »Alex, könnten Sie links etwas straffer anziehen, weil diese Locke schon am nächsten Tag immer runterfällt ...«

Sandy fuhr eilig nach Hause, stürzte ins Haus und fand Bucky, der sich auf dem Sofa an Mazie kuschelte, auf deren Schoß das Baby schlief. Der Fernseher war angestellt. »Oh, Mrs. Pressman«, schrie Mazie, »der Präsident ist tot! Er ist in den Kopf geschossen worden. Gott steh uns bei, unser Präsident ist tot!«

Bucky streckte seine Finger wie eine Waffe aus. »Peng, peng, der Präsident ist tot!« Er betrachtete Sandy aufmerksam. »Du siehst komisch aus, Mommy ... wie ein Mondmensch.«

Sandy nahm ihn auf den Arm und weinte in seine warmen, duftenden Haare, ging dann in ihr Zimmer, zog die Lockenwickler aus ihrem Haar, holte ihr schwarzes Kleid und die Schuhe heraus, grub den schwarzen Schleier aus, den sie bei Sams Begräbnis getragen hatte, und legte Trauerkleidung an.

»Was, zum Teufel, soll das heißen?«, fragte Norman, als er nach Hause kam und Sandy ganz in Schwarz vorfand.

»Ich sitze Schiwe für den Präsidenten.«

»Bist du verrückt?«

»Nein.«

»Du hast nicht Schiwe gesessen, als mein Vater gestorben ist.«

»Das hat nichts miteinander zu tun.«

»Außerdem sind die Kennedys katholisch!«

»Na und?«

»Ich glaube, diesmal hat du wirklich eine Schraube locker. Ich glaube, du bist nicht mehr ganz dicht.«

Sandy zuckte die Achseln. »Ich erwarte nicht von dir, dass du das verstehst ... du hast ihn ja auch nicht gewählt.«

»Du auch nicht!«

»Was weißt denn du!« Sie holte mehrere Laken aus der Kommode und hängte eins über den Spiegel im Schlafzimmer.

»Jesus Christus, jetzt wird es auch noch orthodox?«

»So haben wir es gemacht, als Großpapa gestorben ist«, sagte Sandy. »Ich kann mich genau erinnern.«

»Ich kann es einfach nicht glauben. Bloß weil du diesen verfluchten Wettbewerb gewonnen hast, bist du noch lange nicht Jackie!«

Wie konnte Sandy es ihm nur erklären? In gewisser Weise war sie Jackie, von Kopf bis Fuß mit Blut und Gehirn besudelt. »Ich weiß genau, wer ich bin und was ich tue.«

»Wir werden in zwei Stunden bei den Levinworths erwartet. Du solltest etwas mit deinem Haar tun. Es sieht furchtbar aus.«

»Du musst anrufen und sagen, dass es nicht geht.«

»Ich gehe hin, Sandy.«

»Hast du denn gar keine Gefühle? Weißt du denn nicht, dass das ganze Land trauert?«

»Dann trauern wir eben bei Lew. Das macht keinen Unterschied. Davon wird er auch nicht wieder lebendig.«

»Nein!« Sandy stürzte ins Esszimmer, um den Spiegel über der Kommode zu verhängen.

»Entschuldigen Sie, Mrs. Pressman«, sagte Mazie. Sie hatte ihre Arbeitskleidung ausgezogen und trug jetzt ein grünes Wollkostüm. In der Hand hielt sie einen kleinen Koffer. »Ich nehme ein paar Tage frei. Ich will nach Washington fahren … zum Begräbnis … verstehen Sie …?«

»Das kommt überhaupt nicht in Frage, Mazie«, sagte Norman. »Sie sehen doch, in welcher Verfassung Mrs. Pressman ist.«

»Genau wie ich«, sagte Mazie. »Traurig und krank.« Sie stellte ihren Koffer ab und half Sandy, den Spiegel zu verhängen. »Ich weiß nicht genau, wann ich zurückkomme, Mrs. Pressman … vielleicht in drei oder vier Tagen … am Montag vielleicht.«

»Vielleicht haben Sie mich nicht gehört, Mazie«, sagte Norman lauter, »aber Sie können unter keinen Umständen teilnehmen. Wer soll sich denn um die Kinder kümmern?«

»Kümmern Sie sich bitte selbst um die Kinder, Mr. Pressman.«

»Wenn Sie gehen, dann können Sie diesen Job abschreiben.«

»Norman!« Sandy erwachte zum Leben. »Was sagst du da? Mazie hat den Präsidenten geliebt! Wenn sie zu seiner Beerdigung gehen will …«

»Das ist doch nur ein Vorwand, Sandy, siehst du das denn nicht? Ihr ist jede gottverdammte Ausrede recht.«

»Diese Sprache dulde ich nicht länger«, sagte Mazie. »Es tut mir Leid, Mrs. Pressman, aber ich kann nicht für einen Kommunisten arbeiten!«

Sie nahm Jen auf den Arm, die auf ihrem Kinderstühlchen saß, und trug sie durch den Korridor zu ihrem Zimmer. Bucky folgte ihr. »Mazie … Mazie …«, heulte er. Auch Sandy folgte ihr. Mazie legte das Baby in seine Wiege und küsste beide Kinder. »Auf Wiedersehen, meine Süßen, und seid mir brav zu eurer Mami, habt ihr gehört?« Dann nahm sie ihren Koffer und stolzierte aus der Haustür. »Auf Wiedersehen, Mrs. Pressman. Es tut mir aufrichtig Leid.«

»Oh, Mazie«, rief Sandy, »ich weiß nicht, was wir ohne dich tun sollen!« Sie schloss die Tür, um die kühle Nachtluft nicht ins Haus zu lassen und sagte zu Norman: »Ich kann nicht glauben, dass du das wirklich getan hast. Das werde ich dir nie verzeihen! Mazie war wunderbar.« Sie eilte an ihm vorbei ins Schlafzimmer. Plötzlich fühlte sie sich völlig erschöpft. Sie musste sich hinlegen. Und nachdenken. Wie ging es Jackie in diesem Augenblick? Eine Witwe mit zwei kleinen Kindern …

Das Telefon läutete. Norman nahm den Hörer ab. »Ja, Lew, wie geht es dir? … Ja, sicher, wir wollten euch auch gerade anrufen … Keine Nacht zum Feiern, soviel steht fest … ja, das stimmt, Sandy fühlt sich Jackie besonders nah … das war schon immer so. Ich höre, dass Hannah weint … ja, hier ist es dasselbe, sie sind so sensibel … dir auch. Dann sehen wir uns eben ein anderes Mal. Mhm … tschüß …« Er legte auf. »Das war Lew.«

»Du Heuchler!«

»Das ist der Dank, den ich dafür bekomme, dass ich deine emotionale Unreife vertusche?«

»Mommy, ich habe Hunger«, rief Bucky.

»Einen Moment! Mommy kommt gleich.« Norman flüsterte jetzt. »Deine Kinder sind fast am Verhungern. Würdest du endlich mit diesem idiotischen Schauspiel aufhören und dich um sie kümmern?«

Doch Sandy wollte sich nicht von der Stelle rühren, und sie sagte kein Wort. Die Vorstellung, den Kindern selbst das Abendessen vorsetzen zu müssen, machte Norman rasend. Und er war davon überzeugt, dass Sandy tatsächlich übergeschnappt war. Also rief er Gordon an, als könnte Gordon so in Sandys Kopf gucken, wie er in ihre Muschi geguckt hatte. Gordon riet zu zwei Aspirin und ausgiebigem Schlaf.

Und dann, während Millionen von Fernsehzuschauern, darunter Sandy und Norman, zusahen, wie Lee Harvey Oswald von Jack Ruby erschossen wurde, kam der Anruf von der Straßenwacht. Sandys Vater Ivan Schaedel hatte auf dem Pulaski Skyway einen Platten gehabt. Mona hatte sich auf die Motorhaube gesetzt und mit ihrem Schal andere Wagen verscheucht, während Ivan versuchte, den Reifen zu wechseln. Doch er schaffte es nicht mehr. Er wurde von einem Möbelwagen überfahren und war augenblicklich tot.

Jetzt begann die Schiwe endgültig.

5

Im letzten Dezember, während Sandy sich auf Jamaika erholte, machte sich Norm einen Namen als Sportler des Jahrhunderts. Er stand um sechs auf, joggte eine halbe Stunde lang auf dem Gelände von La Carousella, machte zwanzig Minuten lang Übungen aus dem Programm der kanadischen Luftwaffe, schwamm ein Dutzend Runden, spielte Golf, eilte zum Tennisplatz, um beim Doppel mitzuspielen, gefolgt vom Einzel, gefolgt vom gemischten Doppel, und wenn die anderen vor dem Abendessen kurz in ihre Zimmer gingen und sich hinlegten, war er wieder im Swimmingpool und hielt unter Wasser den Atem an.

»Daddy kann bis hundert zählen«, berichtete Jen und fragte Sandy: »Wie lange kannst du unter Wasser zählen?«

»Wenn ich mir die Nase zuhalte, schaffe ich es wohl bis fünf.«

»Das ist aber nicht besonders gut.«

»Mir reicht es. Ich rechne nicht damit, dass ich jemals die Luft unter Wasser anhalten muss.«

»Und wenn doch?«

»Dann werde ich wohl ertrinken.«

»Aber Daddy sagt …«

»Mir ist ausnahmsweise völlig egal, was Daddy sagt. Geh lieber und zieh dich zum Essen um.«

»Darf ich mit Lydia in der Küche essen?«

»Wenn sie nichts dagegen hat.«

»Sie mag mich und ich mag sie. Sie ist die beste Köchin, die es gibt. Warum machst du nie gebackene Bananen?«

»Ich bin noch nie auf die Idee gekommen, sie zu backen, aber als du ein Baby warst, habe ich dich mit zerdrückten Bananen gefüttert.«

»Iiih, zerdrückte Bananen! Backst du mir welche, wenn wir nach Hause kommen?«

»Vielleicht, aber jetzt geh und such Bucky und sag ihm, dass er sich vor dem Essen waschen soll.«

Am siebenundzwanzigsten gab Myra eine Party für ihre Freunde, drei Paare aus dem Club, die ebenfalls Urlaub in der Runaway Bay machten, zwei der Paare aus den gemieteten Häusern und das dritte aus dem Hotel am Strand. Alle spielten ernsthaft mit dem Gedanken, sich ein Anwesen auf Jamaika zu kaufen, damit sie weiterhin gemeinsam den Urlaub verbringen konnten. Außerdem – und daran erinnerten sie einander täglich – konnte man ein solches Haus von der Steuer absetzen.

Während Myra vor der Party durch das Haus huschte, Schalen mit Süßigkeiten füllte, Möbel verrückte und die Bar noch einmal überprüfte, fragte Sandy: »Findest du es nicht langweilig, hier unter denselben Menschen zu sein, die du zu Hause auch immer siehst?«

»Keineswegs. Ich finde es großartig.«

»Willst du denn keine neuen Leute kennen lernen?«

Myra füllte eine Silberschale mit gerössteten Nüssen. »Eine schreckliche Vorstellung.« Sie warf den Kopf zurück und ließ sich eine Hand voll Nüsse in den Mund fallen.

»Mir gefällt sie.«

»Ich meine, es wäre schrecklich, neue Spiele finden zu müssen.« Myra kaute und schluckte die Nüsse. Dann wischte sie sich die Finger ab. »Nimm nur mal Golf als Beispiel ... sie könnten sagen, sie seien erstklassige Spieler, und dabei sind sie nur durchschnittlich und wenn ich mit Anfängern spielen müsste, also offen gesagt, dann spiele ich lieber überhaupt nicht. Oder beim Tennis: Mit Leuten zu spielen, die nicht so gut sind wie du, ist einfach grauenhaft. Es gibt Leute, die behaupten, dass sie sehr gut sind, und nach unseren Maßstäben sind sie vielleicht nur bessere Anfänger.«

»Wozu zählst du?«

»Ich gehöre zur untersten Gruppe der Fortgeschrittenen, aber ich kann mit jedem durchschnittlichen und weiter fortgeschrittenen Spieler spielen. Norman beispielsweise gehört fast zur höchsten Gruppe der fortgeschrittenen Spieler und ich kann trotzdem gut mit ihm spielen. Findest du, dass die Süßigkeiten gut aussehen? Magst du es lieber, wenn sie aufgetürmt sind oder wenn man sie in Reihen nebeneinander ausbreitet?«

»Aufgetürmt.«

»Ich auch. Erinnerst du dich noch, wie Mona die Pfefferminzplätzchen nach dem Essen auf der Platte arrangiert hat?«

»Ja.«

»Wo hast du eigentlich das Kleid her?«

»Das ist kein Kleid. Es ist ein Rock mit einem Oberteil.« Sandy ließ ihre Finger über das Material gleiten, ein indischer Baumwolldruck in bunten Farben mit Elefanten. Sie mochte bequeme Kleidung. »Gefällt es dir?«

»Es ist süß.«

Sandy bemerkte, dass Myra darauf wartete, bewundert zu werden. »Dein Kleid gefällt mir auch.«

»Früher hätte ich es nicht tragen können, aber jetzt kann ich ohne BH rumlaufen, wenn mir danach zumute ist.« Ihr Kleid war ein langes, eng anliegendes Baumwollkleid, das vorne hochgeschlossen war und hinten einen Ausschnitt bis zur Taille hatte. Ihr Haar fiel auf ihre Schultern und rahmte ihr Gesicht ein wie eine Löwenmähne. Unter dem schwarzen Jersey konnte Sandy den Umriss von Myras perfekten 75-C-Brüsten sehen. Auch ihre vollkommenen rosafarbenen Brustwarzen zeichneten sich ab, so groß wie ein Vierteldollar, Sandys hatten nur die Größe von Zehncentstücken.

»Ich wünschte wirklich, Gordy könnte so gut Tennis spielen wie Norman«, sagte Myra. »Wenn er so gut wäre, würden wir alle Turniere der verheirateten Paare im Club gewinnen. So, wie die Dinge stehen, ist es mir peinlich, ein ganzes Regal voller Pokale zu haben, während Gordy noch nie irgendetwas gewonnen hat.«

»Macht es ihm etwas aus?«

»Er sagt, dass es ihm nichts ausmacht.«

»Dann brauchst du dir doch keine Sorgen zu machen.«

»Ich möchte wetten, dass Norman ganz toll im Bett ist.«

»Myra!«

»Ist dir das peinlich?«

»Nicht direkt.«

»Es heißt, dass man viel darüber erfahren kann, wie ein Mann im Bett ist, wenn man ihm beim Tennisspielen zusieht.« Myra stand jetzt hinter der Bar und stellte Schnapsgläser auf einem Tablett bereit.

»Ich habe immer nur gehört, dass man es daraus ableiten kann, wie ein Mann tanzt«, sagte Sandy, »und Norman kann überhaupt nicht tanzen.«

»Willst du damit sagen, dass er nicht gut ist?« Myra sah zu Sandy hinüber und zog die Augenbrauen hoch.

Sandy wandte den Blick ab. »Ich sage gar nichts, weder das eine noch das andere.«

»Du hast doch keine Sorgen, oder etwa doch?«

»Nein, wer spricht hier von Sorgen?«

Myra seufzte. »Ich erinnere mich daran, dass Daddy dir

gesagt hat, Norman sei *phlegmatisch,* und du bist weinend aus dem Zimmer gelaufen. Ich war selbst schockiert. Wer hätte gedacht, dass Daddy ein solches Wort auch nur kennt?«

»Das ist Jahre her.«

»Aber Mona hat gesagt, du hättest einen guten Fang mit ihm gemacht«, fügte Myra hinzu, »und es hat sich erwiesen, dass sie Recht gehabt hat, wie üblich.«

»Ja.«

»Du hast mir früher alles erzählt, San ... du bist mit deinen Fragen in mein Zimmer gekommen, erinnerst du dich? Ich wünschte, wir würden uns noch immer so gut verstehen.«

»Ich habe keine Fragen mehr.«

Myra beschäftigte sich mit den Servietten, zählte einige Stapel ab und verteilte sie im Raum. »Sag mir eins«, sagte sie leise. Sie sah sich um, weil sie sicher gehen wollte, dass niemand in Sicht- oder Hörweite war. »Macht ihr es mit dem Mund?«

»Myra, bitte!«

»Jetzt komm schon. Mir kannst du es doch sagen. Das tut doch heutzutage jeder.«

»Du auch?«

Myra zuckte die Achseln. »Natürlich. Also: Was ist mit dir und Norm?«

Sandy zögerte. »Gewiss.«

»Schluckst du es?«

»Du?«

»Ich habe dich zuerst gefragt. Und überhaupt ist es reines Protein, das kann nicht schaden.«

»Ich weiß.«

»Mutter!«, rief Kate. »Ich glaube, deine Freunde sind da. Ich habe gehört, dass ein Wagen vorgefahren ist.«

Myra strich sich mit den Händen über das Haar und fuhr sich mit der Zunge über die Zähne. »Ich habe doch keinen Lippenstift auf den Zähnen, oder?«, fragte sie Sandy. Sie machte ein Pferdegesicht.

»Nein, alles in Ordnung.«

»Warum läufst du nicht schnell ins Bad und legst auch welchen auf? Die Farbe täte dir gut ...«

»Ich glaube, ich bekomme Bläschen auf den Lippen ... ich benutze eine Pomade ...«

»Hallo ... hallo ... hallo ...«

Barbara und Gish. Lucille und Ben. Phyllis und Mickey. Myras Freunde. Es fiel Sandy schwer, sie auseinander zu halten. Sie hatte sie täglich auf dem Tennisplatz gesehen, aber in ihren Sportsachen sahen sie alle gleich aus. Sie hatten versucht, sie zum Mitspielen zu überreden, versucht, sich mit ihr anzufreunden. »Ich würde liebend gern mitspielen«, hatte sie erklärt. »Aber ich war krank und ich muss mich noch ein bisschen schonen.«

Da waren sie jetzt, und sie hatten ihre Tageskluft abgelegt und sich dafür dem Anlass entsprechend uniformiert. Die Frauen trugen eng anliegende Kleider aus dünnem Wollstoff wie das von Myra, und die Männer trugen samt und sonders karierte Hosen und Lacoste-Hemden. Im Lauf der Woche hatte Sandy den Frauen Kodenamen gegeben, um sich merken zu können, wer wer war. Brown, Luscious und Funky statt Barbara, Lucille und Phyllis. Sandy dachte, Funky könnte ihr gefallen. Sie hatte ein buntes Tuch um den Kopf gebunden und mit indischem Schmuck behängt, nur vom Besten, aber dann entspann sich eine Diskussion über Plainfield.

»Plainfield, mein Gott!«, sagte Funky. »Ich dachte, Plainfield sei ganz schwarz.«

»Nicht ganz.«

»Sie meinen, noch nicht! Wenn ich Sie wäre, würde ich sehen, dass ich dort wegkomme, solange man noch gut umziehen kann. Sie sollten in die Hügel ziehen. Wir haben uns letztes Jahr ein Haus in Watchung gekauft. Von unserem Wohnzimmer aus können wir die Lichter sehen. Es ist einfach fantastisch ... Sie wären begeistert ... Ist das Haus in Plainfield Ihr erstes eigenes Haus?«

»Ja, wir haben es Normans Mutter nach dem Tod seines Vaters abgekauft.«

»Oh. Wenn es nach mehreren anderen das Haus gewesen wäre, für das Sie sich endgültig entschieden hätten, dann hätte ich Ihre Vorbehalte gegen einen Umzug verstanden. Aber so …«

»Es ist sehr nett dort«, sagte Sandy. Zum ersten Mal fühlte sie sich gezwungen, Enids Haus zu verteidigen. »Es liegt in Sleepy Hollow.«

»Aber die Schulen …«

»Die Kinder besuchen Privatschulen.«

»In Watchung könnten Sie sie in die staatliche Schule schicken. Wir haben nur zwei schwarze Familien im ganzen Ort und beide stammen aus besseren Verhältnissen.«

»Eigentlich geht es gar nicht um die Rassenfrage«, sagte Brown, die sich zu den beiden gesellte. Ihre Nägel waren nicht spitz, sondern quadratisch gefeilt und braun schillernd lackiert, damit sie zu dem braun schillernden Lidschatten passten, dem braun schillernden Haar, der braun schillernden Sonnenbräune, dem braun schillernden Kleid. »Es ist eher eine sozio-ökonomische Frage, findest du nicht?«

»Ja und nein«, sagte Funky. »Ja insofern, als dass die höheren Berufsstände dazu neigen, eher so wie wir zu denken und das zu wollen, was das Beste für ihre Kinder ist. Nein insofern, als dass sie trotz allem anders sind als wir, ganz gleich, wie sehr man sich auch bemüht, so zu tun, als wären sie nicht anders. Ich meine, wenn jetzt in diesem Augenblick einer in diesen Raum käme, wären wir plötzlich alle ganz still.« Sie nahm ein Käsehäppchen von dem Tablett, das Elena, das schwarze Dienstmädchen, herumreichte. »Danke.«

Sandy versuchte, die Männer einzuordnen. Ben war der Urologe mit dem Vasektomieanstecker auf dem Kragen. Hatte er an sich selbst eine Vasektomie durchgeführt? Nein, wie hätte er über diesen Bauch schauen können? Es wäre schon in Ordnung, wenn Norman sich einer Vasektomie unterziehen würde. Sandy hasste ihr Pessar. Das war eine ziemliche Schweinerei. Und die Pille vertrug sie nicht. Sie würde dieses Thema äußerst behutsam ansprechen müssen, denn Norman war äußerst empfindlich, wenn es um seine Genitalien ging.

Mickey war sehr behaart und hatte eine Art Ingenieurbüro. Der dritte war Gish. Er war Anwalt in Newark, der sich auf Fälle von Körperverletzung spezialisiert hatte und laut Myra groß aufräumte. Er und Brown waren Nachbarn von Myra. Sandy gefiel es nicht, wie er sie von Kopf bis Fuß taxierte, wenn sie durch das Zimmer ging. Es bereitete ihr Unbehagen.

So viel zu den Männern.

»Ihr Mann«, sagte Luscious, die sich neben Sandy auf das Sofa setzte, »ist ein solcher Tiger! Diese Angaben ... und seine Schmetterbälle! Ich habe ihm gesagt, dass er mich nicht schonen soll, bloß weil ich ein Mädchen bin, und das hat er auch nicht getan ... er hat jeden Satz gewonnen ... Sicher sind Sie sehr stolz auf ihn ...« Luscious, zierlich, blond und makellos, sah aus wie eine alternde Barbie-Puppe.

»Ja«, antwortete Sandy.

»Und mit seiner Rückhand ist auch nicht zu spaßen«, ergänzte Brown, die sich an Sandys andere Seite setzte. »Heimtückisch, absolut heimtückisch!«

»Er spielt aber auch wirklich sehr gern«, berichtete Sandy.

»Es ist nicht nur eine Frage des Vergnügens«, wandte Funky ein, die sich über die Sofalehne beugte, sodass Sandy ihren Atem im Nacken spürte. »Es ist Talent. Reines, unverfälschtes Talent.«

Reiner, unverfälschter Quatsch, dachte Sandy und sie wünschte sich, sie wäre so mutig, es laut zu sagen.

»Sie sollten sich glücklich schätzen!«, sagte Brown, während sie in ihren Wodka-Orange lachte.

»Normie ... Tiger ...«, rief Luscious quer durch den Raum zu den Männern hinüber. »Spielst du morgen mit mir? Ein Einzel ... nur ein kleines bisschen?«

»Sowieso, abgemacht«, antwortete Norman. »Sagen wir: von fünfzehn Uhr dreißig bis fünfzehn Uhr fünfundvierzig.«

Als sie nach dem Dessert herumsaßen und am Brandy

nippten, sagte Ben zu Norman: »Sie sollten wirklich dem Club beitreten.«

»Das rate ich ihm schon die ganze Woche«, schaltete sich Myra ein.

»Daran habe ich auch schon gedacht«, sagte Norman.

Für Sandy war das allerdings eine Neuigkeit.

»Es wäre schon sinnvoll«, fügte Norman hinzu.

Gish, der neben Sandy auf dem kleinen Sofa saß, drehte sich zu ihr um und fragte: »Was halten Sie davon?«

»Wie … oh, ich?« Sandy war überrascht, in die Unterhaltung einbezogen zu werden. »Ja, also ich bin ganz und gar unsportlich und deshalb kann ich schlecht sagen, ob wir so viel in den Club investieren sollten.«

»Aber, Sandy, es ist weit mehr als ein Club … es ist eine Weltanschauung. Es geht um viel mehr als Golf und Tennis. Du würdest wunderbare Freunde gewinnen. Sieh uns doch an.« Myra lächelte und breitete die Arme aus.

»Und auch Ihre Kinder treffen dort die richtige Sorte junger Menschen«, warf Funky ein.

»Das Spielen auf öffentlichen Plätzen ist reine Zeitverschwendung«, sagte Ben zu Norman. »Wie lange müssen Sie warten, bis Sie am Wochenende drankommen?«

»Ich stehe um sechs auf. Deshalb brauche ich normalerweise nicht zu warten.«

»Würden Sie nicht lieber bis neun schlafen?«, fragte Funky.

»Ich bin kein Langschläfer.«

»Dann hätten Sie aber Zeit für ein Quickie«, sagte Ben.

»Wir lieben dieses Kurzvergnügen am Sonntagvormittag«, berichtete Luscious.

Gish legte seinen Arm um Sandys Schultern und flüsterte: »Mit dir täte ich das gern, ob schnell oder langsam, das bliebe dir überlassen.«

»Sandy«, sagte Brown, »wenn Sie Stunden nehmen, wird es Ihnen genauso viel Spaß machen wie allen anderen auch. Wir sind nicht alle geborene Sportler wie Ihr Mann.«

»Ich wette, dass du im Bett nichts mehr zu lernen brauchst«, flüsterte Gish.

»Und am Erntedankfest und am Muttertag und allen anderen Feiertagen wissen Sie immer, wohin Sie gehen können«, sagte Funky.

»Außerdem eignet sich der Club ganz fantastisch für eine Affäre«, sagte Brown.

Affären?, dachte Sandy.

Myra stand auf. »Ich glaube, irgendwo habe ich eine Broschüre.« Sie ging in ihr Schlafzimmer und kam mit der Broschüre zurück. *Green Hollow Country Club. Regeln und Satzungen.* »Lies das, San, dann kannst du dir besser vorstellen, worum es geht.«

»Danke.« Sandy stand ebenfalls auf. »Es war sehr nett. Ich hoffe, Sie werden mich entschuldigen … ich bin wirklich sehr müde.« Sie sah Norman an.

»Sandy erholt sich nämlich gerade wieder«, erklärte Myra. »Sie war ziemlich krank. Pass auf dich auf, San! Schlaf dich gut aus.«

»Ich komme bald nach«, sagte Norman zu ihr.

»Ja, wir sehen uns morgen.«

Sandy ging mit der grünen Broschüre ins Bett. *Hatte Gish es ernst gemeint? Nein, das war bloß ein Witz.* Sie schlug die Broschüre auf. Allgemeine Regeln, Golfplatzregeln, Vorgehen beim Abschlag, Clubhausvorschriften, Gästeregelungen, Tennisregelungen, Swimmingpoolbenutzungsregeln, Verhaltensmaßnahmen für Kinder, Regeln, die sich auf Mindestbeträge im Restaurant bezogen, Regeln, in denen es um die Söhne der Mitglieder ging, die als Caddy eingesetzt werden wollten.

Angenommen, Gish hätte es ernst gemeint? Er war schon attraktiv.

Nein, es gab keinen Zweifel. Er hatte sich nur einen Scherz erlaubt.

Es gab Stunden ›Für Alle‹, einschließlich, aber nicht beschränkt auf privaten Tennisunterricht (halbstunden- oder stundenweise), Golf (halbstunden- oder stundenweise), Golfunterricht (neun oder achtzehn Löcher), den Profi, der im Doppel mitspielte …

Sandy schlummerte ein, ohne das Licht auszuschalten.

6

Zwei Tage später nahmen Sandy, Myra und die Zwillinge ihr Mittagessen im Innenhof ein. »Es ist einfach wunderbar, wenn man seine Ferien mit seiner Familie verbringen kann«, sagte Myra. In einem plötzlichen Ausbruch von Begeisterung drückte sie Sandys Arm. »Du siehst ja soviel besser aus, San. Wie fühlst du dich?«

»Kräftiger … gesünder … Ich fühle mich immer gut, wenn ich ein bisschen Farbe habe.«

Myra holte tief Luft und streckte sich. »Ich wüsste keinen Platz auf Erden, an dem ich jetzt lieber wäre.«

»Ich schon!«, sagte Kate. »Und außerdem wüsste ich gern, warum wir zum Mittagessen nie etwas anderes als gemischten Salat essen können.«

»Weil gemischter Salat gut für euch ist.« Salat war Myras neueste Masche. Sie kaufte kistenweise Kopfsalat. Sandy war ebenfalls des Grünzeugs überdrüssig, aber statt sich zu beklagen, wartete sie einfach, bis die anderen am Nachmittag unterwegs waren, und machte sich dann ein Brot mit Erdnussbutter.

»Grüne Pampe!« Kate schob das Zeug auf ihrem Teller herum.

»Seetang!«, setzte Connie hinzu. »Und Bucky und Jen sind in der Küche und essen Hamburger und gebackene Bananen. Ist das fair?«

»Bucky und Jen sind kleine Kinder«, sagte Myra zu ihnen. »Aber ihr seid junge Frauen und müsst auf euer Gewicht achten.«

»Scheißdreck!«, sagte Kate, und schob ihren Stuhl zurück.

»Ich dachte, ich hätte euch gesagt, dass ihr euch nicht so ordinär ausdrücken sollt.« Myra biss die Zähne zusammen.

»Ach, komm schon, Mutter. Tante Sandy kennt uns doch. Gehen wir, Con.« Kate und Connie standen auf und staksten davon.

Myra versuchte, die Sache mit einem Lachen abzutun »Warte nur, bis Bucky und Jen in die Pubertät kommen.« Sie schlürfte ihren geeisten Minztee. »Es ist nicht leicht.« Sie warf ihr Haar zurück. »Habe ich dir eigentlich erzählt, dass ich ihnen einen Termin bei Dr. Saphire gemacht habe?«

Dr. Saphire hatte Myras Brustoperation durchgeführt.

»Nein, sind sie nicht noch zu jung?«

»Nasenkorrektur … nicht das andere … noch nicht …«

»Ach, ich wusste gar nicht, dass er so was auch macht.«

»Ja, er ist auf seinem Gebiet der Beste.«

»Wann gehen sie hin?«

»Anfang Juli.«

Sandy nickte. Sie staunte immer wieder darüber, dass Myra derart unattraktive Kinder hatte. Es musste schwer für die beiden sein, eine so perfekt gebaute Mutter wie Myra zu haben, dachte Sandy. Doch ganz gleich, wie sehr sie sich auch bemühte, etwas zu finden, was für die Zwillinge sprach, es gelang ihr nicht. Sie waren einfach unangenehm. Bucky und Jen mochten sie auch nicht. Gerade heute Morgen hatte Jen gesagt: »Ich hasse Connie und Kate. Du nicht?«

Bucky hatte geantwortet: »Ich hasse Kate. Connie ist einfach nur blöd.«

»Ich möchte nicht noch einmal hören, dass ihr so über eure Cousinen redet«, hatte Sandy gesagt.

»Wieso nicht? Es ist doch wahr.« Bucky war beleidigt gewesen.

»Genau! Sie lachen nie und freuen sich nie, und sie sind so hässlich.« Jen hatte ihren Bruder unterstützt.

»Dafür haben sie allerdings riesige Brüste«, hatte Bucky eingeworfen.

»Werden meine genauso groß, Mommy?«

»Das bezweifle ich«, hatte Sandy geantwortet. »Du hast einen zierlichen Körper, wie ich. Die Zwillinge sind eher so gebaut wie Tante Lottie.«

»Ich hoffe, meine werden größer als deine. Deine sind so klein.«

»Große Brüste sind nicht alles.«

»Ja, ich habe es auch eher mit den Ärschen«, hatte Bucky gesagt. »Wie Dad.«

»Wie Dad?« Sandy war überrascht.

»Ja, das hat er mir kürzlich gesagt, als wir Tante Myras Arsch gesehen haben.«

»Bucky!«

»Na ja, wir haben ihn halt gesehen und unsere Schuld war es nicht. Sie hat dagestanden und telefoniert und ihn so rausgestreckt, dass ihn jeder sehen konnte.«

»Du hättest wegschauen sollen.«

»Dad hat nicht weggeschaut.«

Norman fuhr auf Ärsche ab? Das hatte er ihr nie gesagt, aber sie hätte es sich denken können, wenn man davon ausging, welche Faszination die Hinterlassenschaft dieses Körperteils auf ihn ausübte.

Bucky und Jen freuten sich an jenem Nachmittag gar nicht, als Connie und Kate mit ihnen in den Wagen kletterten. Sie stießen einander in die Rippen und flüsterten, aber Sandy war entschlossen, einen netten Ausflug zu machen.

»Denk dran, Mom«, sagte Bucky. »Hier fährt man *links*.«

»Ich weiß, ich weiß.«

Es war eine kurze Fahrt den Hügel hinunter zu dem kleinen Privatstrand der Hausbesitzer, der an den langen Strand des Runaway Bay Hotels angrenzte. Oft waren Sandy und ihre Kinder hier allein. Die anderen Hausbesitzer und Mieter hatten wie Myra ihre eigenen Swimmingpools, und sie verbrachten ohnehin die meiste Zeit damit, Golf oder Tennis zu spielen. Norman hasste den Strand. »Dieser ganze Sand. Er klebt mir am Arsch und zwischen den Zehen. Wer braucht das schon?«

Aber Sandy liebte den Strand. »Ist das Wasser nicht wunderbar hier unten?«, fragte sie die Zwillinge.

»Es geht«, erwiderte Connie wenig begeistert.

Was Sandy mehr störte als ihr Aussehen, war Connies und Kates Apathie, ihre Leblosigkeit. Die Zwillinge zogen ihre Strandkleidchen aus und standen in Bikinis da. Ihr schlaffes Fleisch hing um ihre Taillen und quoll aus ihren Bikinihöschen. Sie waren nicht hellhäutig wie Sandy und Myra. Sie hatten mehr Ähnlichkeit mit Gordons Familie. Gordon hatte olivfarbene Haut und wurde dunkelbraun. Während der Wintermonate schien Gordon eine leicht grünliche Hautfarbe zu haben. Er bekam eine Glatze und kämmte sein verbliebenes Haar sorgsam über den Kopf. Seine Augen waren tiefliegend und seine Wangen glichen inzwischen den Backen eines Hamsters, aber er hatte immer noch einen festen, kompakten Körper, obwohl Myra mit ihren knapp einsdreiundsechzig größer war als er.

Wie glücklich konnte Sandy mit Bucky und Jen sein! Die hübsche, kleine Jen, zierlich und zerbrechlich, mit wuscheligem Haar, die fast immer lächelte. Und Bucky, der, wenn er groß war, wie Norman aussehen würde, mit einem breiten Körper und einem Kopf, der fast ohne Hals auf quadratischen Schultern saß. Aber Bucky würde warmherziger sein als Norman, warmherziger und freundlicher und ohne Angst, seine Gefühle zu zeigen.

Jen lief los, um Muscheln zu sammeln, und Sandy machte es sich bequem für ihren Mittagsschlaf. Als sie gerade dabei war einzudösen, schrie Kate plötzlich auf. Sandy sprang auf und lief zu ihr. »Was ist los?«

»Mein Bauch ... mein Bauch ...«

Blinddarmentzündung? Würde sie Myra oder Gordon finden? O Jesus, sie hätte die Zwillinge zu Hause lassen sollen! Sie machten nichts als Ärger.

»Er hat mich verbrannt! Ich halte das nicht aus!«

»Verbrannt ... wer ... was?«

»Bucky! Mit seinem verdammten Vergrößerungsglas.«

»Was? Was hat er getan?« Sandy sah Bucky an. Er saß unter einer Palme und hielt mit einem dämlichen Gesichtsausdruck ein Vergrößerungsglas in der Hand.

»Ich wusste nicht, dass es so schnell geht«, sagte er. »Bei Blättern dauert es lang, bis sie brennen.«

»Ich bin kein Blatt, du verfluchter Idiot!«

»Schon gut, schon gut«, sagte Sandy. »Jetzt beruhigen wir uns erst mal wieder. Bucky, entschuldige dich bei Kate und gib mir dein Vergrößerungsglas.«

»Muss ich?«

»Ja, und zwar sofort.«

Er gab ihr die Lupe. »Kann ich sie morgen wiederhaben?«

»Nein.«

»Und übermorgen?«
»Das glaube ich kaum.«
»Wann denn?«
»Das wird sich zeigen.«
»Das sagst du immer!«
»Entschuldige dich bitte bei Kate.«
»Ach, Mom.«
»Wir warten, Bucky.«
»Schon gut, tut mir Leid.«
»Ich glaube nicht, dass er es ernst meint, Tante Sandy.«
»Meine ich doch«, sagte Bucky.
»Ich bin sicher, dass er es ernst meint«, bestätigte Sandy.
»Was ist passiert?«, fragte Jen, die mit einem Sack voller Muscheln zu ihnen stieß.
»Bucky hat Kate mit seiner Lupe verbrannt«, sagte Connie. »Sieh dir den roten Fleck auf ihrem Bauch an.«
Jen sah sich Kates Bauch genauer an und unterdrückte ein Lachen.
»Es hat tierisch wehgetan«, sagte Kate zu ihr. »Ich dachte schon, eine Schlange hätte mich gebissen oder so was.«
»Hier am Strand gibt es keine Schlangen«, sagte Bucky.
»Klar gibt es.«
»Gibt es welche, Mom?«
»Ich weiß es wirklich nicht.« Sandy kramte in ihrer Tasche. »Wollt ihr vier nicht einfach rüber ins Hotel laufen und euch was zu trinken bestellen? Hier sind fünf Dollar. Das Wechselgeld bringt ihr mir wieder mit.«
»Für fünf Dollar kriegen wir nicht alle was«, sagte Kate. »Hier jedenfalls nicht.«
»Da hast du wohl Recht.« Sandy fischte noch einen Fünfer aus ihrer Tasche. »Dann nehmt eben zehn.«
»Heute Nachmittag gibt es ein Hummerrennen«, sagte Jen. »Ich liebe Hummerrennen. Bitte, bitte, dürfen wir hingehen?«
»Von mir aus.«
»Danke, danke.« Jen hupfte auf und ab und drückte Sandy einen Kuss auf die Wange. »Du bist die beste Mutter aller Zeiten.«

Sie sah ihnen nach, als sie am Strand entlangliefen, Bucky und Jen vornweg, Kate und Connie hinter ihnen. Dann rollte sie zwei Badetücher zu einem Kopfkissen zusammen, legte sich wieder auf ihre Decke und schloss die Augen. Die Sonne schien auf ihr Gesicht. Ah, diese heiße Sonne, sie tat so gut! Sie begann, sich treiben zu lassen ... die Sonne heiß auf ihrem Gesicht, ihrem Bauch, ihren Beinen. Heiß zwischen ihren Beinen. Ja, gut und heiß ... so wohl tuend ... so lange her, seit sie dieses Gefühl gehabt hatte ... bevor sie krank geworden war. Norman hatte nicht ... das heißt, sie hatten seit der Zeit vor ihrer Krankheit nicht mehr miteinander geschlafen. Er wollte es, das wusste sie, aber sie hatte erklärt, sie sei noch zu schwach. Gut zu wissen, dass es noch funktionierte, dass das Cortison ihr in dieser Hinsicht nichts getan hatte. Sie spreizte die Beine ein bisschen mehr, ließ sich dort von der heißen Sonne wärmen, ließ sich überall wärmen. Sie strich sich mit der Hand über den Bauch ... fick mich ... fick mich, Sonne ... so köstlich, während die Wärme an ihren Beinen hinaufkroch, über ihre Oberschenkel, zu ihrer Muschi ... küss mich dort ... leck mich ... oh, bitte ... oh, eil dich ... Sie stellte sich den Jungen vom Hotel vor, der die Stühle aufstellte und die Handtücher verteilte. Ein wunderschöner Junge mit weißblondem Haar und tiefgebräunter Haut. Und einem wunderschönen Körper. Sie konnte jeden Muskel auf seinem Rücken sehen. Starke Arme. Und zarter Flaum, der von seinem Nabel gerade aufwärts führte ... und nach unten? Ja, wahrscheinlich auch nach unten. Sie konnte durch seine eng anliegende Hose den Umriss seines Schwanzes und seiner Eier sehen. Wenn sie mit den Kindern am Strand war und an ihm vorbeiging, sah sie jedes Mal hin, obwohl sie sich vorgenommen hatte, es nicht mehr zu tun. Sie sah diese Ausbuchtung. Wie schön es wäre, ihn an sich gepresst zu spüren. Wenn er jetzt vorbeikäme, würde sie sagen: *Leg dich auf mich* und er würde es tun, sich an ihr reiben. Sich reiben und reiben, aber ihn nicht in sie reinstecken. Auch so würde es erregend genug sein. Wenn er sich nur außen an ihrem Badeanzug riebe, so, wie Shep es früher getan hatte, weil sie zu ihm gesagt hatte: *Ich kann nicht, Shep … ich habe es meiner Mutter versprochen … ich kann es nicht machen … nicht bis zum Schluss … aber das können wir tun … und das … ja, Shep, ja… ich spüre dich durch meine Kleider … spürst du mich auch? Ja, ich kann so kommen. Ich komme, Shep … o Gott … ich komme … jetzt, jetzt, jetzt …*

»Ich glaube, ich liebe dich.«

Sandy öffnete die Augen und setzte sich auf. Ein Mann mittleren Alters saß ihr gegenüber und malte mit einem Stock in den Sand. »Entschuldigen Sie, haben Sie etwas gesagt?«

»Ich habe gesagt: Ich glaube, ich liebe dich.«

Sandy sprang auf, sammelte eilig ihre Sachen zusammen und rannte davon, den Strand entlang.

Er rief hinter ihr her: »Geh nicht! Ich habe gesagt, dass ich dich liebe, und ich meine es ernst. Komm zurück! Komm zurück und geh mit mir schwimmen.«

Jesus, ein Perverser am Privatstrand? Sie rannte, bis sie Seitenstechen hatte, bis sie die Sicherheit des überfüllten Hotelgeländes erreicht hatte. Bei Gott, er hätte sie töten können! Er hätte ihr mit einer Kokosnuss den Schädel einschlagen können. Nie wieder! Von jetzt an würde sie ihr Quartier am Hotelstrand aufschlagen.

Sie benutzte die Damentoilette neben dem Swimmingpool des Hotels, um sich zurechtzumachen. Dann ging sie zu dem Hummerrennen und fand Bucky und Jen.

»He, Mom, was machst du denn hier?«, fragte Bucky. Er wartete ihre Antwort nicht ab. Er war zu sehr von dem Rennen in Anspruch genommen. »Lauf, mein Kleiner … lauf … sieh dir das an … lauf, Nummer drei … lauf …«

»Ich habe verloren«, sagte Jen. »Ich habe auf Nummer sechs gewettet und dann hat er sich umgedreht und ist in die falsche Richtung gelaufen.«

»Vielleicht sagt dir das etwas über Glücksspiele«, sagte Sandy. »Wo sind Connie und Kate?«

»Ach, die! Sie sind mit dem Ganjamann weggegangen«, sagte Bucky.

»Mit dem Ganjamann?«

»Dem Dealer.«

»Welchem Dealer?«

»Du weißt schon, Mom. Was zum Paffen, was doof macht.«

»Ich weiß nicht, wovon du redest, Bucky.«

»Ganja ... das ist wie Gras ... wie Dope ... Pot ...«

»Marihuana?«

»Ja, hier heißt das Zeug Ganja.«

»Und sie sind mit ihm weggegangen?«

»Ja, aber die kommen schon wieder. Mach dir keine Sorgen.«

»Sie sind da unten am Strand.« Jen deutete mit dem Finger in die Richtung. »Aber Kate hat gesagt, wenn ich es jemandem sage, bringt sie mich um. Sie hat gesagt, sie hält mich so lange unter Wasser fest, bis ich blau anlaufe. Deshalb muss ich doch lernen, den Atem bis hundert anzuhalten wie Daddy.«

»Niemand tut dir etwas«, sagte Sandy. »Jetzt hört mal zu! Ihr bleibt, wo ihr seid, und seht euch das Hummerrennen zu Ende an. Rührt euch nicht von der Stelle! Ich komme mit Kate und Connie wieder und dann fahren wir nach Hause.«

Das hatte ihr gerade noch gefehlt! Wo, zum Teufel, waren die beiden und was sollte sie mit ihnen machen? Wenn sie ihr Geld dafür ausgegeben hatten, würde sie sie umbringen. Diese Gören!

Sie fand sie in einem kleinen Baumgrüppchen. Die beiden lachten sich kaputt. »Hallo, Tante Sandy«, sagte Kate. »Was machst du denn hier?«

»Dieselbe Frage wollte ich euch auch gerade stellen. Ich dachte, ihr würdet bei Bucky und Jen bleiben.«

»Bucky und Jen sind keine Babys mehr. Sie können auf sich selbst aufpassen.«

»Habt ihr Pot geraucht?«

Sie lachten wieder.

»Wissen eure Eltern, dass ihr raucht?«

»Ich weiß es nicht«, sagte Kate. »Wir haben nie darüber diskutiert.«

»Wirst du es ihnen sagen?«, fragte Connie.

»Natürlich sagt sie nichts. Wozu sollte das gut sein?«

»Seht mal«, sagte Sandy, »ich fühle mich nicht gut und ich will nach Hause.«

»He, was für ein Jammer, Tante Sandy«, erwiderte Kate. »Willst du vielleicht einen Joint? Das könnte helfen.«

»Nein, und jetzt gehen wir.«

An diesem Abend fragte Norman: »Fühlst du dich wieder kräftiger, Sandy?«

»Ja.« Sie lag bereits im Bett und las.

»Du bist schon schön braun geworden. Wärst du ganz vorsichtig dafür zu haben?«

»Ich glaube schon.«

»Hast du dein Pessar eingesetzt?«

»Nein, ich habe es vergessen.«

»Wo ist es?«

»Im Badeschrank.«

»Ich hole es dir.«

»Okay.«

Er kam zurück und drückte ihr das Etui in die Hand. Dann wandte er sich ab, während sie unter der Bettdecke das Pessar einführte. »Fertig«, sagte sie, als es an der richtigen Stelle saß. Norman schaltete das Licht aus und kletterte zu ihr ins Bett.

Regeln und Satzungen für einen Norman-Pressman-Fick.

Es muss dunkel im Zimmer sein, damit sie einander nicht ansehen müssen. Es wird einen Kuss geben, mit der Zunge, um die Dinge anlaufen zu lassen. Seine Finger werden leicht über ihre Brüste streichen, auf ihrem Bauch hinunter bis zu ihrer Muschi wandern und innehalten. Er wird versuchen, ihre Klitoris zu finden. Wenn es ihm gelingt, wird er sie zwischen seinen Daumen und seinen Zeigefinger nehmen und reiben. Zu fest. Er wird sich auf sie rollen. Er wird sich auf die Ellbogen stützen und dann …

Norman küsste sie. Er schmeckte nach Colgate. Sie hasste Colgate. Frage: Hasste sie Norman auch? Antwort: Ja, manchmal schon.

Seine kalte Zunge schoss in ihren Mund und wieder hinaus. Ein Kuss. Ihm reichte das. Sandy hatte nichts dagegen. Ihre Lippen taten weh. Außerdem mochte sie seine Küsse nicht mehr und sie konnten sie auch nicht mehr erregen.

»Bereit, San?«

»Ja.« Sie hob ihre Hüften, um ihn aufzunehmen. Rein, raus. Rein, raus. Sie schloss die Augen und stellte sich vor, wie es mit dem Jungen wäre, der die Liegestühle aufstellte. Sie würde auf ihm sitzen und wild auf ihm herumhüpfen. Fast zweiunddreißig Jahre alt und noch nie oben gelegen. Wie ungerecht! Norman war kurz vor dem Ende. Noch dreimal rein und es würde vorbei sein. *Eil dich, Sandy, eil dich oder du bekommst nichts ab.* Sie bewegte sich mit Norman, aber es war zu spät. Heute keine Hauptmahlzeit.

»Tut mir Leid«, sagte er. »Es war so lange her. Ich konnte nicht warten. Weck mich in zwanzig Minuten und dann probieren wir es noch einmal.«

»Das macht nichts«, sagte Sandy. *Lügnerin, Lügnerin, natürlich macht es etwas.*

Norman ging ins Bad. Sie hörte ihn gurgeln. Hatte er Angst, dass ihre Küsse immer noch Bakterien enthielten? Er legte sich in sein eigenes Bett an der Wand. Sekunden später war er eingeschlafen und schnarchte leise. Sandy onanierte und dachte dabei an den Jungen vom Hotel. Der Höhepunkt, den sie erreichte, war heftiger und befriedigender als jeder, den sie je mit Norman erlebt hatte. Als sie wieder Luft bekam, fragte sie: »Liebst du mich, Norman?«

Sie wusste, dass er schlief. Sie erwartete nicht wirklich eine Antwort. Und sie bekam auch keine.

7

1970. Nicht nur ein neues Jahr, sondern auch ein neues Jahrzehnt. Als sie aus Jamaika zurückkehrten, hatte Sandy viele Vorsätze gefasst. Sie würde lernen zu kochen. Sie würde sich ein gewagtes Kleid kaufen. Sie würde die hervorragendste Mutter des Jahres sein. Sie würde sämtliche Kleiderschränke ausräumen und sie systematisch wieder einräumen. Sie würde dafür sorgen, dass die Fußleisten so sauber waren, wie Norman es von denen Enids behauptete. Sie würde das *Time Magazine* von der Titelseite bis zur Rückseite lesen und interessante, gelegentlich auch verblüffende Kommentare von sich geben. Sie würde wöchentlich drei Bücher aus der Leihbücherei verschlingen und eins davon würde ein literarisches Buch sein. Sie würde sexy sein. Ja, sie würde sehr sexy sein. Immer. Das Beste aus sich machen. Sich nie zu spät die Haare waschen. Ihre Beine rasieren, ehe es nötig war. Morgens und abends Glanzcreme zwischen ihre Zähne reiben. Regelmäßig duschen mit Essig, vielleicht Weinessig zur Abwechslung, und das nicht nur am Morgen danach. Sie würde Norman in jeder Hinsicht gefallen. Wenn sie ihn glücklicher machte, wenn sie auf jeden seiner Wünsche einging, dann würde sie dafür belohnt werden. Sie würde ein glücklicherer Mensch sein. Ein besserer Mensch.

»Macht seine Interessen zu euren Interessen. Macht seine Freunde zu euren Freunden. Wenn er dazu aufgelegt ist, seid ihr auch dazu aufgelegt. Zieht euch so an, dass ihr ihm gefällt. Kocht, was ihm schmeckt. Was zählt denn sonst? Ein glücklicher Mann ist die Antwort auf ein glückliches Leben«, hatte Mona Schaedel im Dezember 1954 zu ihren Töchtern Myra Suzanne und Sondra Elaine anlässlich der Verlobung der erstgenannten mit Gordon Michael Lefferts gesagt, Medizinstudent im sechsten Semester, ein ausgezeichneter Fang, der Myra Suzanne in der Nacht zuvor mit einem vollkommenen blauweißen dreikarätigen Diamanten in einem lanzettförmig gefassten Verlobungsring beschenkt hatte, erstanden von seinem Onkel Jerome, der – Gott sei Dank – gut im Geschäft war und ihm einen tollen Preis gemacht hatte, denn eines Tages, wenn Gordon Spezialist und Onkel Jerome alt war, würde sich Gordon um ihn kümmern, ohne ihm seine Bemühungen in Rechnung zu stellen. Onkel Jerome kam nie auf den Gedanken, Gordon nach seinen Zukunftsplänen zu fragen. Wenn er das getan hätte, wäre er vielleicht weniger großzügig gewesen. Andererseits gab es aber auch noch Tante Fanny und deren Hysterektomie, die man nicht außer Acht lassen durfte.

Myra ließ Sandy den Ring anprobieren und von dem Moment an war Sandys Lebensziel, sich zu verloben.

Sie waren seit zwei Wochen aus Jamaika zurück, als Sandy eine bebilderte Enzyklopädie über Sexualität kaufte. »Ich habe eine Idee«, sagte sie zu Norman. »Tun wir es eine Woche lang jede Nacht.«

»Ist das dein Ernst?«

»Ja, und jedes Mal in einer anderen Stellung.«

»Und ab wann?«

»Heute Abend?«

»Na gut, du hast es dir selbst eingebrockt!«

Aber als sie versuchte, seinen Körper zu erforschen, verkrampfte er sich. »Nein, nicht da«, sagte er, als ihre Hände die zarten Haarbüschel unter seinen Armen berührten. »Ich mag es nicht, da angefasst zu werden.«

»Oh, tut mir Leid.« Sie küsste seinen Hals und ließ ihre Lippen zu seiner Brust wandern.

»Nein«, sagte er und wand sich, als ihre Finger auf seinen Brustwarzen lagen. Er nahm ihre Hände. »Wofür hältst du mich? Für eine Tunte?«

»Ich erforsche dich nur, wie es in dem Buch steht.«

»Zum Teufel mit dem Buch!«

Sie hatte vorgehabt, sich bis zu seinen Füßen vorzuarbeiten, um in seine Zehen zu beißen und sie zu küssen, und das in der Hoffnung, er würde ihrem Beispiel folgen und all die schönen Dinge mit ihr tun, die sie mit ihm getan hatte. Er würde ihre Brustwarzen lecken, rund herum, und die Innenseite ihrer Schenkel küssen, bis sie feucht war, bis sie ihn einfach haben musste; und erst dann würde er in sie eindringen, lang und steif, und sie würden sich stundenlang gemeinsam bewegen, vielleicht die ganze Nacht lang. Aber jetzt konnte sie erkennen, dass es sinnlos war weiterzumachen. Es konnte nichts dabei herauskommen. Sie konnte ebenso gut gleich mit einer neuen Stellung beginnen. Sie kletterte auf ihn.

»Was tust du da?«

»Lass es uns mal so rum versuchen.«

»Nein, nicht du oben.«

»Das ist eine ganz normale Stellung, Norm ...«

»Für Lesben, für Feministinnen, die alles an sich reißen wollen.«

»Nein, das hat nichts damit zu tun. Es soll nur richtig gut tun ...«

»Hier bin immer noch ich der Mann. Ich liege oben.«

»Das ist Unsinn, Norm. Es hat gar nichts damit zu tun, dass du der Mann bist.«

Doch schon lag er auf ihr und stieß seinen Schwanz in sie hinein. »Du bist meine Frau und nicht irgendeine Hure.«

»Ich könnte ja mal so tun, als sei ich eine Hure. Nur so zum Spaß.«

Er stieß fester zu. »Du bist meine Frau ... da, sieh ...«, sagte er und er kam in ihr.

Eine Woche lang bewies er jede Nacht, dass er der Mann war. Eine Woche lang war Sandy jede Nacht wundgescheuert.

Soviel zu ihren Neujahrsvorsätzen.

Norman trat dem Club Anfang Februar bei und wurde prompt aufgefordert, den Posten des Vorsitzenden des Beschwerdeausschusses zu übernehmen. »Das ist eine große Ehre für ein neues Mitglied!«, sagte Myra zu Sandy. »Du kannst sehr stolz sein.«

»Ja, das bin ich. Wichtig ist, dass Norman glücklich ist.«

Und er war *sehr* glücklich. Seine Begeisterung für den Club übertrug sich auf die Kinder. »Darf ich Golf spielen lernen?«, fragte Bucky.

»Natürlich, es gibt einen Übungsplatz und ein Rasenstück, auf dem du das Putten üben kannst, und im Frühjahr kannst du Unterricht nehmen.«

»Und was ist mit mir, Daddy?«, fragte Jen. »Darf ich auch Unterricht nehmen?«

»Gewiss, meine kleine Prinzessin.«

»Und was ist mit Mommy?« Jen und Bucky sahen sie an.

Sandy schüttelte den Kopf, aber Norman sagte: »Mommy wird auch lernen, Golf und Tennis zu spielen.«

»Lass das, Norm … erzähl den Kindern nicht so was … du weißt, dass es mir nicht liegt.«

Trotzdem schenkte Norman ihr zum Geburtstag zusammenpassende Schläger in einem zitronengelben Beutel, braunweiße Golfschuhe, die sie an die geliebten Schuhe aus ihrer Schulzeit erinnerten, und ein Dutzend Golfkleidchen, die in verschiedenen Farben eingesäumt waren.

Und zum Muttertag bekam sie einen Tennisschläger, Tennisschuhe, zwei Tennisröckchen, einen dazu passenden Blazer und drei Dosen Tennisbälle, alles von bester Qualität.

Nun gut. Sie würde es probieren. Sie würde einen Anlauf nehmen. Schließlich waren zwanzig Jahre vergangen, seit sie die achte Klasse besucht hatte. Ihre Bewegungskoordination hatte sich vielleicht verbessert. Inzwischen hatte sie Kinder bekommen, und das Onanieren erforderte doch auch Koordinationsfähigkeit, oder nicht? Vor allem beim Fahren.

8

Der Mann auf dem Motorrad kam am Montagmorgen wieder. Er trug denselben Helm und fuhr dasselbe Motorrad, war aber mit Jeans und T-Shirt bekleidet. Als Sandy aus dem Fenster sah, öffnete er den Reißverschluss seiner Jeans und ließ sie auf die Knöchel fallen. Keine Unterwäsche. Interessant. Er war schnell und schaffte es bei neunzehn. Anschließend winkte er ihr zu. Sie winkte nicht zurück. Wenigstens war er diesmal nicht auf den Rasen gefahren.

Sandy rief Norman nicht an. Die Polizei rief sie auch nicht an. Wozu? Letztes Mal hatte man ihr auch nicht geglaubt. Außerdem tat er niemandem etwas. Aber wer war er? Und warum hatte er sich ausgerechnet sie ausgesucht? Suchte er vielleicht täglich ein anderes Haus auf? Ja, beim letzten Mal war es auch ein Montag gewesen. Vielleicht war der Montag ihr Tag. *Eines Tages wird er kommen, der Mann, den ich liebe ... und er wird groß und stark sein, der Mann, den ich liebe ... vielleicht an einem Montag ...* Es gab viele Möglichkeiten.

Sie musste sich beeilen, wenn sie den Zug um neun Uhr zweiunddreißig erwischen wollte. Sie hatte eine Verabredung mit Lisbeth. Sie wollten sich in New York zum Mittagessen treffen und vorher wollte Sandy ein paar Einkäufe erledigen. Sie brauchte etwas für die offizielle Gesellschaft im Club am 4. Juli, etwas Schwarzes, Enganliegendes, wie es Myra und ihre Freundinnen in Jamaika getragen hatten. Wenn ihr noch Zeit blieb, würde sie sich vielleicht auch die Haare schneiden lassen.

Das Telefon läutete, als sie aus der Dusche kam. Sie wickelte sich in ein Handtuch und nahm den Hörer ab.

»Mrs. Pressman?«

»Ja.«

»Hier spricht Hubanski.«

»Wer?«

»Sergeant Hubanski, von der Polizei.«

»Oh ... ja ... natürlich.«

»Wir haben ein Bettlaken gefunden.«

»Ach, wirklich?«

»Ja, ein normales weißes Laken, so eins, wie Sie es beschrieben haben.«

»Wo?«

»An der Ecke Sunset und Morning Glory.«

»Das ist nicht weit von hier.«

»Das wissen wir.«

»Wann?«

»Wann was?«

»Wann haben Sie es gefunden?«

»Ach so. Gestern Nachmittag. Ich hatte frei. Meine Jungs haben es abgeholt und daher habe ich erst heute Morgen etwas davon erfahren. Wir überprüfen es im Moment auf die Reinigung hin, in die er es gegeben haben könnte. Wenn wir etwas herausfinden, werden wir Ihnen telefonisch Bescheid geben.«

»Ja, bitte.«

»Ich wollte Ihnen nur sagen, dass wir die heiße Spur verfolgen.«

»Ja, dann vielen Dank für Ihren Anruf, Sergeant.«

Sie hatten also ein Laken gefunden. War es seins? Hatte er deshalb heute Jeans und T-Shirt getragen? Weil er sein Laken verloren hatte? Äußerst unwahrscheinlich. Er musste mehr als ein Betttuch besitzen. Das Laken, das Sergeant Hubanski gefunden hatte, gehörte vermutlich irgendeinem Kind aus der Nachbarschaft, das ein Zelt daraus gebaut und es draußen liegen gelassen hatte.

»Guten Morgen, Mrs. Pressman«, rief Florenzia aus dem unteren Stockwerk, während sie die Haustür zuknallte. »Ich bin's nur.«

»Guten Morgen, Florenzia«, rief Sandy zurück.

»Sie haben Post … Wollen Sie sie sehen?«

»Ja, bitte.« Sandy ging ihr entgegen. Florenzia gab ihr die Post. »Danke.«

»Ein sehr heißer Tag heute.«

»Sie können die Klimaanlage jetzt wieder einschalten. Ich habe sie nur ausgeschaltet, um zu duschen.«

»Ich bin heute unten, falls jemand das Haus anschauen und kaufen will.«

»Ja, das ist prima.«

»Mr. Pressman hat mir eine Lohnerhöhung angeboten, wenn ich das Haus gut herrichte.«

»So?«

»So ist es. Hat er mir vor zwei Wochen gesagt.«

»Davon weiß ich nichts, Florenzia, aber wir sind wirklich sehr zufrieden mit dir.« Wie typisch für Norman, eine Gehaltserhöhung anzubieten, wenn sie kurz vor dem Ausziehen waren.

Sandy nahm die Post mit ins Schlafzimmer und schloss die Tür.

Bisher nichts von Bucky, aber eine Karte von Jen war dabei. Die erste.

LIEBE MOMMY,

das Ferienlager ist grässlich! Ich bin halb tot vor Hunger. Es gibt keine Steaks. Es gibt kein Roastbeef. Nur ein Plätzchen am Tag. Du solltest mich sehen. Ich bin nur noch Haut und Knochen. Bitte, bitte, hol mich von hier fort. Und beeil dich!

Deine Tochter
JENNIFER P.

Damit war es erwiesen! Jen war zu jung für ein Ferienlager. Sie hätte nicht auf Norman hören sollen. Bloß, weil Enid *ihn* mit fünf in ein Ferienlager geschickt hatte, hieß das noch lange nicht, dass Jen schon so weit war. Die arme kleine Jen! Sandy sah sie vor ihrem geistigen Auge. Hinter einem Stacheldrahtzaun, weinend. Erschreckend dünn. Ein Konzentrationslager für überprivilegierte Zöglinge.

O Gott.

Moment mal. Sie war doch im letzten Sommer im Ferienlager Wah-Wee-Nah-Kee gewesen. Sie hatte selbst gesehen, wie schön es dort war. Buckys Ferienlager lag am anderen Ufer des Sees. Iris Miller, die Leiterin, hatte sie herumgeführt. Hübsche, kleine Häuschen, die auf dem Kamm des Hügels aufgereiht waren. Gepflegte Rasenflächen. Blumenbeete. Modern ausgestattete Badezimmer. Tennisplätze. Ein Speisesaal mit Ausblick auf die Berge. Und mit Sicherheit kein Stacheldraht. Mit Jen war sicher alles in Ordnung. Es musste in Ordnung sein.

Sandy nahm den Telefonhörer in die Hand und wählte.

»Hier ist das Ferienlager Wah-Wee-Nah-Kee im Herzen von Berkshire«, zwitscherte eine fröhliche Stimme.

Sandy fragte nach Iris Miller und wartete, als man sie weiterverband.

»Ja, hier spricht Iris Miller.«

»Hier spricht Sandy Pressman, Mrs. Miller ... aus New Jersey ... Jennifers Mutter ...«

»Ja, Mrs. Pressman. Ich habe Jennifer beim Frühstück gesehen. Es geht ihr bestens.«

»Mrs. Miller, ich habe gerade eine sehr beunruhigende Postkarte von Jennifer bekommen. Sie schreibt, sie sei am Verhungern.«

»Also wirklich, Mrs. Pressman«, sagte Iris lachend. »Ich kann Ihnen versprechen, dass sie nicht am Verhungern ist.«

»Dass es kein Steak und kein Roastbeef gibt.«

»Sie ist noch keine Woche hier und sie ist zum ersten Mal in einem Ferienlager. Die Eingewöhnung dauert immer eine Weile. Steaks hat es übrigens am ersten Abend gegeben. Sie können sich darauf verlassen, dass wir unseren Ferienkindern nur das Allerbeste vorsetzen, glauben Sie mir.«

»Nun, das hoffe ich, aber Sie können sicher verstehen, wie verstört ich war, als ich Jens Karte las.«

»Selbstverständlich. Aber Sie brauchen sich keine Sorgen zu machen. Wenn sie wirklich unglücklich wäre, hätte sie einen Brief geschrieben. Die Postkarte ist ein Zeichen dafür, dass es ihr gut geht.«

»Ich würde gern mit Jen sprechen.«

»Sie wissen, dass das gegen unsere Vorschriften verstößt, Mrs. Pressman. Keine Anrufe vor dem Besuchstag. Schreiben Sie ihr aufmunternde Briefe. Glauben Sie mir, sie ist hier in guten Händen.«

»Es liegt wohl nur daran ...«

»Wir sehen uns am Besuchstag. Und haben Sie keine Hemmungen, jederzeit anzurufen, wenn Sie sich Sorgen machen.«

»Ja ... aber ...«, setzte Sandy an, doch Iris hatte bereits aufgelegt.

Sie würde Jennifer heute Abend schreiben müssen. Ihr vorschlagen, um Erdnussbutter zu bitten, wenn sie hungrig war. Ihr versprechen, dass sie ihr am Besuchstag viele Leckereien mitbringen würde. Plätzchen, Obst, Kartoffelchips, Bonbons. Nein, das war falsch. Jen musste lernen, ohne sie zurechtzukommen. Darum ging es doch in einem Ferienlager, oder? Jedenfalls hatte Norman das gesagt. Sie war nie in einem Ferienlager gewesen. Mona hatte Ferienlagern misstraut. »Wenn man sich Kinderlähmung holen will, ist das die einfachste Methode«, hatte Mona argumentiert, als Myra einmal darum gebeten hatte, in ein Ferienlager gehen zu dürfen. »Aber es ist heiß und ich möchte schwimmen gehen«, hatte Myra gewimmert. »Wenn dir heiß ist, kannst du dich in die Badewanne setzen«, hatte Mona geantwortet.

Sandy erwischte den Zug um neun Uhr zweiunddreißig mit Mühe und Not und sie fand einen Sitzplatz in einem Nichtraucherabteil. Sie hatte sich auf dieses Treffen mit Lisbeth gefreut. Sie hatten einander seit Monaten nicht mehr gesehen, zum letzten Mal nach Sandys Rückkehr aus Jamaika. Und an dem Tag hatte Sandy auf der Unterlippe Herpesbläschen in vollster Blüte zur Schau getragen.

»Du bekommst immer noch solche Dinger?«, hatte Lisbeth gefragt.

»Von der Sonne.«

»Warum nimmst du dann nicht einfach Zinkoxyd?«

»Diese weiße Schmiere ist so hässlich.«

»Nimm es mir nicht übel, San, aber das ist weniger hässlich als diese Hitzebläschen.«

»Ich weiß und von jetzt an mache ich es, ehe ich in die Sonne gehe. Dazu habe ich mich durchgerungen. Man ist verrückt, wenn man stattdessen leidet.«

»Hattest du nicht auch so einen Ausschlag, als du Norman geheiratet hast?«

»Ja, einen ganz leichten.«

»Und als dein Vater gestorben ist?«

»Ja, bei seiner Beerdigung. Bei der Party zu meinem sechzehnten Geburtstag war es auch so. Es war gerade am Abklingen.«

»Glaubst du nicht auch, dass emotionale Anspannung daran schuld ist?«

»Nein, die Sonne.«

»Aber dein Vater ist doch im November gestorben, oder? Am selben Tag wie JFK?«

»Weißt du was? Du hast Recht. Ich habe noch nie darüber nachgedacht.«

»Siehst du, es steckt mehr dahinter als nur die Sonne.«

»Mag sein ...«

Lisbeth Moseley, geborene Zelda Rabinowitz. An ihrem fünfzehnten Geburtstag hatte sie ihren Vornamen geändert und sich von jenem Tag an geweigert, mit jemandem zu reden, der sie nicht mit Lisbeth ansprach. Sie war es gewesen, die Sandy ermutigt hatte, ihren Namen von Sandra in Sondra zu ändern. Bewirkt hatte das jedoch nichts. Sie wurde weiterhin von allen Sandy genannt. Lisbeth. Chefredakteurin der Hillside High *News*. Das Mädchen mit glattem schwarzem Haar und einer keineswegs kostspieligen, aber erfolgreichen Nasenoperation. Die Einzige aus der alten Clique, die aufs Barnard gegangen war. Lisbeth, die einen Goi geheiratet hatte, als Sandy noch nicht einmal den Mut hatte, sich mit einem zu verabreden. Ein toller Typ, der außerdem zufällig ihr Professor war. In einem Wahlkurs in Lyrik für die Studenten, die vom Grundkurs in Englisch befreit worden waren. Er war blond und groß und schlank, rauchte Pfeife und trug Tweedjacketts mit Lederflicken auf den Ellbogen. Der Stereotyp eines Dozenten. Vincent X. Moseley aus Connecticut. Mit familiärem Hintergrund. Es war nicht von Bedeutung, dass er zudem in einer überfüllten Wohnung in der hundertsechzehnten Straße West eine stämmige, stupsnasige Frau und zwei kleine Jungs hatte.

Er tat es trotzdem mit Lisbeth.

»Wirklich? Bis ganz zum Schluss?«, fragte Sandy.

»Ja, und es war wunderbar ... einfach wunderbar ... viel besser, als wir es je geahnt hätten, als wir unsere albernen Spiele gespielt haben.«

»Hat es nicht wehgetan?«

»Nein.«

»Hat er einen Gummi benutzt?«

»Nein.«

»Aber, Lisbeth, was ist, wenn du schwanger wirst?«
»Ich werde ihn ohnehin heiraten.«
»Aber er ist doch schon verheiratet.«
»Sie versteht ihn nicht. Er ist ein Poet. Er ist sehr sensibel. Das Einzige, wovon sie etwas versteht, sind Windeln und Milchflaschen. Er reicht die Scheidung ein.«

Ihr Kind, Miranda, war zwei Jahre älter als Bucky. Lisbeths Mutter kümmerte sich um Miranda, bis Lisbeth ihr Studium abgeschlossen hatte, und als sie dann einen Job hatte, einen richtigen Job mit Zukunftsperspektive als Lektorin bei Harper's, zog Miranda zu ihren Eltern nach New York. »Sie ist intelligent, brillant und eine Schönheit«, sagte Lisbeth ganz selbstverständlich zu jedem, der sie nach Miranda fragte.

Sie wohnten jetzt in einer Mietwohnung am Riverside Drive und hatten ein Häuschen in Küstennähe in Maine, in dem es kein fließendes Wasser gab. Lisbeth hatte ihr Bilder von den dreien gezeigt, auf denen sie nackt in einem Badezuber im Freien herumtollten.

Lisbeth, deren Mutter koscher blieb, obwohl alle anderen während des Passahfests Brot aßen, deren Mutter ihre Tochter immer wieder in Verlegenheit brachte, indem sie nicht müde wurde zu singen: »How Much Is That Doggie in the Window?«

Lisbeth, Sandys beste Freundin. Sandys erster Liebhaber.

Sie waren zwölf und gingen auf die dreizehn zu. Es war am Silvesterabend. Die Schlafzimmertür war zu, aber nicht abgeschlossen. Im Haus von Sandys Eltern gab es keine Schlösser in den Türen. Ein Kind hätte sich versehentlich einsperren können. Und Gott behüte, im Falle eines Feuers …

Mona und Ivan hatten Freunde zu Besuch, mit denen sie im Hobbykeller waren. Myra hatte eine Verabredung und war ausgegangen. Sandy und Lisbeth lagen unter der Steppdecke in Sandys Bett. Sandy war oben, denn sie war der Junge. Sie bewegte sich und wand sich und rieb sich an Lisbeth, bis sie dieses gute Gefühl hatte. Dann war Lisbeth an der Reihe. Sie tat dasselbe wie Sandy. Manchmal spielten sie *Vergewaltigung* und dann wieder *Nichts weiter als Liebe.* Sie berührten gegenseitig ihr Brüste, aber sie fassten sich nie da *unten* an.

Dann hatte sich plötzlich die Tür geöffnet und Mona stand im Rahmen. »Ein frohes neues Jahr!«, sang sie. Sie war leicht angeheitert und hielt in einer Hand ein Glas Champagner. »Was tut ihr zwei im selben Bett?«

»Uns warm halten«, antwortete Zelda/Lisbeth.

»Friert ihr?«

»Ja«, sagte Sandy.

»Ich stelle die Heizung höher, aber jetzt kommt erst mal runter, und wünscht unseren Freunden ein frohes neues Jahr.«

»Müssen wir?«

»Ja, alle wollen euch sehen.«

»So?«

»Zieht euch Bademäntel und Hausschuhe an.«

Mona wusste nicht, dass die Mädchen unter der Decke nackt waren.

»Wir kommen gleich«, sagte Sandy. »Kannst du bitte die Tür schließen, damit uns niemand im Schlafanzug sieht?«

»Hier ist niemand außer mir«, sagte Mona.

»Bitte, Mom. Zelda will nicht, dass du sie in ihrem Schlafanzug siehst.«

»Seit wann denn das?«

»Seit ich schamhaft geworden bin, Mrs. Schaedel. Das ist seit ein paar Wochen so.«

»Ich verstehe«, sagte Mona. »Also gut, aber beeilt euch.«

»Uff!«, stöhnte Zelda/Lisbeth, als Mona gegangen war.

Sie zogen sich ihre Schlafanzüge und Bademäntel an und gingen nach unten. Dort wurden sie von Monas und Ivans Freunden umarmt und abgeküsst. Freunde aus dem Club, der sonntagabends zusammenkam. Die Frauen spielten Mah-Jongg, und die Männer Poker. Freunde aus der Gruppe, die sich dienstagabends traf. Die Frauen spielten Canasta und die Männer spielten Poker. Freunde aus dem Tanzkurs am Freitagabend, denn freitags kam

Mr. Zaporro ins Haus und brachte ihnen den Cha-Cha-Cha bei.

Sandy musste die Freunde mit *Onkel* und *Tante* anreden und sich von ihnen in die Wangen kneifen lassen. Als sie und Zelda/Lisbeth nach unten kamen, verschüttete Tante Totsie Champagner über Sandys Bademantel, und Onkel Jerry war zu beschäftigt, um sie zu küssen, weil er seine Hand unter Tante Ruthies Kleid gesteckt hatte. Tante Ruthie trug schwarze Strümpfe und die Mädchen konnten bis zu ihren Strumpfbändern sehen und selbst der schwarze Strumpfhalter schaute ein Stückchen hervor. Das war wirklich komisch, denn Tante Ruthie war mit Onkel Ned verheiratet und Onkel Jerry mit Tante Edie.

»Glaubst du, sie tun es?«, flüsterte Zelda/Lisbeth Sandy zu.

»Nein, sie sind nur gute Freunde.«

»Ihre Hand liegt auf seinem Hosenschlitz.«

»Ich weiß, aber sie sind nichts weiter als gute Freunde, glaub mir. Manchmal benehmen sich gute Freunde so.«

»Das wusste ich gar nicht.«

»Doch. An Silvester geht alles.«

»Ach so.«

Lisbeth hatte solche Träume! Dem Rest der Clique genügte es, irgendwann zu heiraten und Kinder zu bekommen, aber Lisbeth reichte das nicht. Sie träumte davon, über Lord and Taylor's zu herrschen. Schließlich las sie die *New York Times* und sehnte sich nach Sofas mit Zebrabezug und einem Apartment in Manhattan, während die anderen Mädchen damit beschäftigt waren, sich für den Samstagabend zu verabreden und sich betatschen zu lassen.

Und später marschierte dieselbe Lisbeth bei Demonstrationen mit und träumte nicht mehr von Sofas mit Zebrabezug, denn ihr Gewissen war so deutlich ausgeprägt, dass sie darauf bestand, dass ihre Mutter sich von ihrem sorgsam behüteten Persianermantel samt Mütze trennte. Mrs. Rabinowitz hatte eine Freundin, die eine Cousine hatte, die einen Mann kannte, der Borganamäntel herstellte, und in dem Sommer, ehe die beiden Mädchen ins College kamen, hatte sie sie nach New York geschleppt und beide hatten sich einen Borganamantel gekauft. Lisbeth hatte Sandy ins Ohr geflüstert: »Er fühlt sich so gut auf der Haut an, dass ich am liebsten die Außenseite nach innen drehen und ihn auf der nackten Haut tragen würde.« Und später, nachdem sie Vincent kennen gelernt hatte, hatte sie Sandy angerufen, um zu sagen: »Dieser Mantel … du weißt schon … also, Vincent und ich, wir lieben uns darauf … in seinem Büro … auf dem Fußboden … das musst du unbedingt mit deinem Mantel auch mal probieren, San! Es ist einfach toll!«

»Sandy! Wir haben uns so lange nicht gesehen«, zwitscherte Lisbeth, während sie sie vor dem Plaza umarmte. »Geht es dir gut?«

»Ja, alles in Ordnung. Wieso?«

»Ich weiß es nicht. Du wirkst so müde.«

»Ich hatte heute Morgen ziemlich viel zu tun.«

»Suchen wir uns doch einen Tisch. Ich habe dir so viel zu erzählen.«

Lisbeth trug Shorts und ein Hemd, das fast bis zum Nabel aufgeknöpft war. Sandy kam sich in ihrem Leinenkostüm sehr vorstädtisch vor.

»Wir fahren am Ersten nach Maine und nehmen den ganzen Monat frei. Vincent spielt mit dem Gedanken, ein Buch zu schreiben.«

Vincent spielte doch immer mit dem Gedanken, ein Buch zu schreiben.

»Ich werde mich entspannen, lockerer werden, meine Freiheit genießen.«

»Das klingt ganz ausgezeichnet. Wie geht es Miranda? Fährt sie mit euch?«

»Natürlich. Sie hat Freunde dort. Du müsstest sie sehen, San … Ich hätte Fotos mitbringen sollen. Sie hat einen winzigen Busen bekommen und gerade zum ersten Mal ihre Periode gehabt. Ich habe ihr gleich beigebracht, wie man Tampons benutzt. Erinnerst du dich noch an diese grässlichen Binden, die wir hatten?« Sandy nickte.

»Lass uns etwas bestellen. Dann musst du mir alles über dich erzählen.«

Sandy überflog die Speisekarte. »Hast du hier schon mal Geflügelsalat gegessen?«

»Ja, du musst ihn dir selbst anmachen.«

»Du meinst, er kommt trocken auf den Tisch?«

»Ja, nur Hühnerstücke.«

»Gut … genau das mag ich.«

Der Kellner kam, um die Bestellung aufzunehmen.

»Besteht der Hühnersalat ganz aus weißem Brustfleisch?«, fragte Sandy.

»Wenn Sie es wünschen, ja«, antwortete der Kellner.

»Ja, bitte. Mit Mayonnaise und geraspeltem Salat.«

»Wir servieren den Salat nicht mehr geschnitten. Inzwischen haben wir auf ganze Blätter umgestellt.«

»Ach so … gut, das ist mir auch recht.«

»So, was spielt sich denn so alles in der Kleinstadt ab?«, fragte Lisbeth.

»Ach, das Übliche. Neu ist nur, dass wir dieses Jahr dem Country Club beigetreten sind.«

»Doch nicht im Ernst!«

»Norman spielt oft Golf und Tennis. Es war einfach vernünftig.«

»Aber was ist mit dir?«

»Ach, ich nehme Stunden. Norman ist übrigens der Vorsitzende des Beschwerdeausschusses.«

»Das ist ja großartig!«

Sandy lachte. »Ihm macht es viel Spaß.«

»Das möchte ich wetten.«

»Seine erste Beschwerde hatte mit einer Frau zu tun, die im Badeanzug von der Golfplatzgarderobe zum Parkplatz gelaufen ist.«

Lisbeth schüttelte den Kopf. »Wie geht es mit dem neuen Haus voran?«

»Ich denke, dass wir am ersten Mai soweit sind.«

»Habt ihr das Haus in Plainfield schon verkauft?«

»Nein, wir haben zwar ein paar Angebote bekommen, aber Norman sagt, dass sie zu niedrig sind.«

»Werdet ihr es an Schwarze verkaufen?«

»Norman sagt Nein, obwohl die meisten Interessenten schwarz sind.«

»Du weißt doch, dass das nicht legal ist.«

»Ich weiß, ich weiß. Ich habe versucht, es Norman klarzumachen, aber Enid würde es ihm nie verzeihen. Du weißt, wie sie über Schwarze denkt.«

Der Kellner brachte ihnen das Essen. »Mayonnaise zum Anmachen«, sagte er, während er den Teller vor Sandy absetzte.

Einen Moment lang aßen sie schweigend. Dann fragte Sandy: »Wie geht es deiner Mutter?«

»Nicht allzu gut. Sie hat alle möglichen Untersuchungen hinter sich. Sie hat das Gefühl im linken Arm verloren.«

»Das tut mir Leid. Liegt sie im Krankenhaus?«

»Sie war im Krankenhaus. Jetzt ist sie wieder draußen. Wie geht es deiner Mutter?«

»Es geht ihr gut.«

»Und wie steht es mit dir und Norman?«, fragte Lisbeth. Sie sah von ihrem Krabbensalat auf.

»Wie meinst du das?«

»Ganz allgemein. Ich habe gerade einen Kurs belegt: ›Die Ehe in einer sich wandelnden Gesellschaft‹. Deshalb interessiert es mich.«

»Bei uns ist alles so wie immer.« Sandy tunkte weitere Hühnerstücke in die Mayonnaise. »Habe ich schon gesagt, dass Jen das Ferienlager grässlich findet und nach Hause kommen will? Und dass ich diesen Pilz oder sonst was habe und ihn nicht loswerde. Es macht mich ganz verrückt.«

»Nein, das hast du mir noch nicht erzählt.«

»Und dass ich manchmal …«

»Was?«

»Ach, ich weiß nicht.«

»Bist du *sicher,* dass es dir gut geht?«

»Das weiß ich auch nicht.« Sandy würgte und trank einen großen Schluck Eistee.

Lisbeth griff über den Tisch und legte ihre Hand auf Sandys Hand. Sie sprach leise. »Erzähl mir, was los ist«, sagte sie. »Du wirst dich hinterher wohler fühlen.«

Sandy schüttelte den Kopf. »Es ist nichts weiter. Ich bin nur einfach müde. Ich werde so schnell müde.«

Lisbeth legte ihre Gabel beiseite und beugte sich vor. »Ich will dir mal was erzählen, San, weil ich glaube, dass es dir vielleicht helfen könnte. Vor ein paar Monaten hatten Vincent und ich Probleme miteinander ... Unsere Beziehung war langweilig geworden und wir haben uns nur noch angefaucht ... das Übliche. Aber jetzt haben wir es wieder hingekriegt, und es läuft besser denn je. Wir haben nämlich eine Vereinbarung getroffen. Donnerstagabends nehmen wir uns frei.«

»Da komme ich nicht mit.«

»Donnerstagabends nehmen wir uns voneinander frei, von unserer Ehe frei.«

Sandy war immer noch nicht sicher, ob sie wusste, was Lisbeth ihr sagen wollte.

»Jeden Donnerstagabend gehe ich mit einem anderen Mann aus und er geht mit einer anderen Frau aus und dann erzählen wir uns alles.«

»Du meinst, ihr schlaft mit anderen?«

»Ja, natürlich. Ist es nicht unglaublich, dass etwas so Einfaches uns wieder zusammengebracht hat?«

»Mit wem gehst du aus?«

»Im Moment ist es ein Werbefachmann. Er ist jung und seine Frau und seine Kinder verbringen den Sommer am Meer. Also gehen wir in seine Wohnung und tun nichts anderes als vögeln, vögeln, vögeln.«

»Und Vincent?«

»Er hat eine Studentin, die gerade über die Dichtung des achtzehnten Jahrhunderts promoviert.«

»Und wissen *sie* von eurer Abmachung, die Studentin und der Werbefachmann?«

»Natürlich. Alles *muss* ganz offen sein. Das ist die einzige Einschränkung. Keine Geheimnisse. Verstehst du, Sandy, Geheimnisse schaffen die Probleme. Dieser Kurs über

Beziehungen, den ich im letzten Semester hatte, war einfach großartig. Er hat uns gezeigt, dass Geheimnisse zu Spannungen führen. Diese Offenheit war ein wahrer Segen für unsere Ehe.«

»Ich weiß nicht, was ich dazu sagen soll.«

»Sag gar nichts. Ich erzähle dir das nur, weil ich glaube, dass ich euch helfen könnte.«

»Norman ist sehr konservativ.«

»Ich weiß. Du müsstest sehr vorsichtig an die Sache herangehen, aber ich bin davon überzeugt, dass es dir etwas nützen könnte.«

»Vielleicht. Ich bin nicht sicher.«

»Ach, fast hätte ich es vergessen ... ich habe dir etwas mitgebracht.« Lisbeth öffnete ihre Handtasche und zog ein Buch hervor. »Du hast es doch noch nicht gelesen, oder?«

»Nein«, sagte Sandy, als Lisbeth ihr das *Tagebuch einer verrückten Hausfrau* in die Hand drückte.

»Ich glaube, es wird dir Spaß machen. Es ist komisch und es ist alles so wahr. In dem Buch steht viel drin.«

Hielt Lisbeth sie für eine verrückte Hausfrau? Hatte sie ihr deshalb das Buch gegeben? »Danke, ich fange gleich auf der Heimfahrt damit an.«

Aber auf der Heimfahrt traf sie Shep im Zug. Mein Gott, sie hatte ihn seit – wie lange war es her? – fast acht Jahren nicht mehr gesehen. Seit sie mit Jen schwanger war und sie sich zufällig im Tower Steak House an der Route 22 getroffen hatten. Sie hatte mit Norman und einem anderen Ehepaar an der Bar gesessen und er war mit einigen Freunden dort. Sie hatte ihn Norman vorgestellt und er sie seiner Frau Rhoda. »Eine alte Freundin«, hatte er gesagt. Sie hatte sich sehr bemüht, ruhig und gelassen zu bleiben, aber in dem Augenblick, in dem sie ihn gesehen hatte, hatte sie gefurzt, Gott sei Dank lautlos, und als er von einem Kellner an einen Tisch geführt worden war, hatte sie ihr Whiskyglas so heftig gedrückt, dass es in ihrer Hand gesprungen war und sie sich die Handfläche aufgeschnitten hatte. Der Barkeeper hatte ihr ein nasses Handtuch geben müssen, damit sie das Blut auffangen konnte.

Shep.

»Aus dem wird nie etwas«, hatte Mona sie gewarnt. »Schönheit bringt kein Essen auf den Tisch. Du kannst nicht nur von der Liebe leben.« Manche Menschen würden in dem Punkt nicht mit dir übereinstimmen, Mutter.

Shep hatte Mona zum Narren gehalten, sogar ziemlich. Er hatte sie alle zum Narren gehalten. Er war ganz groß rausgekommen. Mit Einkaufszentren. Schönheit bringt eben doch Essen auf den Tisch. Lebten sie von der Liebe, er und Rhoda? Wahrscheinlich.

Sandy hatte Shep bei Myras Hochzeit kennen gelernt. Er war mit einer von Myras Brautjungfern befreundet, Margie Kott. Mona hatte Myra geraten, ihre unscheinbarsten Freundinnen als Brautjungfern auszusuchen, um selbst wirklich herauszustechen. Und das tat sie auch. Sie sah aus, als sei sie direkt aus einem Katalog für Brautkleider herausgestiegen. Sandy war ebenfalls Brautjungfer und sie trug rosafarbenen Organza. Bei Myras Hochzeit war alles in Weiß und Rosa gehalten bis hin zu dem Taubenkäfig, aus dem weiße Tauben freigelassen wurden, als das glückliche Paar *Ja* sagte. Ehe sie die Runde durch den Raum abgeschlossen hatten, ließ eine von ihnen Taubendreck auf Sheps Kopf fallen. Sandy beobachtete das und musste lachen.

»Jesus!«, sagte er, als sie ihm eine rosa Serviette in die Hand drückte, auf die *Myra und Gordon* gedruckt war. »Danke, Kleines. Habe ich alles abgekriegt?«

Er beugte sich vor und Sandy inspizierte sein Haar. Es war dicht und dunkel. »Ja.«

»Stinkt es?«

Sie schnupperte an seinem Haar. »Nein, Sie sind okay.«

Er lächelte sie an. »Weißt du was, Kleines? Du auch.«

Oh, dieses Lächeln. Ein verschmitztes Lächeln, das sie benommen machte. Sandys Magen drehte sich um. »Ich bin nicht klein. Ich bin fast mit der Schule fertig. Ich bin siebzehn. Ich habe schon einen Führerschein.«

»Ach, wirklich?«

»Ja, und wie alt sind Sie?«

»Dreiundzwanzig.«

»Myra ist zwanzig.«

»Myra?«

»Meine Schwester. Die Braut.«

»Ach, das ist deine Schwester? Sie sieht fantastisch aus!«

»Das sagt jeder.«

»Aber du bist mir lieber.« Wieder dieses Lächeln.

»Wer sind Sie überhaupt?«, fragte Sandy. »Ich meine – wie heißen Sie?«

»Shep. Shep Resnick, und du kannst mich gern duzen. Kannst du dir den Namen merken?«

»Ich werde es versuchen. Ich bin Sandy Schaedel.«

Nach dem Abendessen kam er zu ihrem Tisch herüber und sagte: »Tanz mit mir, Sandy Schaedel.«

Er drückte sie eng an sich und sie tanzten zu ›Blue Velvet‹. »Du solltest keinen gepolsterten BH tragen, Kleines.«

»Das merkt man?« Sandy sah zu ihm auf. Sie spürte, dass sie rot wurde.

»Ich merke das immer. Und diesen Strumpfhalter brauchst du erst recht nicht«, sagte er. Dabei tätschelte er ihren Hintern.

»Shep, bitte!« Sie kicherte nervös. »Alle tragen …«

»Was geht dich an, was alle tun? Wenn wir das nächste Mal tanzen, will ich *dich* spüren, nicht Polster und Gummi.« Er zog sie an sich und summte in ihr Ohr.

Am folgenden Mittwoch rief er an. Hatte sie am Samstagabend Zeit? Hatte sie!

Er holte sie um acht ab und sie fuhren mit seinem Nash von 1950 durch die Stadt. »Ich habe kein Geld, Mädchen. Tut mir Leid, aber ich habe alles für diesen albernen Frack ausgegeben, den ich mir für die Hochzeit deiner Schwester leihen musste.«

»Das macht doch nichts.«

»Ich nehme an, die meisten Jungs, die mit dir ausgehen, laden dich ins Kino ein.«

»Ja, das Übliche.«

»Und dann zu einem Hamburger.«

»Meistens.«

»Und was dann?«

»Ja, also, das kommt ganz darauf an.«

»Worauf?«

»Darauf, wie sehr ich ihn mag, verstehst du?«

»Und was ist, wenn du ihn magst?«

»Na ja, dann kann es sein, dass wir zu mir nach Hause fahren und im Hobbykeller sitzen und Platten hören und … du weißt schon.«

»Ich bin wesentlich älter als du, Sandy. Ich weiß nicht, was die jungen Leute heute tun.«

»Fummeln.«

»Und was genau bedeutet fummeln?«

»Shep, machst du dich über mich lustig?«

Er nahm ihre Hand. »Würde ich mich über ein so nettes Mädchen wie dich lustig machen?«

Also waren sie zu ihr nach Hause gefahren, nachdem sie sicher war, dass ihre Eltern schliefen, und er hatte Kaffee gekocht, weil sie nicht wusste, wie das ging, und sie hatte jedem ein Stück von Monas selbst gebackener Schokoladentorte abgeschnitten und sich mit ihm an den Küchentisch gesetzt und ein Glas Milch getrunken und er hatte gesagt, sie sähe aus, als mache sie Werbung für Milchprodukte. Sie war fast sicher, dass das ein Kompliment war. Dann waren sie in den Hobbyraum im Keller gegangen, und sie hatte ihre liebsten Fummelplatten aufgelegt, angefangen mit ›Blue Velvet‹, gefolgt von ›The Morningside of the Mountain‹ und ›She Was Five and He Was Ten‹.

Sie tanzten. »Viel besser«, sagte er, als er ihren Hintern tätschelte, »viel, viel besser.« Und dann hatte er sie geküsst. Sie hatte schon viele Jungen geküsst, aber nie jemanden wie Shep. Nie einen Jungen mit *Erfahrung*. Sein Mund war heiß. Er fuhr mit seiner Zunge über ihre Mundwinkel und stieß sie dann in ihren Mund, ließ sie über ihre Zähne gleiten, dann über ihr Zahnfleisch. Er bewegte seine Lippen über ihre Wange bis zu ihrem Ohr und er atmete in ihr Ohr, fuhr mit seiner Zunge über ihr Ohrläppchen. Plötzlich wusste Sandy, dass sie in großer Gefahr war, und sie stieß ihn von sich.

»Was hast du?«, fragte Shep.

»Es tut zu gut, wenn du mich so küsst.«

Er lachte und zog sie in seine Arme.

»Ich fürchte mich vor dir«, sagte sie.

»Du brauchst dich nicht zu fürchten. Ich tue dir nichts, das verspreche ich dir. Ich tue nichts, was du nicht selbst willst, niemals, verstanden?«

Sie holte tief Atem und nickte. »Okay.«

In jenem Sommer hatte er einen Job in New York, in der Bekleidungsindustrie, und sie war an der Küste von Jersey und arbeitete als Kindermädchen. Er kam an einem Wochenende aus der Stadt, um sie zu sehen. Diesmal hatte er Geld. Er lud sie ins Kino ein, dann zu einem Hamburger und dann zu einer Fahrt in dem Nash. Er parkte den Wagen am Strand und zeigte ihr, wie man den Vordersitz zurückklappen und ein Bett bauen konnte. Und er küsste sie wieder und wieder. Er lag ausgestreckt neben ihr und seine Hände glitten unter ihren Pullover. Sandy verkrampfte sich. Sie musste sich darauf vorbereiten, jederzeit aufzuspringen, wenn die Situation es erforderlich machte. Wie konnte sie es sich gestatten, sich zu entspannen und den Augenblick zu genießen, wenn ihre gesamte Zukunft auf dem Spiel stand?

Er hakte ihren BH auf und seine Finger lagen auf ihren bloßen Brüsten. Sie hatte beschlossen, dass es in Ordnung war, so weit zu gehen, aber eben nicht weiter. Er hörte nicht auf, sie zu küssen. Sie zu berühren. Und dann lag seine Hand auf ihrem Bauch und seine Finger tasteten sich tiefer und tiefer hinunter …

Sie setzte sich auf. »Nein, Shep, du hast es mir versprochen!«

»Was mache ich denn falsch, Sandy?«

»Ich weiß es nicht. Ich habe einfach ein komisches Gefühl.«

»Magst du es, wenn ich dich anfasse?«

»Ja, das weißt du doch.«

Er nahm ihre Hand und drückte sie gegen seine Hose. »Wie weit gehst du mit deinen anderen Freunden, Sandy?«

»Ich bin schon so weit gegangen, aber es war nicht dasselbe. Außerdem habe ich im Moment keine anderen Freunde ...«

»Ich bin froh, dass du das sagst. Du musst verstehen, dass ich mit anderen Mädchen ausgehe ... mit anderen Frauen ... Aber du bist mir am liebsten, Mädchen. Das meine ich ernst. Ich mag dich am liebsten.«

»Danke.«

»Die anderen, die sind nur für den Sex da, weil ich ziemlich scharf bin, Sandy. Ich brauche das wirklich.«

»Ja, das verstehe ich.«

Er begann zu lachen. »He, glaubst du mir eigentlich alles, was ich dir erzähle?«

»Ja.«

Er legte seine Arme um sie. »Sandy, Sandy, ich möchte dein erster Liebhaber sein. Wirst du daran denken? Eines Tages, wenn du so weit bist, möchte ich es sein.«

»Nicht, ehe ich fünfundzwanzig oder verheiratet bin, je nachdem.«

»Fünfundzwanzig?«

»Ja. Meine Mutter findet, ich sollte warten, bis ich dreißig bin, wenn ich bis dahin noch nicht verheiratet bin, aber ich habe beschlossen, dass fünfundzwanzig vernünftiger ist.«

Er lachte wieder. Dann steckte er seine Hände unter ihren Pullover, aber diesmal strich er über ihren Rücken. »Wie viele Kaschmirpullover hast du?«

»Siebenundzwanzig, wieso?«

»Nur eine Frage.«

»Eine ziemlich komische Frage.«

»Aber du hattest die Antwort parat.«

»Jeder zählt seine Kaschmirpullover.«

»Siehst du. Ist dein Vater reich, Sandy?«

»Reich nicht, aber es geht uns nicht schlecht. Er hat ein Reifengeschäft.«

»Ich bin arm, aber ich arbeite, um es eines Tages zu schaffen.«

»Ich hoffe, dass du es schaffst, Shep, wenn du es so unbedingt willst.«

»Und ich werde meinen Kindern siebenundzwanzig Kaschmirpullover auf einmal kaufen können.«

»Ich habe sie nicht alle auf einmal bekommen, sondern der Reihe nach, aber ich habe die alten aufgehoben.«

»Ich weiß. Ich erzähle dir doch nur, wie es bei mir kommen wird.«

Er schien ihr so anders, wenn er solche Dinge sagte. Eher wie ein kleiner Junge. Er konnte doch keine Bedrohung sein, wenn er sie in seine Träume einweihte. Sandy fühlte sich in solchen Augenblicken sehr von Shep angezogen. Mit dem kleinen Jungen in ihm konnte sie umgehen. Der Mann war es, der ihr Angst einjagte.

Sandy ging ab Herbst auf die Boston University und sah Shep erst beim Erntedankfest wieder. Er hatte gemeinsam mit drei Freunden eine Wohnung im Hotel Albert am University Place gemietet und arbeitete als Vertreter für Pilgrim Knitwear. Außerdem besuchte er Abendkurse in Geschäftsführung an der Universität von New York.

Sandy trug ihr beiges Wollkleid, Achtzentimeterabsätze, nahtlose Strümpfe, klimpernde goldene Armbänder, grünen Lidschatten und ihren Borganamantel. Der Inbegriff von Raffinesse. Dachte sie.

Er ging mit ihr etwas trinken und nahm sie dann in seine Wohnung mit.

»Sandy, Sandy«, sagte er, während er sie musterte. »Was ist aus meinem kleinen Mädchen geworden?«

»Ich bin erwachsen geworden, Shep.«

»Ich hoffe, nicht allzu sehr.«

»Genügend.« Sie lächelte wissend und versuchte, ihre Stimme rauchig klingen zu lassen. Dabei achtete sie darauf, dass ihre Beine nicht zitterten. Zwei Monate lang hatte sie für diesen Augenblick geprobt.

»Gehst du mit vielen Typen aus?«

»Ich gehe aus.«

»Davon rede ich nicht.«

»Wovon redest du denn?«

»Das weißt du verdammt genau.«

»Ich habe es dir doch gesagt: fünfundzwanzig oder Ehe, je nachdem.«

Er nahm sie in den Arm. »Ich dachte, du hättest gesagt, du seist erwachsen geworden.«

»Das war nur so dahingesagt.«

»Das freut mich.«

Es tat so gut, wieder von ihm im Arm gehalten zu werden. Sie wollte, dass es immer so bleiben würde.

Er knöpfte ihr Kleid auf und sie verspannte sich. »Das ist schon in Ordnung«, flüsterte er, während er das Kleid von ihren Schultern zog und es an ihr heruntergleiten ließ. »Alles in Ordnung.«

Er drückte sie an sich. Sie hatte ihren beigen Nylonslip mit Spitzen an, ihren beigen Strumpfgürtel, ihren beigen Spitzen-BH und alles war genau aufeinander abgestimmt. Sie hatte die Sachen im September bei Filene von einem Teil ihres Unterhaltsgeldes gekauft und jeden Tag holte sie die Garnitur aus ihrer Kommode, strich zärtlich darüber und malte sich aus, wie es sein würde, wenn sie diese Sachen trug und Shep sah. Und jeden Tag kam sie, wenn sie sich vorstellte, mit ihm zusammen zu sein.

Doch sie hatte die Garnitur nie anprobiert. Nein, damit hätte sie alles verdorben. Sie hatte sie nicht einmal zum Semesterabschlussball getragen und der Mann, mit dem sie ausgegangen war, Norman Pressman, war im letzten Studienjahr und Vizevorsitzender der Abschlusssemester. Sie hatte sich zum Abschied zweimal von ihm küssen lassen, aber das war alles.

»Ich habe das nur für dich gekauft«, sagte Sandy zu Shep. »Gefällt es dir?«

Zur Antwort gab er ihr einen Kuss, der von ihrem Mund über ihren Hals zu ihrer Schulter glitt. Er hob sie hoch und trug sie zu seinem Bett. Scarlett O'Hara und Rhett Butler Er legte sich neben sie und küsste sie und küsste sie, bis sie dachte, sie müsste sterben. Er zog ihren kleinen Unterrock hoch und zog ihn über ihren Kopf. Er hakte ihren beigen Spitzen-BH auf und warf ihn auf den Fußboden. Er blickte auf sie nieder und küsste ihre nackten Brüste. Erst die eine, dann die andere, und er saugte an ihnen, bis ihre Brustwarzen hervorstanden. »Oh, Shep … Gott … bitte … nein … ich kann nicht … ich …«

Und er legte seine Hand auf die zarte Haut der Innenseite ihrer Schenkel, zwischen die oberen Ränder ihrer Strümpfe und dem beigen Spitzenhöschen und dann ließ er seine Hand auf dem Slip ruhen.

»So nass«, flüsterte er, »du bist ja ganz nass.« Seine Hand steckte plötzlich in ihrem Höschen und seine Finger berührten sie. *Dort.* Der erste Mensch, den sie je an diese Stelle gelassen hatte. »Nein, Shep, ich …«

»Psst …« Er küsste sie wieder und spielte weiter mit ihr, bewegte einen Finger in ihr, während die anderen Finger ihre Lippen zusammendrückten.

»Ich liebe dich, ich liebe dich«, rief sie aus, als sie kam.

»Das weiß ich«, antwortete er. »Ich habe es immer gewusst.«

Sie küsste ihn.

»War es schön?«, fragte er.

»Du weißt, dass es schön war. So bin ich noch nie gekommen. Ich habe mich noch nie von jemandem *da* anfassen lassen.«

»Wie bist du denn gekommen?«

»Ich habe es meistens allein gemacht … gerieben …«

»So?« Er rollte sich auf sie. Wann hatte er seine Hose ausgezogen? Er hatte jetzt nur noch eine Unterhose an und sie konnte ihn spüren, als er sich an sie presste, spüren, wie lang und hart er war. Sie bewegten sich gemeinsam und sie konnte sich vorstellen, wie es wäre, wenn sie ihn in sich hätte. Ja, sie konnte es sich vorstellen. »Nein … hör auf, Shep …« Sie stieß ihn weg.

»Sandy, Sandy, es tut weh … bitte …« Er griff in seine Unterhose und zog seinen Penis hervor.

Sie wandte ihren Blick ab.

»Hab keine Angst, Sandy, jetzt komm schon.«

»Ich kann nicht, Shep.«

Er nahm ihn in seine Hand, schloss seine Finger um ihn und zog und rieb. »Schau her, mehr brauchst du nicht zu tun.«

Er nahm ihre Hand. »Da ... da ... siehst du, wie leicht es geht?« Er ließ seine Hand auf ihrer liegen und gemeinsam brachten sie ihn dazu, dass er in sein Taschentuch kam.

An Weihnachten bat er sie, ihn zu küssen, und er wollte es ihr mit dem Mund machen. Aber das konnte sie nicht, beim besten Willen nicht. Das war ungesund und unnormal. Shep verlangte zu viel von ihr.

Mona warnte sie. »Ich verbiete dir nicht, dich mit ihm zu treffen, Sandy, aber ich möchte, dass du weißt, wie unglücklich Daddy und ich darüber sind. Er ist nicht der richtige Mann für dich. Er hat dir nichts zu bieten. Seine Mutter schrubbt Fußböden. Hast du das gewusst?«

»Nein.«

»Eine jüdische Putzfrau. Das sind nicht unsere Kreise, Sandy. Und die Vorstellung, dass er dich schwängern könnte!«

»Mutter! Ich tue nichts, was dazu führen könnte.«

»Ich habe gehört, dass er schon zwanzig Mädchen geschwängert hat.«

»Wer hat dir das erzählt?«

»Margie Kotts Mutter. Margie durfte sich nicht mehr mit ihm treffen, weil sie ihm nicht trauen konnte.«

»Das glaube ich nicht.«

»Glaub mir lieber, ehe es zu spät ist. Hast du gewusst, dass ein Mädchen schwanger werden kann, ohne es zu tun ... du weißt schon, was ich meine ...«

»Nein!«

»Es stimmt aber. Verlier also nicht den Kopf. Er könnte dich ruinieren. Denk daran. Sieh dir Myra an. Sieh nur, wie glücklich sie ist. Du solltest dir auch einen netten Jungen suchen. Jemanden, der eine Zukunft vor sich hat. Mit einem Beruf oder einem gut gehenden Geschäft, und den angelst du dir ... gib ihm gerade soviel, dass er das Interesse an dir nicht verliert, aber gib ihm nicht alles. Wenn er nämlich erst alles von dir bekommen hat, wird er dich nie heiraten. Glaub mir, ich weiß, wovon ich rede. Ich habe Myra denselben Rat gegeben, und schau, was sie bekommen hat. Was ist mit dem netten Jungen, der dich zu diesem Ball ausgeführt hat?«

»Norman?«

»Warum triffst du ihn nicht in den Ferien?«

»Das könnte ich tun.«

»Er ruft jeden Tag an. Ein netter Junge aus Plainfield. Dieselben gesellschaftlichen Hintergründe und das zählt, Sandy. Denk daran, du kannst nicht nur von der Liebe leben …«

»Hör bitte endlich auf damit.«

So kam es, dass Sandy mit Norman Pressman ausging. Er führte sie zum Abendessen ins Chaim Chateau und tanzte mit ihr, und obwohl er überhaupt nicht tanzen konnte, wurde es ein ausgesprochen netter Abend. Kein Drängen. Zwei Küsse beim Abschied. Und am nächsten Tag lud er sie zum Abendessen zu sich nach Hause ein. Seine Mutter hatte einen Braten zubereitet, den sein Vater am Tisch aufschnitt. Drei Tage später brachte Norman sie in seinem neuen Oldsmobile zur Schule zurück.

Dennoch träumte sie weiterhin von Shep. Sie träumte davon, ihn *da* zu küssen, und während der Winterferien verspürte sie plötzlich das Verlangen, ihn in den Mund zu nehmen. Wie sollte sie mit diesen abscheulichen Gedanken fertig werden? Anständige Menschen, normale Menschen taten solche Dinge nicht. Sie dachten nicht einmal daran. Shep war pervers. Aber sie ließ zu, dass er es bei ihr tat. Nur einmal. Ah, das tat ja so gut! Besser als alles, was sie je erfahren hatte. Sie kam immer wieder, während er sie leckte, sie küsste und sein Gesicht in ihr begrub. Bis sie rief: »Hör auf … bitte, hör auf … ich halte es nicht mehr aus.«

Und dann küsste er ihr Gesicht, und sie schmeckte sich selbst. Und es gefiel ihr.

Wenn ihre Mutter davon gewusst hätte, wäre sie in Ohnmacht gefallen und hätte gesagt: »Sandy, ein so nettes Mädchen wie du! Ich kann es einfach nicht glauben. Wie konntest du nur? Das verstößt gegen unsere Religion. Die vielen Jahre in der Sonntagsschule! Hast du denn dort gar nichts gelernt?«

Und ihre Schwester hätte hinzugefügt: »Sandy, ich bin schockiert! Gordy und ich sind verheiratet, aber derart abstoßende Dinge tun wir *nie*. Hast du in der Schule den Hygiene-Unterricht verschlafen? Erinnerst du dich denn nicht mehr an das, was Miss O'Shea uns beigebracht hat? Dass man niemals normale Babys zur Welt bringen kann, wenn man sich auf anomale sexuelle Praktiken einlässt? Willst du denn keine gesunden Babys haben, Sandy?«

»Aber es tut so gut«, hätte Sandy dagegen eingewandt.

»Gut tut vieles«, hätte Mona zu ihr gesagt. »Aber man tut es deshalb noch lange nicht.«

»Was zum Beispiel?«, hätte Sandy gefragt.

Dann würden Mona und Myra einander ansehen und die Köpfe schütteln.

Sandy wusste, dass sie stark sein musste. Stark genug, um Shep nicht mehr zu sehen, ehe er ihr Leben ruinierte.

Zum Glück wurde er vor Ostern zum Militärdienst eingezogen und nach sechs Wochen in Fort Dix wurde er nach Deutschland abkommandiert.

Mona war zufrieden.

Shep rief an, um sich zu verabschieden. »Wirst du auf mich warten, Sandy?«

»Willst du das?«

»Ich kann dich nicht darum bitten, Sandy. Ich werde lange Zeit fort sein, aber eines Tages werde ich ganz dir gehören, das verspreche ich dir.«

»Ich weiß es nicht, Shep. Ich muss darüber nachdenken.«

Sie dachte darüber nach, während sie mit Norman Pressman ausging. In teuren Restaurants mit ihm zu Abend aß. Partys von Universitätsverbänden besuchte. Mit ihm tanzen, ins Kino und ins Theater ging.

Gegen Ende des Sommers hingen sie wie Kletten aneinander. Im November waren sie verlobt.

Sie verstand Norman. Sie fühlte sich wohl bei ihm. Sicher. Bei Norman hatte sie die Kontrolle darüber, was vorging. Sie brauchte sich nicht zu fürchten. Er kannte die Regeln.

Lieber Shep,

ich habe schon ewig nichts mehr von dir gehört, aber ich dachte, ich sollte dir mitteilen, dass ich mit Norman Pressman verlobt bin und ihn heiraten werde. Er hat im letzten Juni sein Studium abgeschlossen und ist jetzt in die chemische Reinigung seiner Familie in Plainfield eingestiegen. Wir haben vor, im August zu heiraten. Ich werde wahrscheinlich im kommenden Herbst nach Douglas übersiedeln.

Bitte, Shep, ruf an, und sag mir, dass ich es nicht tun soll, und ich werde auf dich hören. Komm nach Hause und küss mich, Shep. Halt mich fest und ich werde alles abblasen. Bei Norman zittern mir die Knie nicht, Shep. Mein Magen dreht sich nicht um vor Erregung. Aber man kann nicht nur von der Liebe leben, oder doch? Ich meine, wirklich? Ich weiß, wie mein Leben mit Norman aussehen wird. Bei dir weiß ich es nicht, Shep. Mit Norman werde ich keine Überraschungen erleben und das ist doch gut so, oder? Meine Mutter sagt das jedenfalls. Meine Mutter sagt, dass Überraschungen nur Ärger und Sorgen bedeuten.

Norman passt zu mir, Shep. Du nicht. Du würdest dich nie mit mir und nur mit mir allein zufrieden geben, oder? Und ich könnte es nicht ertragen, Shep, wenn wir heiraten würden und du zu anderen Frauen gehen würdest. Das wäre mein Tod. Ich habe einen Verlobungsring. Einen zweikarätigen blauweißen Diamanten. Und unsere Flitterwochen verbringen wir in Puerto Rico. Und wir mieten uns eine neue Gartenwohnung in Plainfield. Fünfeinhalb Zimmer. Ich suche das Porzellan und das Kristallglas und das Silber und das Leinen aus … ach, ich bin ja so damit beschäftigt, alles auszusuchen. Und nächste Woche wird Bradford Bachrach mich porträtieren, Shep.

Bitte, wenn du dir etwas aus mir machst, wenn du mich

so sehr willst, wie ich dich will, dann beeil dich bitte und schick mir ein Telegramm, ehe es in der Zeitung steht und alle wissen, dass ich Norman Pressman heirate … ehe es zu spät ist, Shep!

Sie setzte sich im Zug auf den Platz hinter Shep und sie wollte, dass er sich umdrehte. Aber er tat es nicht. Er hatte jetzt längeres Haar, das auf seinem Hemdkragen lag. Sie spielte mit dem Gedanken, seinen Nacken zu berühren. Sie erinnerte sich daran, wie er gezittert hatte, als sie ihn dort geküsst hatte. Komisch, sie hatte Normans Nacken nie geküsst. Zehn Minuten später fuhren sie in Newark ein. Sandy musste umsteigen. Sie stieg nach ihm aus. Er las seine Zeitung und sah nicht einmal auf. Sie drückte das Buch an sich, das Lisbeth ihr gegeben hatte.

Sandy und Norman gingen an diesem Abend zum Essen aus. Nicht in den Club. Der Club war montags geschlossen. Stattdessen gingen sie in das neue chinesische Restaurant in Scotch Plains. Alle schwärmten davon. Und die Besitzerin, Lee Ann Fong, war vor kurzem selbst dem Club beigetreten. Sandy erzählte Norman von Lisbeth und Vincent und dem Arrangement, das die beiden getroffen hatten.

»Etwas Derartiges könnte ich niemals dulden«, sagte Norman. »Die Ehe ist ein Vertrag.«

»Aber Lisbeth sagt, dass es ihrer Ehe gut tut.«

»Lisbeth ist eine dumme Gans … und das ist sie schon immer gewesen.« Norman rührte seinen Scotch mit seinem Zeigefinger um, während er sprach.

»Wusstest du, dass McCarthy das getan hat?«

»Was getan hat?«

»Seine Drinks mit dem Finger umgerührt.«

»Du findest, dass ich Ähnlichkeit mit Joe McCarthy habe? Willst du das damit sagen?«

»Nein, Norm, das eine hat nichts mit dem anderen zu tun. Es geht nur um eine eigentümliche Angewohnheit.«

»Du stopfst dir Maiskörner mit den Fingern in den Mund.«

»Sie kullern so leicht von der Gabel herunter.«

»Es ist unfein, mit den Fingern zu essen. Diese Angewohnheit stört mich schon seit Jahren.«

Sie schob ihren Salat auf dem Teller hin und her. »Ich habe Lisbeth gleich gesagt, dass du nichts von diesem Vorschlag halten würdest.«

»Du willst doch nicht etwa sagen … mir im Ernst vorschlagen … Jesus!«

»Nein, natürlich nicht!«

»Ich wünschte, du würdest dich von ihr fern halten. Sie macht nur Scherereien. Ich wünschte, du würdest deine Energie darauf verwenden, im Club neue Freunde zu finden.«

»Ich habe ein Kleid für den 4. Juli gekauft.«

»Gut. Ich dachte, du würdest dir auch die Haare schneiden lassen.«

»Das hatte ich vor, aber die Zeit hat nicht gereicht.«

»Mach dir vor dem Wochenende einen Termin.«

»Schon gut, wird gemacht. Ich bin nur einfach so beschäftigt. Ich habe so viel Unterricht …«

»Leg den Termin auf den Nachmittag. Ich schneide dir ein Bild aus.«

»Ein Bild wovon?«

»Ein Bild, auf dem du siehst, wie du dir die Haare schneiden lassen solltest. Erinnere mich daran, dass ich es dir gebe, wenn wir nach Hause kommen.«

Aber als sie nach Hause kamen, wollte Norman sich ein kleines Vergnügen gönnen. Und als sie kam, als sie ihr Dessert bekam, rief sie etwas.

»Was hast du gesagt?«, fragte Norman.

»Nichts.«

»Ich habe etwas ganz Komisches verstanden.«

»Nein, ich habe nichts gesagt. Warum sollte ich etwas Komisches sagen?«

»Ich weiß es nicht. Deshalb frage ich dich ja.«

»Nein, ich habe kein Wort gesagt.«

Sie musste etwas gesagt haben. Sie hatte bestimmt *Shep* gerufen. Sie hatte nämlich an ihn gedacht, als sie kam.

9

Norman gefiel der Club auch deshalb so gut, weil er nicht rein jüdisch war. Neben Lee Ann Fong gab es neun japanische Mitglieder, alle aus Manhattan, drei italienische Familien, alle im Warentermingeschäft tätig, zwei gewöhnliche Christen und einen schwarzen Golflehrer, der Roger hieß. Norman fand, es sei gut für die Kinder, wenn sie mit allen möglichen verschiedenen Menschen zusammenkamen. Nicht, dass sie die japanischen Mitglieder wirklich kennen lernten, denn sie blieben weitgehend unter sich, aber zumindest hatten sie sie im Grillroom gesehen, während sie gemeinsam mit allen anderen zu Abend aßen.

Sandy nahm bei Roger Unterricht. An drei Vormittagen in der Woche, um halb zehn, erschien sie kampfbereit auf dem Platz. Roger stützte ihren Kopf mit einer Hand ab, während sie mit dem Schläger ausholte. An drei Vormittagen in der Woche. Roger roch nach Sen-Sen und English Leather After-shave. Er war entschlossen, sie bis Mitte Juli vom Übungsplatz zu den ersten neun Löchern zu schicken.

»Behalten Sie den Ball im Auge, Mrs. Pressman«, sagte er. »Sehen Sie, wie Sie mit dem Schläger auf den Ball zielen … den linken Arm durchgedrückt, nein, nein, achten Sie auf Ihren Ellbogen, ist das etwa ein ausgestreckter Arm? Entspannen Sie sich, stellen Sie sich ganz bequem hin. Sehen Sie, wie der Schläger zittert? Das darf nicht sein. Jetzt nehmen Sie den Schläger noch einmal zurück, langsam und ruhig. Kein Grund zur Eile. Versuchen Sie nicht, den Ball totzuschlagen, Mrs. Pressman. Stehen Sie bequem? Sie wirken nicht, als würden Sie sich wohl fühlen.«

Ich fühle mich auch nicht wohl, verdammt noch mal!, hätte Sandy am liebsten geschrien. *Wie soll ich mich wohl fühlen, wenn Sie meinen Kopf festhalten?* Doch sie sagte: »Es geht mir bestens.« Und sie schlug auf den Ball ein. Und verfehlte ihn.

»Sie müssen den Ball im Auge behalten, Mrs. Pressman. Noch schöner kann ich ihn nicht hinlegen. Wenn Sie nicht darauf achten, wo der Ball ist, werden Sie ihn nie treffen.«

»Ich versuche es doch«, sagte Sandy. »Aber ich schaffe es einfach nicht.«

Roger seufzte.

Manchmal stand Roger hinter ihr und legte seine Arme um sie. Er hielt gemeinsam mit ihr den Schläger und dabei hatte Sandy ab und zu wenigstens einen Eindruck davon, wie es wäre, den Ball wirklich zu treffen und weit zu schlagen. Und ab und zu konnte Sandy sich vorstellen, wie es wäre, wenn Roger seine Hände auf ihre Brüste legte, während er hinter ihr stand und seinen Schwanz an ihren Hintern presste.

Sandy musste nach jeder Unterrichtsstunde auf dem Übungsplatz bleiben, bis sie zwei ganze Sätze von Bällen in die Luft geschlagen hatte. Dann hatte sie Pause.

Zwei Nachmittage wöchentlich waren für ihre Tennisstunden bei Evan reserviert. Evan war weniger entschlossen als Roger. Er zog viel versprechendere Schüler vor. Er stand Sandy gegenüber, auf der anderen Seite des Netzes, schlug ihr Bälle zu und gab seine Anweisungen mit gelangweilter Monotonie.

»Aufschlag ... Treten Sie zur Seite ... Beugen Sie die Knie ... Passen Sie auf, woher der Ball kommt ... Kontrolle, Mrs. Pressman, nichts mehr zu machen ... Wo bleibt Ihre Reaktion? Nicht den Ball in den Boden schlagen ... Ganz ruhig, leicht und mit Schwung ausholen.«

Wenn Evan alle Bälle ausgespielt hatte, war es Sandys Aufgabe, sie wieder einzusammeln. Dann fingen sie wieder von vorn an. Sandy keuchte und Evan blieb kühl und selbstzufrieden.

»Darf ich Ihnen eine Frage stellen, Mrs. Pressman?«, sagte Evan nach Sandys vierter Stunde.

»Ja.«

»Mögen Sie dieses Spiel?«

»Eigentlich nicht.«

»Warum nehmen Sie dann Stunden?«

»Weil mein Mann will, dass ich mit ihm Tennis spiele, wenn er im Ruhestand ist.«

Evan schüttelte den Kopf und schlug ein paar Bälle über das Netz.

»Sehr schön«, sagte Sandy, als sie den Platz verließ.

Sie begann, um Regen zu beten.

Das Telefon läutete, als Sandy sich für ihre Golfstunde am Mittwoch anzog. Sie bemühte sich, ihre Kleidung farblich aufeinander abzustimmen, aber sie fand nur eine Socke mit rosa Streifen und eine mit gelben.

»Hallo?«

»Hier spricht Hubanski.«

»Ach ja, Sergeant.«

»Könnten Sie in einer halben Stunde auf dem Revier sein?«

»Ich habe um neun Uhr dreißig einen Termin.«

»Es geht um etwas sehr Wichtiges. Können Sie Ihren Termin nicht absagen? Wir haben nämlich über die Wäscherei den Mann ausfindig machen können, dem das Laken gehört.«

»Wer ist es?«

»Das kann ich Ihnen jetzt nicht sagen, aber wir halten ihn hier fest. Wir möchten gern eine Gegenüberstellung durchführen, um zu sehen, ob Sie ihn unter mehreren anderen identifizieren können.«

»Eine richtige kleine Parade, aus der ich ihn mir aussuchen soll?«

»Ja.«

»Wie im Fernsehen?«

»Ja, genau so.«

»Okay, ich komme.«

Sandy rief im Club an und sagte ihre Stunde ab. Sie versicherte, dass es sich um eine ernste Angelegenheit handelte und dass sie morgen früh wie üblich kommen würde.

Sie fuhr in die Stadt, zum Präsidium.

Würde sie in der Lage sein, den Mann auf dem Motorrad zu identifizieren? Wollte sie ihn überhaupt identifizieren?

»Sehen Sie, Mrs. Pressman«, erklärte Hubanski, während er sie in einen kleinen Raum führte, »Sie brauchen nichts weiter zu tun, als sich die Männer anzusehen. Sie brauchen sich keine Sorgen zu machen – die Männer können Sie nicht sehen.«

»Sind das alles Verbrecher?«

»Darüber kann ich jetzt nichts sagen. Entscheidend ist nur, dass Sie den Kerl identifizieren. Haben Sie mich verstanden, Mrs. P?«

»Ja.« Jetzt war sie also Mrs. P. Wie nett.

»Es kann losgehen«, rief Hubanski. »Okay, Jess, schick sie her.«

Sandy ließ sich in dem abgedunkelten Raum auf einem Stuhl nieder.

Nummer eins trug einen Anzug. Er hatte leicht ergrautes Haar und war viel zu dick. Nummer zwei trug Jeans und ein T-Shirt. Sie durfte sich allerdings nicht von der Kleidung bluffen lassen. Er hatte dichtes rotes Haar. Attraktiv. Jung. Die richtige Statur. Aber rotes Haar? Nein, dann musste er auch rotes Schamhaar haben, oder? Und Sommersprossen. Der Mann mit dem Motorrad hatte dunkles Schamhaar und keine Sommersprossen, jedenfalls keine, von denen sie etwas wusste.

Sie beugte sich zu Hubanski herüber und flüsterte: »Ich habe sein Gesicht nicht gesehen, verstehen Sie?«

»Versuchen Sie, ihn anhand seines Körpers zu identifizieren.«

»Wenn ich sie bloß nackt sehen könnte.«

»Mrs. Pressman!«

Nummer drei war jung, picklig und mager. Zu mager. Nummer vier trug ein sportliches Hemd und eine saloppe Hose. Ansprechender Körperbau. Es könnte sein ... schon möglich ... ein klar geschnittenes Gesicht, braunes Haar. Es bereitete ihr keine Schwierigkeiten, ihn sich nackt vorzustellen. Nicht schlecht. Gar nicht schlecht. Nummer fünf war groß und breit mit einem unebenmäßigen Gesicht, zirka fünfzig, und er sah aus wie einer der Caddys im Club. O Gott, es war einer der Caddys!

»Diesen Mann kenne ich«, flüsterte Sandy Hubanski zu. »Nummer fünf. Er ist Caddy im Club.«

»Ist er derjenige?«

»Nein, er ist zu alt.«

»Sind Sie sicher?«

»Ja, ganz sicher.«

»Und was ist mit den anderen?«

»Ich bin nicht sicher, aber Nummer vier könnte es sein.«

»Nummer vier ist mein Assistent, Mrs. Pressman. Und ich kann Ihnen versichern, dass mein Assistent zur Zeit des Vorfalls hier war und gearbeitet hat.«

»Das tut mir Leid. Das konnte ich nicht wissen. Die einzige andere Möglichkeit ist Nummer zwei, aber seine Haarfarbe stimmt nicht. Ich glaube nicht, dass der Mann, um den es uns geht, rotes Haar hat.« Sie hätte gern gesagt: *Wenn ich ihnen bloß dabei zuschauen könnte, würde ich ihn mit Sicherheit wieder erkennen. Der Mann betreibt es nämlich mit einer ganz persönlichen Note.*

Hubanski stand auf. »Nun ja, das ist sehr enttäuschend, Mrs. Pressman. Ich bin sehr niedergeschlagen. Ich hatte gehofft, der Kerl mit dem Laken könnte es sein.«

»Welchem von den Männern gehört das Laken?«

»Das kann ich Ihnen nicht sagen. Sagen wir doch einfach, dass Sie ihn mit keinem Wort erwähnt haben.«

»Sind das alles Linkshänder?«

»Nein … aber ich bin auch nicht davon überzeugt, dass der Mann, den wir suchen, Linkshänder ist. Er kann die linke Hand genommen haben, um uns auf eine falsche Fährte zu locken.«

»Fahren alle diese Männer Motorrad?«

»Auch diese Information muss ich Ihnen vorenthalten.«

»Tja, Sergeant, es tut mir Leid, aber Sie wollen doch sicher nicht, dass ich lüge.«

»Natürlich nicht, und damit sind wir wieder bei Null.«

Als sie nach Hause kam, läutete das Telefon. Florenzia nahm nie einen Anruf entgegen und rief auch niemanden an. Von ihrem ersten Arbeitstag an hatte sie klargestellt, dass sie mit diesem Apparat nichts zu tun haben wollte.

Sandy ließ ihre Handtasche und ihre Wagenschlüssel fallen und lief zum Telefon in der Küche. »Hallo?«, fragte sie atemlos.

»Mrs. Pressman?«

»Ja.«

»Darf ich Sie heute ficken?«

»Bitte?«

»Ich sagte: Darf ich Sie heute ficken?«

Sandy legte den Hörer auf. *Jesus!*

Es läutete wieder.

Sie nahm den Hörer ab.

»Ja?«

»Oder soll ich es Ihnen lieber mit dem Mund machen?« Sandy knallte den Hörer auf die Gabel. Wenn das Telefon wieder läutete, würde sie nicht rangehen. Vielleicht sah Florenzia die Sache doch richtig.

»Sie haben Post«, sagte Florenzia. Sie wischte gerade den Schrank unter der Spüle aus. »Ich habe sie auf Ihr Bett gelegt.«

»Wie bitte? Ach so, ja. Danke.«

»Telefon hat schon den ganzen Morgen geläutet. Ich nix rangehen.«

»Ja, ist in Ordnung.« Sandy ging nach oben, um die Post durchzusehen.

LIEBE MOMMY,

Großmutter schreibt mir Briefe, die an *Sarah* adressiert sind. Kannst du ihr sagen, dass sie aufhören soll, mich so zu nennen? Jetzt nennen mich alle, die im selben Haus schlafen, Sarah und das alles nur wegen Großmutter. Ich kann das Ferienlager immer noch nicht ausstehen und will nach Hause. Eine Aufseherin ist gefeuert worden, weil sie es in den Wäldern getrieben hat. Das haben die älteren Kinder uns erzählt. Sie sind schon ganz groß und wissen alles. Jetzt haben wir eine neue Aufseherin. Sie heißt Fish. Ist das nicht ein doofer Name? Sie ist auch doof. Sie lässt jeden Tag einen Vierteldollar auf mein Bett fallen, damit sie sieht, ob das Bett gut genug gemacht ist. Banushka fehlt mir. Schick mir ein bisschen von seinem Fell. Außerdem hasse ich Bucky. Bloß weil ich geweint habe, war er am Geschwistertrefftag gemein zu mir.

Liebe Grüße
JENNIFER P.

Diesen Brief hatte Jennifer P. einer Deborah Z. aus Haus sieben diktiert.

Und da war noch eine Postkarte von Bucky.

LIEBE ELTERN

Jen ist eine dumpfe Nuss. Sie hat am Geschwistertag geheult. Nächstes Mal gehe ich nicht mehr hin. Ich hatte sechsundzwanzig Splitter in der Fußsohle. Die Krankenschwester hat sie gezählt, als sie sie rausgeholt hat. Das waren mehr auf einmal als bei jedem anderen Kind im Ferienlager. Sie hat sie in einen Umschlag gesteckt, damit ihr sie am Besuchstag sehen könnt. Und ich habe einunddreißig Mückenstiche. Vielleicht seht ihr die auch noch. Das Ferienlager ist prima. Mir geht es gut. Bis bald

EUER SOHN
BUCKY PRESSMAN

Schon wieder das Telefon. Wenn *er* es war, würde sie ihm sagen, dass er sie am Arsch lecken sollte. Ihn bei jemand anderem hochkriegen sollte. Sie war zu beschäftigt für Verrückte.

»Ja?«, fragte sie, als sie beim vierten Läuten den Hörer abnahm. Ihre Stimme klang verärgert.

»Sandy?«

»Ja.«

»Hier ist Vincent.«

»Wer?«

»Vincent. Vincent Moseley.«

»Oh, Vincent, hallo, tut mir Leid, ich habe deine Stimme nicht erkannt.«

»Wie geht es dir, Sandy?«

»Oh, recht gut, und wie geht es dir?« Er würde sie bestimmt nicht anrufen, wenn er keine schlechten Nachrichten hatte. »Und die Familie, wie geht es der Familie?«

»Auch gut.«

»Ach, das ist gut. Einen Moment lang war ich schon besorgt.«

»Nein, es ist alles in Ordnung. Lisbeth hat mir erzählt, es sei schön gewesen, dich kürzlich zu sehen.«

»Ja, leider sehen wir uns nicht oft genug.«

»Hör mal, Sandy, ich wollte dich fragen, ob du am kommenden Donnerstag mit mir zu Abend essen würdest?«

»Du meinst, wir vier?«

»Nein, Lisbeth ist donnerstagabends beschäftigt. Nur wir beide … ganz formlos … eine Gelegenheit, sich zu unterhalten …«

»Donnerstag hast du gesagt?«

»Genau.«

»Das wäre Donnerstag, der siebente?«

»Lass mich mal nachsehen. Ja, am Donnerstag, dem siebenten. Wir treffen uns um halb sieben bei Gino und August. Das ist in der sechsundvierzigsten West, in der Nähe vom Park. Ist dir das recht, Sandy?«

»Ich notiere es mir. Sechsundvierzigste, am Park?«

»Ja, du kommst also?«

»Ja, ich denke schon.«

»Gut. Dann sehen wir uns. Ich freue mich.«

»Ja. Tschüß, Vincent.«

Vincent X. Moseley? Am Donnerstagabend? Was sollte das bedeuten? Es sei denn … Nein, das *konnte* nicht sein! Vincent doch nicht. Aber weshalb sonst? Seltsam. Vincent rief einfach so aus heiterem Himmel an. Sie würde sich gedulden müssen, wenn sie den Grund dafür erfahren wollte.

10

Sie hatten das Haus im März zum Verkauf ausgeschrieben, als Myra und Gordon aus ihrem Winterurlaub auf Jamaika zurückgekehrt waren. Sie hatten sich im Périgord Park in New York zum Abendessen getroffen.

»Wir sind ausgeraubt worden«, erzählte Myra beim Essen. »Wir wollten es euch am Telefon nicht sagen. Wir wussten, dass ihr euch Sorgen machen würdet.«

»Ausgeraubt, mein Gott!«, sagte Sandy.

»Ausgeraubt«, wiederholte Myra. »Sie haben mir eine Machete an die Kehle gehalten. Ich war dem Tode nahe.« Sie hielt ihren Daumen und ihren Zeigefinger zusammen, damit Sandy und Norman auch genau sehen konnten, wie knapp sie dem Tode entgangen war. »So knapp, das sage ich euch!«

»Herr im Himmel, eine Machete!«, sagte Norman.

»Diese gottverdammten Schwarzen«, schimpfte Myra. »Seht euch das an.« Sie zog ihren Lanvin-Schal vom Hals. »Da hatte er seine Hand. Eine Hand auf meiner Kehle und mit der anderen hat er die Machete über mich gehalten. Sie sind durch die Fenster eingestiegen, direkt in unser Schlafzimmer, mitten in der Nacht.«

»Was habt ihr getan?«, fragte Sandy.

»Was hätten wir denn tun können?«, antwortete Gordon. »Ich habe ihnen alles gegeben. Mein Geld. Myras Schmuck. Alles. Sonst hätten sie sie getötet.«

»Du hast das Richtige getan«, sagte Sandy. »Du hattest gar keine andere Wahl.«

»Die Mädchen haben zum Glück fest geschlafen«, fügte Gordon hinzu.

»Mona soll kein Wort davon erfahren«, bat Myra. Sandy und Norman nickten zustimmend.

»Am nächsten Tag haben wir La Carousella zum Verkauf ausgeschrieben. Der Makler soll es so schnell wie möglich loswerden. Es spielt keine Rolle, wenn wir dabei einen Verlust hinnehmen müssen. Ich will dieses Haus nie mehr sehen. Außerdem haben wir Jamaika satt.« Sie schluckte, trank einen Schluck Wein und fuhr fort: »Im nächsten Winter wollen wir Skilaufen lernen. Vielleicht kaufen wir uns was in Aspen oder Vail. Etwas Gesünderes als die Hitze der Inseln. Eine bessere Atmosphäre für die Zwillinge. Habt ihr schon die neuesten Skianzüge gesehen? Sie sind einfach fantastisch!«

Als Sandy und Myra später zur Damentoilette gingen, fragte Myra: »Gordy schämt sich, merkst du das?«

»Nein, wieso?«

»Weil er gefleht und gebettelt hat. Er hat sogar geheult.«

»Aber das ist doch nur natürlich. Sie haben dein Leben bedroht.«

»Und seins auch. Sie haben gesagt, sie würden uns beide umbringen, erst mich, dann ihn.«

»Oh, Myra, es tut mir ja so Leid«, sagte Sandy. Sie nahm ihre Schwester in den Arm. »Es muss ganz entsetzlich gewesen sein.«

»Und als sie fort waren, hat er sich übergeben ... und Durchfall bekommen ... und Nasenbluten ...«

»Für ihn muss es ein furchtbares Erlebnis gewesen sein«, sagte Sandy.

»Ich bin doch diejenige, die fast gestorben wäre.«

»Ich weiß, aber ...«

»Und ich habe nicht gekotzt, um Himmels willen!«

»Wie hast du reagiert?«

»Ich kann mich nicht erinnern. Gordy sagt, ich war wütend auf ihn, weil er ihnen meinen Schmuck gegeben hat, aber ich kann mich wirklich nicht erinnern.«

»Wahrscheinlich hast du unter Schock gestanden.«

»Wahrscheinlich. Ich kann es kaum noch erwarten, Ski zu laufen.«

Sie gingen an ihren Tisch zurück und bestellten Courvoisier. »Ich sage dir was«, Gordon wandte sich an Norman. »Die Eingeborenen sind überall unruhig. Es ist lediglich eine Frage der Zeit, bis es auch hier richtig losgeht. Kannst du dich noch an die Aufstände '67 in Newark erinnern? Plainfield kommt als Nächstes dran. Seht lieber zu, dass ihr hier rauskommt, ehe es zu spät ist.«

Als sie zu Hause waren und Norman den Babysitter bezahlt und zum Wagen gebracht hatte, sagte er: »Ich glaube, du solltest etwas wissen, San.«

»Was denn?«

»Ich habe eine Waffe.«

»Du hast eine Waffe?«

»Psst, du weckst die Kinder.«

»Seit wann? Wo?«

»Ich habe sie mir während der Aufstände in Newark zugelegt. Ich wollte nie, dass du es erfährst, aber jetzt ... Gordon hat nämlich Recht. Es ist nur eine Frage der Zeit, und deshalb werde ich dir zeigen, wie man im Notfall damit umgeht.«

»Nein, Norm, ich mag keine Waffen. Sie machen mir Angst. Ich will nichts davon wissen.«

Er nahm ihre Hand und führte sie in sein Arbeitszimmer. »Sieh mal«, sagte er, »ich bewahre die Waffe in diesem Schrank auf.« Er klopfte auf eine der Büromöbeleinheiten. »Und der Schlüssel zu diesem Schrank liegt hier, im Bücherregal, hinter *Bartlett's Quotations.* Die Munition ist in einer Stahlkassette in diesem Aktenschrank hier eingeschlossen.« Wieder pochte er an eine Schranktür. »Und der Schlüssel für diese Stahlkassette liegt in der dritten Schreibtischschublade von oben, unter den Umschlägen für die Geschäftspost. Du brauchst dir also keine Sorgen zu machen, dass sie den Kindern in die Finger geraten könnte.«

»Aber, Norm, wenn jemand in das Haus einbricht, sind wir ohnehin alle tot. Ehe du die Schränke und die Munitionskassette aufgeschlossen hast, ist alles vorbei, oder nicht?«

»Du verstehst das nicht, Sandy, aber eigentlich habe ich das auch nicht anders erwartet.«

»Zuerst werden wir versuchen, das Haus selbst zu verkaufen«, sagte Norman. »Es wäre unsinnig, eine Provision zu zahlen, wenn es nicht unbedingt sein muss.«

Also inserierte Sandy am Montagmorgen in den *Courier News,* den Newark *News* und der New York *Times* und sie vereinbarte Termine mit drei Maklern, um sich Häuser in Watchung anzusehen. Im Mai fand sie das richtige Haus. Mit Ausblick. Nachts konnte man den Verkehr auf der Route 22 sehen. Man konnte die funkelnden Lichter der Häuser von Plainfield erkennen. Ein Kamin im Wohnzimmer. Drei Badezimmer. Jede Menge Stein. Jede Menge Glas. Jede Menge Eleganz. Und all das für nur neunundneunzigtausendfünfhundert Dollar. Aber das war noch nicht alles, sondern der Bauherr, Joe Fiori, ließ sie die Sanitärinstallationen, die Küchenmöbel und die Farben für die Wände selbst aussuchen.

Sie brauchten also nichts weiter zu tun, als das Haus in Plainfield zu verkaufen. In jedem anderen Vorort wäre es mindestens fünfundachtzigtausend wert gewesen. Hier konnten sie froh sein, wenn sie vierzigtausend Dollar dafür bekamen. Dazu kam, dass sie sich mit Enid auseinandersetzen mussten, ihr versprechen mussten, das Haus nicht an Schwarze zu verkaufen, nicht einmal an einen schwarzen Arzt oder Anwalt. Ein blödsinniges Versprechen, da es nur wenige weiße Käufer in Plainfield gab. Aber Enid verwahrte sich dagegen, dass *Ductlas* in dem Haus wohnen sollten, das sie und Sam D. gebaut hatten.

Ductlas. Enid hatte das Wort erfunden, weil *sie* herausbekommen hatten, was die anderen abwertenden Begriffe für Schwarze bedeuteten. So konnte sie sagen: *Haben Sie eine anständige Ductla? Kann sie gut bügeln? Meine Ductla frisst mir die Haare vom Kopf. Ich muss alles vor ihr verstecken.* Und *sie* würden niemals ahnen, wovon sie sprach.

Alle Filialen der Pressman-Reinigung hatten eine schwarze Belegschaft. Eine geschickte Geschäftstaktik, die Norman eingeführt hatte, als er den Laden übernommen hatte. Das beste Mittel, sie davon abzuhalten, dass sie einem das letzte Hemd stahlen, war, für jede Filiale einen schwarzen Geschäftsführer einzustellen, ihn am Gewinn zu beteiligen und ihm die Reibereien mit den übrigen Angestellten zu überlassen. So hatte Norman den schwarzen Peter an einen anderen abgeschoben und er würde nicht tot umfallen, während er einen Kassierer feuerte wie sein Vater. Manchmal wünschte sich Sandy, dass Norman tot umfallen würde. Denn dann wäre sie frei. Sie wusste, wie grässlich, wie heimtückisch dieser Gedanke war und sie wünschte ihm bestimmt keinen langen, qualvollen Krebstod. Vielleicht einen Autounfall oder ein Blutgerinnsel im Gehirn, etwas Schnelles und Sauberes. *Frei, frei, frei.* Sie war nie frei gewesen und sie konnte sich nur ausmalen, wie es wohl sein könnte. Sie war nie auf sich selbst gestellt gewesen. Sie war von Mona und Ivan direkt zu Norman gegangen. Vom kleinen Mädchen zum kleinen Frauchen geworden.

Sandy und Norman führten Enid zum Abendessen in den Club aus. Enid war wie aus dem Ei gepellt. Heute Abend trug sie ihre dichte aschblonde Perücke, türkisfarbenen Lidschatten, der auf ihr Trevirakleid abgestimmt war, und ein Paar merkwürdige hochhackige Schuhe. Enid warf ihre Schuhe nie weg, denn sie glaubte, wenn man sie nur lange genug aufhob, würden sie wieder in Mode kommen. »Die Schuhe heute werden alle aus Plastik gemacht«, hatte sie einmal zu Sandy gesagt. Sie hatte ihren Schuh ausgezogen und ihn Sandy hingehalten. »Riech mal dran, Obermaterial und Futter reines Leder, 1947.«

Als sie sich gesetzt hatten und in die Speisekarte vertieft waren, trat Roger an ihren Tisch. »Ich habe Sie heute vermisst«, sagte er zu Sandy.

»Oh, das tut mir Leid. Mir ist etwas dazwischen gekommen, aber morgen früh bin ich wieder da.«

»Ihre Frisur gefällt mir.«

Sandys Hand hob sich unwillkürlich zu ihrem Kopf. »Danke.«

Giulio hatte eigens für sie einen Schnitt kreiert oder zumindest hatte er das gesagt. Ihr Haar sah jetzt ordentlich aus und würde wenig Pflege benötigen. Norman mochte ihre Frisur nicht. Sie wusste es, obwohl er gesagt hatte, der Haarschnitt sei süß und sie sähe aus wie eine Elfe. »Und überhaupt«, hatte er hinzugefügt, »bis September ist alles rausgewachsen und dann kannst du dir eine neue Frisur machen lassen.«

»Mir gefällt es aber so, wie es ist«, hatte Sandy gesagt.

»Versteh mich bitte nicht falsch. Für den Sommer ist die Frisur wirklich passabel«, hatte Norman darauf geantwortet.

»Tja, guten Appetit und einen schönen Abend.« Dann wandte sich Roger an Sandy. »Wir sehen uns morgen.«

»Hier sind *Ductlas* zugelassen?«, fragte Enid, sobald Roger außer Hörweite war.

»Er ist Golflehrer«, erklärte Norman. »Sandy nimmt Stunden bei ihm.«

»Hat man denn keinen Weißen finden können?«

»Roger ist sehr gut«, sagte Norman.

»Nun, wenn es euch nicht stört, warum sollte ich mich dann daran stören?« Doch plötzlich war Enid nicht mehr ganz so hungrig. »Mir ist eigentlich nur nach einem Salat. Einem Salat und einer Suppe.« Sie seufzte.

»Jen hat geschrieben und mich gebeten, dir zu sagen, dass sie unglücklich darüber ist, wie du die Briefe ins Ferienlager an sie adressierst«, sagte Sandy zu Enid. »Du weißt, dass sie nicht Sarah heißt. Du bringst sie vor ihren Spielkameraden in Verlegenheit. Findest du das richtig?«

»Ein Name wie Sarah, ein wunderbarer biblischer Name wie Sarah soll ein Kind in Verlegenheit bringen?«

»Nein, darum geht es nicht. Es ist nicht der Name, der ihr peinlich ist. Aber jeder im Ferienlager kennt sie als Jennifer. Schließlich heißt sie ja so.«

»Das ist nicht ihr *wirklicher* Name«, protestierte Enid.

»Oh, doch, das ist er.«

»Sieh mal, Mom«, schaltete Norman sich ein. »Es wäre besser, wenn du an *Jennifer* schreiben würdest. Sie ist jetzt in diesem Alter.«

Enid seufzte wieder und fischte etwas aus ihrem Salat. »Seht euch das an. Man sollte glauben, ein so feiner Club könnte seinen Salat gründlicher waschen.«

Dies war nicht das Einzige, was bei diesem Abendessen nicht stimmte. Enids Suppe wurde lauwarm serviert. »Es gibt nichts Unappetitlicheres als kalte Suppe«, sagte sie, während sie den Kellner an den Tisch winkte. »Lassen Sie das bitte zurückgehen. Suppe sollte kochend heiß und dampfend serviert werden.« Sie wandte sich an Norman. »Man sollte meinen, dass man das in einem solchen Restaurant weiß.«

Und der Kaffee war auch zu dünn. Und die Sahne, die dazu gereicht wurde, roch so merkwürdig, dass Enid es nicht darauf ankommen ließ und stattdessen Tee bestellte. Doch der war nicht aufgebrüht, sondern er bestand aus heißem Wasser und einem Teebeutel, der auf der Untertasse lag.

»Habt ihr euch umgesehen, ehe ihr diesem Club beigetreten seid?«, fragte Enid. »Ich bin sicher, dass es jede Menge bessere Clubs gibt.«

»Meine Schwester ist Mitglied in diesem Club«, sagte Sandy. »Er gilt als der Beste.«

»Vielleicht hat das feste Personal heute Abend frei«, höhnte Enid.

»Ja, das kann sein.«

»Sie wird immer schwieriger«, seufzte Norman später.

Wird?, dachte Sandy. Aber laut sagte sie: »Ja.«

»Sie treibt das gesamte Personal im Laden auf die Palme.«

»Was hast du vor?«

»Ich weiß es noch nicht, aber ich muss versuchen, sie loszuwerden.«

»Was ist mit Florida?«

»Ich wünschte, sie würde hingehen.«

»Deine Tante Pearl ist dort.«

»Du weißt doch, dass die beiden nicht miteinander auskommen.«

»Das war vor Jahren so. Inzwischen sind sie beide verwitwet und vielleicht geht es heute besser.«

»Und dann dieses Beharren darauf, dass wir das Haus nicht an Schwarze verkaufen dürfen. Wir haben bisher noch kein anständiges Angebot bekommen. Wenn wir rechtzeitig zum Schulanfang in dem neuen Haus wohnen wollen, müssen wir jetzt verkaufen.«

»Vielleicht kannst du noch einmal mit ihr darüber reden, ihr erklären, dass wir das Geld brauchen, um in das neue Haus einzuziehen.«

»Sie wird nicht zuhören. Niemand kann sie dazu bringen zuzuhören. Das weißt du doch. Aber ich habe eine andere Idee.«

»Und zwar?«

»Wir können das Haus an einen Makler verkaufen und dann kann der Makler es an eine schwarze Familie verkaufen. Viele Leute, die nicht direkt an Schwarze verkaufen wollen, tun das.«

»Ich weiß nicht, Norm. Mir wäre es lieber, wenn wir es selbst verkaufen oder einen Makler damit beauftragen.«

»Mir wäre es auch lieber, wenn wir es selbst verkaufen, weil ich bezweifle, dass wir vierzig oder sogar fünfundvierzig bekommen, wenn wir es an einen Makler verkaufen, aber wenn wir es nicht bis zum ersten August verkauft haben, sollten wir es doch so machen.«

»Somit bleibt uns nicht mehr viel Zeit.«

»Wenn es ganz schlimm kommt, kannst du die Kinder in den ersten ein oder zwei Monaten nach Watchung zur Schule fahren.«

»Aber damit wäre für mich der ganze Tag futsch.«

»Du hast doch ohnehin nichts Besseres zu tun.«

»Bis jetzt habe ich eigentlich gedacht, wir würden uns ernsthaft unterhalten. Wie kannst du nur so etwas sagen?«

»Wovon sprichst du?«

»Wie kannst du behaupten, ich hätte nichts Besseres zu tun?!«

»Da haben wir es wieder.. Kein Wunder, dass wir nicht miteinander reden können – du bist so verflucht empfindlich!«

Als sie später Hintern an Hintern im Bett lagen, fragte Sandy leise: »Liebst du mich, Norman?«

»Du weißt, wie ich über diese Frage denke.«

»Liebst du mich?«

»Ich bin schließlich hier, oder nicht?«

11

Das ungeschriebene Gesetz. Mit dieser Frage hatte sie das ungeschriebene Gesetz gebrochen. Er hatte es ihr gesagt, als er sie gebeten hatte, sie zu heiraten. »Ich liebe dich, Sandy. Ich liebe dich und ich will dich heiraten. Ich halte es nicht für notwendig, dir das noch einmal zu sagen.«

Und das hatte er auch nicht getan.

Sandy schämte sich, weil sie es von ihm hören wollte, weil sie wollte, dass er seine Gefühle für sie bestätigte und immer wieder bestätigte. Aber das war ihr Problem. Damit musste sie allein zurechtkommen.

Sie hatten ihre Hochzeit von den Short Hills Caterers ausrichten lassen. Und anstelle von zweihundertfünfzig Gästen bei Myras Hochzeit hatten Sandy und Norman nur neunzig Einladungen verschickt. »Diesmal haben wir weniger Verpflichtungen«, hatte Mona zu Sandy gesagt. Es war eine intimere Hochzeit, eine elegantere Hochzeit, fand Sandy. Ohne Tauben, ohne Festtagsparade und die Braut musste den Bräutigam nicht füttern. Eine Hochzeit ohne Schnickschnack. Norman zerbrach das Glas beim ersten Anlauf und die Kapelle spielte die Horah nur einmal, was beide Familien enttäuschte. »So will es das glückliche Paar«, erklärte Mona achselzuckend.

Sandy hatte Myras Hochzeitskleid getragen und Myra und Lisbeth waren Trauzeuginnen in leuchtendem Blau und die kleinen Zwillinge streuten Blumen. Sie waren in blassblauen Musseline gekleidet und stahlen dem Brautpaar die Schau, als sie durch den Gang zwischen den Bänken in der Kirche tappten.

Cousine Tish fing Sandys Brautstrauß auf und brannte einen Monat später mit Normans Onkel Bennett nach Europa durch, neben den man sie bei der Hochzeitsgesellschaft gesetzt hatte. Er verließ seine Frau und seine drei Kinder und er gab seinen Job bei IBM auf, um mit der Liebe seines Lebens zusammen zu sein, die zwanzig Jahre jünger war als er und die immer noch mit einer Zahnspange im Mund schlief, obwohl sie die Klammern seit Jahren nicht mehr brauchte. Wenn man bedachte, dass er sie ausgerechnet in New Jersey kennen gelernt hatte! Und dass sie es in der Garderobe der Braut bei den Short Hills Caterers zwischen den vorzüglichen, im eigenen Saft gegarten Rippenstücken und der Eistorte getrieben hatten! Es gab Gerüchte, dass sie immer noch zusammen waren und irgendwo im Süden Frankreichs eine kleine Gaststätte führten, dass sie rasend glücklich waren und dass die Zahnspange endlich ausgedient hatte.

Sandy und Norman verbrachten ihre Hochzeitsnacht im International Hotel am Kennedy-Flughafen und in ihrem Zimmer fanden sie eine Flasche eisgekühlten Champagner vor, dazu eine Karte, auf der stand: *Danke, danke, danke! Wir wünschen euch ein langes gemeinsames Leben.* Gezeichnet *Onkel Bennett und Cousine Tish,* doch diese Mitteilung verstanden sie zu diesem Zeitpunkt noch nicht.

Norm hatte die Flasche geöffnet und sie hatten einander zugeprostet. Dann hatte Sandy den Rest in ihr Badewasser geschüttet, weil sie irgendwo gelesen hatte, dass Champagnerbäder sexy waren. Sie kam gepudert und parfümiert und mit ihrem Odette-Barsa-Morgenrock plus Negligé aus dem Bad und musste feststellen, dass Norman bereits unter der Bettdecke lag. Er hatte sich auf den Rücken gelegt und hielt sich eine Hand vor die Augen.

»Ich habe zu viel getrunken«, sagte er.

»Oh, das tut mir Leid. Fühlst du dich schlecht?«

»Kopfschmerzen.«

»Kann ich etwas für dich tun?«

»Nein, das wird schon wieder. Schalte nur bitte das Licht aus, ja?«

»Okay.« Würde er die Augen nicht aufschlagen? Würde er seine Braut in ihrem nächtlichen Brautgewand von Odette Barsa nicht bewundern? Es sah so aus. Nun gut, es gab immer noch einen Morgen und eine nächste Nacht. Sie legte ihren Morgenmantel sorgfältig über die Stuhllehne und kletterte neben ihn ins Bett.

Wie seltsam, gemeinsam im Bett zu liegen. Sie war nie

mit einem Mann im Bett gewesen. Auf einem Bett, ja, mit Shep, aber nie *in* einem Bett, nie unter der Bettdecke.

Er drehte sich zu ihr um. »Hallo, Frauchen, wie geht es meinem kleinen Frauchen?«

Sandy spürte, wie sich der Champagner, die Eistorte und der Bratensaft den Weg in ihre Kehle bahnten und sie glaubte, ihr würde in ihrem Hochzeitsbett schlecht werden, sie würde sich über ihrem Mann erbrechen. O Gott, ihr Mann! Was für ein entsetzlicher Gedanke. Wieso hatte sie diese Dummheit begangen? Warum, oh, warum nur? Warum hatte sie geheiratet? Und dann auch noch ausgerechnet Norman Pressman!

Norman wälzte sich auf sie und schob ihr Nachthemd über ihren Bauch.

»Hör mal«, sagte Sandy, »wir müssen nicht … Wenn dir nicht danach ist … Es gibt immer noch ein Morgen … Ich meine, wir werden lange Zeit verheiratet sein …«

»Nein, ich bin in Ordnung und ich will, es sei denn, du …«

»Nein, das ist es nicht.«

Im Hobbyraum des Hauses von Sandys Eltern hatten sie und Norman wochenlang gemeinsam auf dem Sofa gelegen, Musik gehört, sich stundenlang geküsst, einander betastet und Trockenübungen betrieben, bis sie beide kamen und Norman seine Unterwäsche wechseln musste. Selbst unter diesen Umständen war er schnell gekommen. Ruckzuck und alles war vorbei. Er hatte immer eine Unterhose zum Wechseln in einer Einkaufstüte mit sich herumgetragen.

Sandy brauchte diese Küsse und Umarmungen, dieses Petting, aber vielleicht wusste Norman das nicht, vielleicht verstand er es nicht, denn jetzt stieß er seinen Penis gegen sie und versuchte, in sie einzudringen. »Norm, ich bin noch nicht soweit … bitte …«

»Sei ganz locker, San. Ich weiß, dass du Angst hast. Dir wird nichts passieren.«

»Nein, es ist nur, dass …«

»Es ist gleich vorbei. Mach einfach die Augen zu und

versuch, an etwas anderes zu denken. Ich nehme etwas Vaseline, damit er leichter reingeht.«

»Nein, Norm, warte, bitte.«

Aber er hörte nicht auf sie. Er stieß zu, stieß sich in sie hinein. Sie war trocken, verdammt noch mal.

Sandy schloss die Augen und betete, dass es schnell gehen würde. *Und das war ihre Hochzeitsnacht! Shep … oh, Shep! Ich will, dass du es tust …* »Norm, es ist besser, wenn du auf mich wartest. Norm …«

Stoß. Rein. Raus. Stoß. Rein. Raus.

»Norm … aua … bitte …«

»Ich kann nicht warten … Tut mir Leid, San …« Rein und rein und rein und dann war es vorbei. Norm zuckte einmal, küsste sie auf die Wange und sagte: »Jetzt bist du wirklich mein kleines Frauchen.« Dann rollte er sich auf die Seite und schlief ein.

Sandy fühlte sich wundgescheuert und sie blutete. Sie blutete so stark, dass sie am nächsten Morgen Gordon anrufen musste.

»Entspann dich«, sagte Gordon zu ihr. »Das wird in ein bis zwei Tagen aufhören. Nimm einen Tampon und freu dich des Lebens! Komm zu mir, sobald ihr zurückkommt. Ich werde dir eine Spirale einsetzen.«

Sie hatte eine Blutspur durch ganz Puerto Rico hinterlassen, doch gegen Ende der Woche begann sie, das Gefühl zu genießen, Normans Penis in sich zu spüren. Sie war immer noch wund, aber es gefiel ihr, wie es sich anfühlte, wenn er sich in ihr bewegte. Und sie kam. Sie kam so, wie sie im Hobbyraum gekommen war. Sie kam einmal oder sogar zweimal. Sie kam jedes Mal.

Sie wollte es öfter und immer öfter. Sie wollte es morgens, mittags und nachts. Norman war von ihrem Reaktionsvermögen beeindruckt. Er erzählte ihr, dass er andere Mädchen gehabt hatte, aber keines wie sie. Keins, das so schnell und so heftig kommen konnte. Keins, das es so oft haben wollte. Es sah so aus, als würde es schließlich doch noch werden.

Wann also ist es schief gelaufen, Norm? Was ist eigentlich passiert? Damals schien alles in Ordnung zu sein. Wohlig. Sicher. Geborgen. Wir haben unsere Babys bekommen. Wir haben uns miteinander arrangiert und zusammen gelebt. Aber jetzt bin ich krank. Diesmal kannst du es nicht sehen. Ich habe keinen Ausschlag, kein Fieber, aber ich bin krank. Ich laufe als Schlafwandlerin durchs Leben. Und ich habe so verflucht viel Angst! Denn jedes Mal, wenn ich mir ein Leben ohne dich vorstelle, zittere ich. Ich wünschte, jemand würde mir sagen, was ich tun soll. Damit der Schmerz vergeht. Ich wünschte, ein großer Vogel würde mich in seinen Schnabel nehmen und mich forttragen, mich in weiter Ferne absetzen … irgendwo … bloß weit fort von dir. Ich will mein Leben wiederhaben! Ehe es zu spät ist. Oder ist es schon zu spät? Das kann doch nicht alles gewesen sein! Oder? Die Kinder zur Schule fahren und sie wieder abholen und das Haus einrichten, in dem wir für den Rest unserer Tage wohnen werden? Oh, Mutter, verdammt noch mal! Wieso hast du mich so erzogen, dass ich glauben konnte, *das* sei es, was ich wollte? Und jetzt, da ich weiß, dass ich es nicht glaube, was soll ich jetzt damit anfangen?

12

Enganliegender Jersey war out. Fließender Chiffon war in. Sandy hatte sich wieder einmal geirrt. Norman würde enttäuscht sein.

Es war Sandys erste formelle Veranstaltung im Club. Sie hatten den Ball zum Gedächtnis an die gefallenen Soldaten am 30. Mai versäumt, weil Bucky krank gewesen war. Norman sah in seinem neuen Smoking mit dem blauen Rüschenhemd gut aus. Das sagte sie ihm, ehe sie in den Club fuhren. Auch er hatte sie bewundert und gesagt: »Das ist eine sehr ungewöhnliche Farbe für ein Sommerkleid.«

»Ja. Die Verkäuferin hat es *weinrot* genannt. Ich finde, man kann es das ganze Jahr über tragen, meinst du nicht?«

»Doch, ich glaube schon.«

Sandy hatte ein Geheimnis. Wie der Mann auf dem Motorrad trug sie heute keine Unterwäsche. Nicht, dass sie es vorgehabt hätte, aber sie hatte festgestellt, dass ihre Slips sich unter dem eng anliegenden Kleid abzeichneten und es war zu warm für eine Strumpfhose. Sie trug ein Tampon, um sicherzugehen, dass sie nicht auslief. Der Jersey fühlte sich gut auf ihrem nackten Hintern an und ihr Geheimnis gab ihr das Gefühl, sexy zu sein. Aber sie würde es Norman nicht verraten. Sollte er es doch selbst herausfinden.

Norm brachte Sandy einen Whisky. »Trink ihn langsam, sonst bekommst du einen Schwips.«

Sandy nickte.

Sherm Hyatt, Normans Partner beim Ferienturnier, kam mit seinen Gästen auf sie zu. »Ich möchte euch gern Rhoda und Shep Resnick vorstellen«, sagte er. »Rho ... Shep ... begrüßt zwei unserer neuen Clubmitglieder, Norm und Sandy Pressman.«

Sandy umklammerte ihr Whiskyglas.

Er sprach als erster. »Sandy Schaedel!«

»Ja.«

»Was für eine Überraschung!«

»Ja.« Diesmal würde sie das Glas nicht zerbrechen. Sie würde nicht schwitzen, nicht stottern, nicht furzen. Sie würde ruhig, kühl und distanziert bleiben.

»Wir haben uns wirklich lange nicht gesehen.«

»Seit acht Jahren nicht.«

»Acht Jahre! Eine lange Zeit. Rhoda«, sagte er, während er sich an seine Frau wandte, »das ist Sandy Schaedel, eine Freundin aus alten Zeiten.«

»Ach ja«, sagte Rhoda. Sie streckte die Hand aus. »Wir haben uns mal in einem Restaurant getroffen.«

»In den Towers«, erinnerte sich Sandy.

»Stimmt ... natürlich ...«

Shep lächelte Sandy an, während Norman und Sherm erhitzt den neuesten Zwischenfall im Club erörterten. Ed Braidlow hatte auf den Fußboden der Sauna gepinkelt und drei andere Clubmitglieder hatten Beschwerde gegen ihn erhoben.

»Norm ist der Vorsitzende des Beschwerdeausschusses«, erklärte Sandy.

»Das muss ja interessant sein«, sagte Shep.

»Das ist seine erste bedeutende Beschwerde.«

»Verstehe.«

»Leben Sie hier in der Umgebung?«, fragte Rhoda.

»In Plainfield, aber wir ziehen bald nach Watchung. Wir bauen dort gerade ein Haus.«

»Wir wohnen in Princeton.«

»Oh. Dort soll es sehr schön sein.«

»Ja, das ist es, vor allem für die Kinder.«

»Wie viele Kinder haben Sie?«, fragte Sandy.

»Vier, aber wir erwarten jeden Moment das fünfte.«

»Ach, wirklich? Das sieht man aber gar nicht.«

Shep und Rhoda lachten und gaben Sandy das Gefühl, etwas Dummes gesagt zu haben.

»Rhoda ist nicht schwanger«, erklärte Shep. »Wir haben unsere beiden letzten Kinder adoptiert und das nächste kommt aus Vietnam.«

»Ein Mädchen von dreieinhalb Jahren«, fügte Rhoda hinzu. »Es ist bezaubernd. Ich kann Ihnen ein Bild zeigen.« Sie öffnete ihre Handtasche und zog ein winziges Fotoalbum hervor. »Das ist die Kleine. Ist sie nicht süß?«

»Oh, doch, und sehr hübsch.«

»Und das sind die anderen.« Sie blätterte die Seiten durch, damit Sandy alle fünf Kinder bewundern konnte. »Wir haben zwei eigene Jungen und zwei Mädchen aus Korea.«

»Ich finde das großartig«, sagte Sandy. »Wirklich, das ist einfach toll.«

»Rho«, rief Lexa Hyatt, »komm doch mal eben.«

»Entschuldigen Sie mich«, sagte Rhoda. »Ich glaube, Lexa will mich ihren Freunden vorstellen.«

Sandy blieb mit Shep zurück.

»So«, sagte er.

»So«, antwortete sie.

»Du siehst gut aus, Sandy.«

»Danke.«

Schweigen.

»Rhoda scheint sehr nett zu sein.«

»Das ist sie auch.«

»Und all diese Kinder.«

»Sie sammelt Kinder, wie andere Frauen Kochrezepte sammeln.«

»Aber dir muss es auch Spaß machen.«

»Ich habe Kinder immer gemocht.«

Schweigen.

»Norman scheint auch nett zu sein.«

»O ja, das ist er. Wir haben zwei Kinder, einen Jungen von zehn und ein knapp achtjähriges Mädchen. Sie sind im Moment im Ferienlager.«

Schweigen.

»Meine Schwester ist auch hier. Du erinnerst dich doch sicher an Myra?«

»Wie könnte ich sie vergessen? Ich habe dich bei ihrer Hochzeit kennen gelernt.«

Sandys Mund war trocken. Sie fuhr sich mit der Zunge über die Lippen und versuchte dann, von ihrem Whisky zu trinken, aber ihre Hand zitterte. »Ich habe dich am vergangenen Montag im Zug gesehen.«

»Warum hast du mich denn nicht angesprochen?«

»Ich musste in Newark umsteigen. Ich hatte nicht viel Zeit.«

»Wo sitzt du beim Abendessen?«

»Da drüben.« Sandy zeigte auf einen Tisch. »An einem Ecktisch mit meiner Schwester und ihren Freunden. Und du?«

»Da hinten, an dem langen Tisch. Spar einen Tanz für mich auf, ja?«

»Kein Problem. Norman tanzt nicht.«

Das Abendessen wurde angekündigt und die Gesellschaft ging zu den Tischen.

Gish saß neben Sandy und flüsterte: »Du siehst einfach sensationell aus in diesem Kleid. Es bringt deinen schmalen Körper richtig zur Geltung. Ich liebe deinen kleinen Busen. Kennst du das alte Sprichwort? Alles, was nicht in deinen Mund paßt ...«

»Halt einfach den Mund«, flüsterte Sandy zurück.

Sie versuchte, sich auf das Essen zu konzentrieren. Sie trank mehr, als sie hätte trinken sollen, und sie wartete, bis sie Rhoda Resnick Wange an Wange mit Sherm Hyatt tanzen sah. Sie wusste, dass er sie gleich holen würde.

»Entschuldigen Sie, Ma'am«, sagte er bald darauf. Er stand hinter ihr. »Darf ich Sie um der alten Zeiten willen um diesen Tanz bitten?«

Sie tat so, als sei sie überrascht. »Oh, Shep, wie nett von dir.« Sie entschuldigte sich bei den anderen, die am Tisch saßen.

Shep nahm sie an der Hand und führte sie auf die Tanzfläche.

»So«, sagte er, während er auf sie niederblickte.

»So.«

»Da sind wir wieder.«

»Ja.«

»Wie bei der Hochzeit deiner Schwester.«

»Und ich habe dir gerade den Taubendreck vom Kopf gewischt.«

Er lachte. »Seit damals hat mir nie mehr eine Taube auf den Kopf gemacht.«

»Es war eine rosa Taube, nicht wahr?«

»War sie nicht weiß?«

»Alles war weiß und rosa.«

Eine Zeit lang schwiegen sie. Die Spannung zwischen ihnen existierte noch. Ihre Knie waren weich, ihr war sehr warm und ihre Hände schwitzten. Er drückte sie an sich.

»Bist du glücklich, Sandy? Hast du, was du willst?«

Sie konnte nicht antworten. Sie konnte einfach nicht.

»Sandy?«

»Ich weiß es nicht. Was ist mit dir?«

»Ich bin recht zufrieden.«

»Und erfolgreich, wie ich gehört habe.«

»Ja, aber es langweilt mich. Ich habe es zu schnell geschafft, zu früh. Ich vermisse den Kampf.«

»Was ist mit all diesen Kindern?«

»Das fällt in Rhodas Fachgebiet.«

Die Musik verstummte, aber Shep ließ ihre Hand nicht los.

»Verschaffst du dir Abwechslung, Sandy?«

Sie schüttelte den Kopf.

»Norman war der Erste und der Einzige?«

»Ja.«

»Und darauf bist du stolz, oder?«

»Nicht besonders.«

Die Musik setzte wieder ein. Er presste sie an sich und überlegte es sich dann anders. »Komm, wir gehen ein bisschen spazieren.«

»Das geht nicht. Es würde auffallen.«

»Nein, es fällt gar nicht auf. Sieh dir nur Norman mit dieser kleinen Blondine an!«

»Das ist Luscious. Sie bewundert sein Tennisspiel.«

»Ich dachte, er tanzt nicht.«

»Er tanzt auch nicht. Sie tanzt. Er steht nur da.«

»Ja, ich schätze, du hast Recht. Und sieh dir Sherm an. Er glaubt, wenn er den ganzen Abend mit Rhoda tanzt, bekommt er den Vertrag für mein nächstes Einkaufszentrum.«

»Bekommt er ihn?«

»Wahrscheinlich. Jetzt komm.« Er führte sie durch das Foyer zu den Doppeltüren.

Draußen war es heiß und trocken. Es duftete nach Rosen und Glyzinien. Sandys Atem ging schwer. Was jetzt?

Shep hielt ihre Hand und sie gingen schnell den Weg entlang, der zum Swimmingpool führte. Dann seitlich vorbei und hinter die Badehütten.

Er drehte sich zu ihr um, zog sie in seine Arme und küsste sie. Er küsste immer noch auf diese köstliche Art und Weise, leckte ihre Mundwinkel, fuhr mit der Zunge über ihre Zähne, saugte an ihrer Oberlippe. Sie spürte seinen Atem heiß auf ihrem Gesicht, in ihrem Ohr, auf ihrem Hals.

So anders als Normans kalte Zahnpastaküsse. Shep schmeckte nach Wein, nach Salatsauce, nach Sex. Shep war steif. O ja, sie konnte es spüren. Er presste sich an sie. Ganz steif. »Fühl mal«, sagte er lachend. Er legte ihre Hände auf seine Hose. »Ganz wie in alten Zeiten.«

»Shep, Norman würde mir das nie verzeihen. Ich muss jetzt gehen.«

Er legte seine Hände auf ihren Po und drückte zu. »Du trägst doch nichts darunter, oder?«

»Nein.« Sie fühlte sich schwach, unfähig, zu schlucken oder tief Atem zu holen. Sie fürchtete, sie könnte vor Erregung ohnmächtig werden, war dankbar für den Tampon, der ihr half, trocken zu bleiben. Er sollte nicht merken, wie scharf sie auf ihn war, wie kurz sie davor stand zu kommen, nur von seinem Kuss, nur von seinen Händen auf ihrem Hintern.

»Ich muss jetzt aber gehen«, widerholte sie. »Norman ...«

»Norman wird es nie erfahren.« Er schob ihr Kleid hoch und seine Finger lagen jetzt auf ihrer nackten Rückseite.

»Du verstehst nicht ...«

»Entspann dich!« Er küsste sie wieder und eine seiner Hände schloss sich um ihren Busen.

»Ich kann nicht, Shep, ich kann es nicht riskieren.«

Er ließ sie los und trat ein paar Schritte zurück.

»Das ganze Leben ist ein einziges Risiko, Sandy. Wenn du es nicht annimmst, kannst du das Spiel nicht spielen.«

»Dann bin ich wohl noch nicht so weit«, sagte sie lahm. Sie hasste sich selbst.

»Gib mir Bescheid, wenn du es dir anders überlegst«, sagte er. Er ging fort und ließ sie allein im Dunkeln stehen. Er war eben noch nie der Typ gewesen, der etwas erzwang.

Sandy ging wieder ins Clubhaus und direkt in die Damentoilette. Dort spritzte sie sich kaltes Wasser ins Gesicht. »Ich weiß, wie Sie sich fühlen«, sagte eine fremde Frau hinter ihr. »Ich habe selbst ein kleines bisschen zu viel getrunken.«

»Ach, da bist du«, sagte Norman, als sie an den Tisch trat.

»Mir war so heiß. Ich habe frische Luft gebraucht.«

»Trink lieber nichts mehr.«

»Nein, ich trinke nichts mehr.«

Steph Weintraub eilte auf sie zu. »Sandy, du hast meinen Antrag noch nicht unterschrieben. Alle neuen Mitglieder müssen unterschreiben.«

»Was für ein Antrag ist das?«

»Die Weigerung, die antiquierten Vorschriften dieses Clubs zu akzeptieren, in denen es heißt, dass es einer Frau nicht gestattet ist, mittwochs, an den Wochenenden und an den Feiertagen vor dreizehn Uhr Golf zu spielen. Ich meine, wir sind doch schließlich auch Mitglieder, oder nicht? Warum sollen wir uns dann an diesen Blödsinn halten? Ich spiele ebenso gut wie die meisten unserer *männlichen* Mitglieder. Warum also soll ich bis dreizehn Uhr warten?«

»Du sollst nicht warten«, sagte Sandy. Sie griff nach Stephs Kugelschreiber.

»So ein Blödsinn!«, sagte Gish. »Der Unterschied, meine Liebe, Stephanie Ball Breaker, ist der, dass wir uns die ganze Woche lang abschuften, um euch reizende Geschöpfe zu ernähren, während *ihr* an jedem beliebigen Wochentag spielen könnt. Ist es trotzdem zu viel verlangt, dass wir am Mittwoch, an den Wochenenden und an den Feiertagen vor euch loslegen dürfen? Herr im Himmel, begreift denn hier niemand, was gerecht und was egoistisch ist?«

»Vielleicht hat Gish Recht«, sagte Sandy. »Daran hatte ich nicht gedacht.«

»Bilde dir deine eigene Meinung, Sandy!«, wandte Steph ein.

»Ich habe nicht gelernt, wie das geht.« Sandy gab Steph den Stift zurück, ohne ihren Aufruf zu unterschreiben.

13

Myra und Gordon hatten für den nächsten Abend alle zu einer Party am Swimmingpool eingeladen. Sie hatten den Garten umgestalten lassen und ihn beleuchtet. Mona versicherte Sandy, dass Myras Pool das Gesprächsthema von Short Hill war, so wie vor ein paar Jahren ihr Haus für Gesprächsstoff gesorgt hatte.

Sandy und Norman trafen früher ein, um eine Privatführung durch den früheren Hinterhof zu bekommen. »Fantastisch!«, rief Norman immer wieder. »Absolut fantastisch! Ich hoffe nur, dass wir eines Tages auch so etwas in Watchung haben werden.«

»Man muss ihm völlig freie Hand lassen«, sagte Myra über ihren Landschaftsarchitekten, der sich ›Der Grieche‹ nannte. Er hatte aber nichts mit Jackies Griechen zu tun. »Er ist übergeschnappt, aber sehr talentiert. Wenn du versuchst, ihm zu sagen, was er tun soll, geht er. Ich wollte etwas Blühendes haben. Am nächsten Morgen sehe ich dann aus dem Fenster und da steht dieser Busch mit den fantastischsten lila Blüten, die man sich nur denken kann. Also renne ich raus, um ihn mir näher anzusehen, und der Grieche, der mich beobachtet hatte, bekommt einen hysterischen Lachanfall. Weil der Busch aus Plastik ist! So stellt er sich einen guten Witz vor.«

»Außerdem muss man bereit sein zu zahlen«, fügte Gordon hinzu. »Das Geld aus dem Ärmel zu schütteln.«

Winzige Laternen hingen von den Bäumen und gaben sanftes Licht. Die Sträucher waren üppig und nur von schmalen Fußwegen durchzogen, die zum Haus, zum Innenhof und zum Swimmingpool führten. Eisenbahnschwellen, Kies, Holzplanken, wilde Blumen. Sie hatten aus kargem Ackerland ein Paradies erschaffen. Sandy hörte das leise Glucksen von plätscherndem Wasser. Sie drehte sich um. Natürlich. Ein Miniaturwasserfall sprudelte zwischen den Felsen. Sie hätte es sich denken können. Es war zwar nicht ganz dasselbe wie auf Jamaika, aber weiter konnte man es in der Umgebung von New Jersey wohl kaum bringen. Und nicht nur das. Dieser Ort war außerdem sicher. Sicher aufgrund einer verzwickten Alarmanlage, die mit einem privaten Überwachungsdienst verbunden war. Dort wurde das Haus auf einem Monitor vierundzwanzig Stunden am Tag überwacht. Niemand würde so nahe herankommen, dass er Myra eine Machete an die Kehle halten konnte. Wenn jemand oder etwas, was mehr als zwanzig Pfund wog, in den Swimmingpool fiel oder auf dem Grundstück herumspazierte, würde die Alarmanlage augenblicklich losgehen, erst leise, um die Familie zu warnen, dann laut dröhnend. »Jetzt können wir unbesorgt schlafen«, sagte Myra. »Wir können die Mädchen allein zu Hause lassen, weil wir wissen, dass nichts passieren kann.«

Myra trug einen durchsichtigen Kaftan aus schimmerndem Organza, der ihren farblich passenden Bikini durchscheinen ließ. Gordon hatte Tennisschuhe und Socken, eine Badehose und ein Lacoste-Hemd an. Sein Haar war sorgsam gekämmt, um die kahle Stelle zu verdecken. Sandy und Norman zogen gerade ihre Badeanzüge an, als die anderen Gäste eintrafen, darunter viele Kollegen von Gordy. Ärzte und ihre Ehefrauen. Norman war begeistert. Es machte ihm einen Heidenspaß, sie mit seinem Wissen über Krankheiten und Behandlungsmethoden zu verblüffen, indem er Dinge ins Gespräch einwarf, die er in der neuesten Ausgabe des *AMA Journal* gelesen hatte.

Bald war die Party in vollem Gange. Justine und ihre Mitarbeiter sorgten für die Verpflegung. Sandy kannte die Speisenfolge auswendig wie alle anderen Gäste auch. Es würde keine Überraschungen für den Gaumen geben, aber es würde auch niemand hungrig nach Hause gehen. Hummerschwänze, marinierte Pilze, Miniaturpizzas, Quiche mit Käse und Spinat, winzige Muschelschalen, die mit Hühnerragout gefüllt waren, Riesenkrabben, die man am Schwanz nahm. Und später, um Mitternacht, würde Justine persönlich aus der Küche kommen und ganze Rinderfilets anbieten, die vor den Augen der Gäste aufgeschnitten und auf Quadrate heißen Knoblauchbrotes gelegt würden. Und noch später würde der Tisch, auf dem das kalte Buffet stand, mit den köstlichsten französischen Törtchen und frisch überbrühtem Kaffee beladen werden. *Oh, wie köstlich! Wie köstlich!*, würden die Gäste ausrufen, obwohl auch sie für ihre Partys Justine in Anspruch nahmen. Myra gab drei Partys im Jahr. Die Jahreszeit war veränderlich, die Gewänder der Gastgeberin waren veränderlich, aber Justines Buffet würde dasselbe bleiben. Und in der kommenden Woche und in der Woche darauf würden sie Partys in anderen Häusern besuchen, die von Justine beliefert wurden, und um Mitternacht würden sie von dem fabelhaft aufgeschnittenen Rinderfilet auf Knoblauchbrot schwärmen und Justine für ihre Verlässlichkeit loben und dafür, wie sehr man sich darauf verlassen konnte, dass ihr Essen jedes Mal wieder perfekt war.

Die Frauen versammelten sich im seichten Teil des Pools und fühlten sich mit Drinks in der Hand in dem einunddreißig Grad warmen Wasser wohl. Die Männer traten Wasser oder hielten sich im tiefen Teil an den Rändern fest. Sie kümmerten sich weniger darum, ob ihre Haare nass wurden. In dieses dampfende Wunderland sprang Norman mit seiner wasserdichten Uhr und beeindruckte die anderen mit seiner Fähigkeit, den Atem unter Wasser anzuhalten.

Steph Weintraub versuchte immer noch, die Clubmitglieder davon zu überzeugen, ihren Aufruf zu unterschreiben. Sie kauerte am Rand des Swimmingpools und bat um Unterschriften, wobei sie gleichzeitig versuchte zu verhindern, dass das Papier nass wurde und die Tinte verlief. Vom Männerende aus wurden Drohungen laut und sie neckten Warren. »Wenn du ein richtiger Mann wärst, würdest du ihr das nicht durchgehen lassen!«

»Zum Teufel mit euch Arschlöchern«, schrie Steph zu ihnen hinüber.

Die Männer lachten nur noch lauter.

Um zehn Uhr trafen fünf Musiker ein, mit elektrischer Gitarre und Bongos, sie spielten für jeden etwas. Sandy trank behutsam, obwohl sich ihr Glas jedes Mal, wenn sie es aus den Augen ließ, automatisch nachzufüllen schien. Sie war sicher, dass es nicht mehr lange dauern würde, bis jemand ohnmächtig wurde und ins Wasser fiel, und sie war erleichtert, dass das Haus voller Ärzte war. Im Anschluss an die Steaksandwiches schlug jemand vor, die *Mädchen* sollten ihre Oberteile ablegen. Myra war die Erste. Sie schleuderte es in den Swimmingpool und tanzte dann wild mit Gordons Freund Dave Immerman. Die Frauen mit den schönsten Brüsten folgten Myras Beispiel, während diejenigen mit den ausgepolsterten BHs und den Hängebusen klugerweise bedeckt blieben.

Gish schlich sich von hinten an Sandy heran und knotete ihr Bikinioberteil auf. »Zieh es aus, zieh es aus, zieh doch alles aus«, sang er.

Sandy drückte ihren Badeanzug an sich und lief zum Haus, sie wollte fort von diesem Zirkus. Als sie am Swimmingpool vorbeikam, sah sie, dass Norman den Atem anhielt, während eine Gruppe von barbusigen Frauen ihn mit vielen Ooohs und Aaahs umrundete.

Sandy ging in Gordons Arbeitszimmer, ein ruhiger, dunkler Raum am einen Ende des Hauses, und legte sich auf den Fußboden. Sie schloss die Augen und dachte an Shep. Ihr Leben schien nur aus einer Reihe von verpassten Gelegenheiten zu bestehen. Warum hatte sie sich letzte Nacht nicht gehen lassen? Es wäre vernünftiger gewesen als das hier … diese irrsinnige Party. Aus Angst vor einer Schwangerschaft war sie Jungfrau geblieben und jetzt hatte sie Angst davor, ertappt zu werden, die Folgen tragen zu müssen, und aus dieser Angst heraus war sie treu. So ein Mist …

»Sandy.«

Sie setzte sich auf. »Oh, Gordy.«

»Schon gut. Steh nicht auf.«

»Ich musste einfach fort von …«

Er nickte. »Ich auch.«

»Es ist wirklich eine zauberhafte Party.«

Gordon setzte sich neben sie auf den Fußboden und strich über ihren Rücken. Seine Hände waren warm und fest. Er massierte ihren Rücken und lockerte ihre Muskeln, bis sie sich entspannte. »Weißt du was, Sandy? Ich hasse dieses verdammte Haus. Diese dämliche Party.«

»Du bist betrunken, Gordon.«

»Du hast verdammt Recht. Ich bin betrunken. Sturzvoll, aber nicht so voll, dass ich nicht mehr weiß, dass mein Leben mir zum Hals heraushängt.«

»Nicht doch, Gordy, das meinst du doch gar nicht im Ernst.«

»O doch, o doch. Ich will da raus!«

»Sag so etwas nicht! Das kommt vom Alkohol, das ist alles.«

»*Das ist alles, sagt sie.* Was habe ich denn hier zu suchen? Sag mir das.«

»Du liebst Myra und die Zwillinge. Und darum geht es doch.«

»Liebe? Ich weiß nicht, was dieses Wort bedeutet. Ich dachte, ich wüsste es, aber ich weiß es nicht mehr.«

»Das ist Unsinn, Gordy. Geh lieber ins Bett.«

»Eine gute Idee«, sagte er. Er zog sie auf den Boden und küsste sie auf den Mund.

»Was, zum Teufel, soll das?« Sandy stieß ihn von sich.

»Ich wollte dich schon immer, Sandy ... Ich habe einen kleinen Arsch immer gemocht ... deine Muschi ... Jedes Mal, wenn ich dich untersuche, will ich es. Ich will sie küssen ... sie füllen ...«

»Gordon! Bist du verrückt?«

»Ja, aber ich weiß, was ich will. Bitte, Sandy, bitte, lass mich.« Er zog an ihrem Bikinioberteil und wollte ihr das Höschen ausziehen.

»Hör mal, das geht nicht. Ich habe mein Pessar nicht eingesetzt.«

Er sprang auf. »Ich hol dir eines. Welche Größe?«

Sie begann zu lachen. »Gordon, das ist Wahnsinn.«

»Welche Größe?«

»Achtzig, aber ich kann doch nicht ... wirklich nicht.«

Er schloss einen Schrank auf und zog eine Kiste heraus. »Achtzig, achtzig, hier ist eine.« Er rannte zur Tür und schloss sie ab, lief zu ihr zurück und sagte: »Ich kann meinen Schwanz in dir tanzen lassen. Warte es ab, es wird dir gefallen.«

Er kniete sich vor sie hin und zog ihr das Bikinihöschen aus. »Ich setze es dir ein. Welche Creme willst du haben?«

»Ich benutze keine Creme.«

»Du nimmst Schaum?«

»Nein, nichts.«
»Du benutzt es ohne alles?«
»Ja.«
»Du musst etwas benutzen. Sonst kannst du schwanger werden.«
»Bisher hatte ich Glück. Sieh mal, Gordy, wir können doch nicht … Jemand …«
»Das klappt schon.«
Sie hatte sich nie zu Gordon hingezogen gefühlt, doch jetzt kniete er vor ihr und sein Penis war dick und einladend und stand waagrecht aus einem schwarzen Haarbüschel heraus. Als er ihr das Pessar einsetzte, flüsterte er: »So schön … eine so bezaubernde Muschi …« Und dann senkte er sein Gesicht zwischen ihre Beine und schnupperte an ihr, steckte tatsächlich seine Nase hinein und küsste sie. Sandy stellte fest, dass sie nicht nur erregt war, sondern ihn auch haben wollte.
Er drehte sie auf den Bauch und drang von hinten in sie ein. Mit einer Hand drückte er ihre rechte Brust und die andere lag auf ihrer Muschi. Es tat gut. Sehr gut sogar.
»Deine verdammte Schwester lässt es mich nicht so rum machen. Sie sagt, das sei was für Tiere, aber wir sind doch schließlich Tiere, oder etwa nicht?«
Er zog sich aus ihr zurück und warf sie abrupt auf den Rücken. »Und jetzt zu meinem tanzenden Schwanz! Bleib still liegen und rühr dich nicht.«
Gehorsam hielt sie still, als sein Schwanz in sie glitt, und dann spürte sie, wie er sich bewegte, anscheinend völlig losgelöst, und er *tanzte,* o Gott, er konnte ihn wirklich tanzen lassen. Konnten andere das auch? Oder hatte Gordon, ihr kleingewachsener, kahl werdender Schwager, eine Spezialbegabung?
»Myra hasst es, schmutzig zu sein. Ich muss in einen Gummi kommen, damit ich sie nicht versaue …«
Das darf doch nicht wahr sein, dachte Sandy. Sie konnte nicht mehr still liegen. Sie war jetzt zu erregt und musste sich mit ihm bewegen, und dann kam sie, kam und stöhnte und schlang ihre Beine um ihn, als er in ihr

kam und ausrief: »Ja, meine geliebte Muschi, meine Geliebte.«

Sandy lachte. Sie wusste, dass sie es nicht hätte tun sollen, aber es erschien ihr alles so schrecklich komisch. Sie hoffte, dass Gordon in ihr Lachen einstimmen würde. Stattdessen schluchzte er.

»Ich sollte erschossen werden, ich sollte erhängt oder kastriert werden oder beides. Ich werde mir das nie verzeihen, nie. Ich werde mir das Hirn rauspusten … mich aus dem Fenster stürzen … mit dem Citroën von einer Klippe herunterfahren … Ich habe dich ruiniert, Sandy, und ich habe meine wunderbare Frau gedemütigt … meine schöne Myra … ich liebe sie so sehr … Du kannst es dir gar nicht vorstellen …«

»Natürlich liebst du sie, Gordy. Nimm es nicht so schwer. Es ist okay. Niemand wird je etwas davon erfahren, das verspreche ich dir.«

»Meine Kinder, was würden meine Kinder denken … meine Schwägerin zu bumsen … o Jesus … Sie hassen mich ohnehin schon … Sie hassen uns beide, mich und Myra … Früher habe ich sie geliebt … als sie noch Babys waren … klein und zart … Jetzt sind sie Fremde, Sandy … feindselige, übellaunige Fremde …«

»Das ist nur eine Phase, die sie durchmachen, Gordy. Sie wird nicht ewig dauern.«

Er schluchzte heftig und bekam nur noch mit Mühe Luft. »Ich will, dass sie wieder so werden, wie sie waren. Ich will meine Babys wieder. Die meiste Zeit möchte ich sterben, Sandy. Ich möchte tot sein, es hinter mir haben. Es ist zu hart. Ich kann so nicht weitermachen.«

Sandy strich ihm über das Haar und wiegte ihn in ihren Armen, wie sie es mit Bucky oder Jen getan hätte.

»Ich will wieder ein kleiner Junge sein.«

»Natürlich willst du das. Du kannst mein kleiner Junge sein.« Sie hielt ihn fest und küsste seine Stirn.

»Danke, Sandy, das ist das Schönste, was ich seit langer Zeit von jemandem gehört habe.«

Jetzt weinte Sandy mit ihm.

14

Sandy und Gordon saßen auf dem Parkplatz vor der Autobahnraststätte Sip'n'Sup in seinem Citroën. Er hatte zwei Hamburger mit Pommes frites und Cola bestellt, und während sie ihr Mittagessen auspackten, sagte Sandy: »O Gott, ich muss schon wieder.« Sie sprang aus dem Wagen und raste zur Damentoilette. Seit vier Uhr nachts hatte sie Magenschmerzen und Durchfall. Es war die Nacht, die ihrer Episode mit Gordon gefolgt war. Sie wusste, dass es die Nerven waren. Die Nerven und die Anspannung und die Angst. Die Furcht davor, ertappt zu werden. Die Folgen auf sich nehmen zu müssen. Sie sah es alles nur zu deutlich vor sich.

Ihre Mutter würde sagen: Ich habe sie zu einer wunderbaren Ehefrau erzogen und was habe ich bekommen? Sie treibt es mit Gordon, dem Mann meiner schönen Myra.

Aber, Mutter, würde Sandy schluchzen, es war Gordons Idee.

Du kannst die Schuld nicht auf den Mann schieben! Alle Männer wollen das. Es ist die Sache der Frau, Nein zu sagen.

Aber ich begehre ihn nicht. Ich habe mit ihm gevögelt, aber ich begehre ihn nicht!

Und Enid: Hure, Dirne. Wie eine Ductla! Ich habe von Anfang an gewusst, dass sie nicht gut genug für meinen Norman ist. Hätte er damals auf mich gehört. Miss Hochmut. Ausgerechnet mit ihrem Schwager treibt sie es!

Und die Zwillinge: Wirklich? Wir hätten nicht gedacht, dass Daddy noch einen hochkriegt!

Und Myra: Ich verlange die Scheidung von Gordon. Ich nehme das Haus, das Bargeld, das Kapital, die Wagen, fünfundvierzigtausend Dollar jährlich für Alimente und die Clubmitgliedschaft. Und was dich betrifft, Sandy: Das verzeihe ich dir nie! Ich kann verstehen, dass du es getan hast. O ja, das verstehe ich ganz genau. Du warst immer neidisch auf mich, weil ich der Liebling der Eltern war.

Aber du bist einfach dumm, wenn du es ausgerechnet mit Gordon tust. Ihn interessiert doch nur, ihn jemandem in den Arsch zu stecken, und das als Gynäkologe!

Nein, Myra, du täuschst dich sehr. Es tut gut von hinten, du solltest es mal versuchen. Und außerdem kann er seinen Schwanz ganz fantastisch tanzen lassen.

Tanzen lassen? Bring mich nicht zum Lachen! Nicht mal den Twist hat er gelernt!

Und Norman: Norman würde sie rauswerfen. Sie rauswerfen und ihr verbieten, die Kinder wieder zu sehen. Die Ehe ist ein Vertrag. Du hast den Vertrag gebrochen. Du bist selbst ausgestiegen. Jetzt bist du draußen. Ohne einen Penny. Ich will dich nie wieder sehen. Pack deine Sachen und verschwinde. Warum musste es ausgerechnet Gordon sein? Jesus, er kann nicht mal am Netz spielen!

Sandy kehrte zu Gordons Wagen zurück. Sie sah bleich und mitgenommen aus. »Wie lange dauert es, bis das Lomotil anfängt zu wirken?«

»In ein paar Stunden solltest du dich besser fühlen.«

Sandy nickte.

»Worüber ich mit dir reden möchte, Sandy …«

»Sag es mir nicht«, fiel ihm Sandy ins Wort. »Myra weiß alles.«

»Nein, niemand weiß etwas, zumindest *meines* Wissens nicht. Was ich dir sagen wollte und am Telefon nicht sagen konnte, ist, dass ich dich heiraten will.«

»Mich heiraten?«

»Ja. Ich habe es hin und her überlegt und ich habe beschlossen, dass wir genau das tun sollten. Wir fliegen nach Juarez oder wohin man heute sonst fliegt, wenn man eine schnelle Scheidung haben will, und ehe wir wieder nach Hause fliegen, heiraten wir. Auf diese Weise können wir noch in diesem Sommer alles regeln. Möglicherweise müssen wir umziehen. Nevada wäre eine Möglichkeit. Oder New Mexico. Ich muss mir das noch einmal genau durch den Kopf gehen lassen und Vorbereitungen treffen, um meine Praxis zu verkaufen.« Er trank von seiner Cola.

»Und wer weiß, vielleicht tun sich Norman und Myra zusammen. Die beiden haben viel miteinander gemeinsam.«

»Gordy, trotz meines Durchfalls weiß ich, dass das am Sonntagabend einfach passiert ist und dass es das Beste ist, wenn wir es vergessen.«

»Wirklich? Ist das dein Ernst?«

»Ja. Ich will dich nicht heiraten.«

Sie sah ihm die Erleichterung an. »Ich kann dir gar nicht sagen, wie Leid es mir tut, San. Ich könnte mich noch zehn Jahre lang entschuldigen, und du wüsstest es immer noch nicht.«

»Ich weiß es, Gordy ... wirklich. Es ist okay. Es war genauso meine Schuld wie deine. Ich hätte dich davon abhalten können. So betrunken war ich nicht. Solange niemand dahinter kommt ... Das ist das Einzige, was mir Sorgen macht.«

»Sandy, du bist eine wunderbare Frau.«

»Hast du wirklich geglaubt, ich würde dich heiraten?«

»Ich war nicht sicher. Aber ich hatte das Gefühl, ich sei es dir schuldig, dich zu fragen.«

»Das war sehr nett von dir, unnötig, aber nett.« Sie beugte sich zu ihm hinüber und küsste ihn auf die Wange.

Er drückte sie an sich. »Es war gut, findest du nicht?«

»Ja.«

»Wir könnten über die Straße gehen und uns für ein paar Stunden ein Zimmer nehmen.«

Sie lachte. »Nein.«

»Vermutlich hast du Recht.«

»Oh, fast hätte ich es vergessen«, sagte sie. Sie öffnete ihre Tasche und holte ein kleines Päckchen heraus, das in Kleenex eingewickelt war. »Ich habe dir das Pessar mitgebracht.«

»Behalt es.«

»Das geht nicht.«

»Nun komm schon. Ich habe jede Menge von diesen Dingern. Betrachte es als ein Souvenir unserer gemeinsamen Zeit.«

»Okay, wenn du willst.« Sie steckte das Päckchen wieder in ihre Handtasche und öffnete die Wagentür. »Tschüss, Gordy.«

»Tschüss, San. Schone dich und gib mir Bescheid, wenn es dir nicht bald besser geht.«

»Es geht mir jetzt schon besser.« Sie ging über den Parkplatz zu ihrem eigenen Wagen und fuhr nach Hause.

Sandy konnte sich die Zahlenkombination ihrer Garderobe im Club einfach nicht merken. Statt es zuzugeben und den Schrank aufbrechen zu lassen, trug sie ihre Sachen in einem Leinensack mit sich herum. Jeden Tag versuchte sie erneut, die Tür zu öffnen. 30-45-15, 45-13-30, 15-35-42. Nichts.

»Was ist los?«, fragte Steph, als sie Sandy ertappte.

»Ach, nichts, wieso?«

»Es hat so ausgesehen, als hättest du Probleme mit deinem Garderobeschrank.«

»Ich? Nein, ich habe nur gerade meine Sachen sortiert.«

»Kannst du mir den Reißverschluss zumachen?«, fragte Steph.

»Klar, und wenn du noch daran interessiert bist: Ich habe mich dazu entschlossen, deinen Antrag zu unterschreiben.«

»Großartig!« Steph öffnete ihren Schrank, der Sandys gegenüber lag und gab ihr den Aufruf und einen Stift. »Das heißt, dass wir genau siebzehn Stimmenthaltungen haben und alle machen sich aus Angst vor ihren Männern ins Hemd. Ich bin froh, dass ich dich falsch eingeschätzt habe, Sandy. Spielst du beim ABCD-Turnier mit?«

»Nein, ich bin noch nicht so weit, dass ich bei einem Turnier mitspielen könnte. Ich habe heute meine erste richtige Lektion auf dem Platz.«

»Ich werde mit Roger darüber reden. Er kann mir sagen, ob du schon so weit bist oder nicht, und wenn doch, versuche ich, dich in meine Vierermannschaft zu bekommen. Ich bin froh, dass du dem Club beigetreten bist. Wir können neue Gesichter gebrauchen. Ganz zu schweigen von neuen Ideen.«

»Danke«, sagte Sandy überrascht und geschmeichelt.

Es war Ringertag. Jeden Dienstag war Ringertag. Hinter den Frisiertischen hing eine große Tabelle an der Wand. Auf der einen Seite waren die Namen aller Mitglieder säuberlich untereinander gedruckt. Dienstags schrieben alle ihre besten Punktzahlen für jedes einzelne Loch auf, nachdem sie ihre Runde hinter sich gebracht hatten. Mitglieder ohne offizielle Handicaps wie Sandy bekamen automatisch eine 36 eingetragen, die höchste Punktzahl. Sie stellte sich die Tabelle mit der Punktwertung am ersten Mai vor, die vielen kleinen Kästchen mit hübschen Fünfern, Vierern und Dreiern gefüllt. Außer hinter ihrem Namen. Hinter ihrem Namen würde eine Reihe frei sein. Ach, Scheiße! Wen störte das schon?

Sandy musste sich beeilen. Roger würde sie bereits erwarten. Sie wollten an die neun hinteren Löcher gehen. Sandy war nie auf dem richtigen Golfplatz gewesen, außer damals, gemeinsam mit den Kindern, als sie dem Club beigetreten war und man sie mit einem kleinen Wagen mit den Örtlichkeiten vertraut gemacht hatte.

»He!«, rief Roger. Er klatschte in die Hände. »Da kommt sie, bereit, für ihr großes Debüt.«

»Bitte, machen Sie nicht alles noch schlimmer, Roger. Ich bin wirklich sehr nervös.«

»Entspannen Sie sich, Sandy. Es soll Ihnen doch Spaß machen. Steve spielt den Caddy für uns. Steve, das ist Mrs. Pressman.«

Steve nickte und wiederholte leise ihren Namen.

Sie hatte ihn schon gesehen, wenn er herumstand und wartete. Er war kein A-Caddy, soviel wusste sie, und wahrscheinlich auch kein B-Caddy, aber er hatte ein angenehmes Lächeln und wirkte schüchtern. Gut. Sie konnte keinen neunmalklugen Scherzbold als Caddy gebrauchen, der ihr ständig folgte. Es war anzunehmen, dass er der Sohn eines Mitglieds war, der ins College ging und den Sommer zu Hause verbrachte. Er nahm ihre Tasche und ging hinter ihnen her.

»Hören Sie mir jetzt zu, Sandy«, sagte Roger. »Sie werden es mit dem Ball aufnehmen. Vergessen Sie alles andere und versuchen Sie, den Ball zu treffen. Der Platz, auf dem wir bisher waren, dient dazu, sich zu überlegen, was man tun kann. Hier draußen hört man auf zu denken und lässt es einfach geschehen.«

»Und wenn gar nichts geschieht?«

»Mit dieser Haltung wollen wir doch wohl nicht anfangen, oder?«

»Ich bin nur realistisch.«

»Machen Sie sich nichts daraus. Das Selbstvertrauen ist es, was wir heute einsetzen wollen. Sie sollen sich selbst beweisen, dass Sie es schaffen. Verstanden?«

»Ja. Klar.«

Zwei Stunden später stand Sandy wieder in der Garderobe. Sie hatte acht Bälle verloren und fast einen Ball an den Kopf bekommen, als ihr Abschlag bei Loch fünfzehn gegen einen Baum prallte und zurückschoss. Bei Loch siebzehn hatte sie zwanzig Minuten mit dem Versuch verbracht, einen Ball über das Wasser zu schlagen, und sie hatte Roger versprochen, täglich zwei Eimer mit Bällen anzuschlagen, zweimal wöchentlich eine Stunde zu nehmen und, so oft sie konnte, neun Löcher zu spielen.

»Übernächste Woche sollten Sie anfangen, ganz regulär zu spielen«, sagte er. »Und Sie sollten sich für das ABCD-Turnier eintragen.«

»Ich kann nicht bei einem Turnier mitspielen.«

»Natürlich können Sie das. Hier gibt es viele Frauen, die den Ball nicht so gut treffen wie Sie.«

»Mal sehen.«

Roger streckte die Hand aus. »Nächstes Jahr werden Sie sagen: Wissen Sie noch, als ich …«

Sandy streifte sich die Schuhe auf der Matte vor der Damengarderobe ab. Dann ging sie in die Garderobe und brach vor ihrem Schrank auf dem Fußboden zusammen. Eins wusste sie genau. Sie hasste Golf. Warum also hatte sie mit Steve ausgemacht, dass er am Freitagmorgen um acht den Caddy für sie spielen würde? Weil sie immer das tat, was man ihr sagte. Weil sie ein so braves, kleines Mädchen war. Ein so braves, kleines Frauchen.

15

Norman kam schon um fünf nach Hause. Er nahm zwei Aspirin und legte sich auf die Couch.

»Was fehlt dir?«, fragte Sandy.

»Es war ein schrecklicher Tag.«

»Was ist passiert?«

»Jake ist gestorben.«

»Welcher Jake?«

»Ich bin im Moment nicht zu Scherzen aufgelegt.«

»Das soll kein Scherz sein. Ich weiß nicht, von wem du sprichst.«

»Von Jake, dem Dobermann in der Filiale New Brunswick.«

»Ach so, der Hund.«

»Ist das alles, was dir dazu einfällt?«

»Ich habe ihn nicht persönlich gekannt.«

»Er ist vergiftet worden.«

»Vergiftet!«

»Er hat vor den Augen der Kunden Krämpfe gehabt. Er ist gestorben, ehe wir ihn zum Tierarzt bringen konnten.«

»Warst du da, als es passiert ist?«

»Ja, es war grässlich.«

»Wer kann das getan haben?«

»Das versuchen wir gerade herauszufinden.«

»Wirst du einen neuen Hund anschaffen?«

»Ich habe schon im Tierheim angerufen.«

Sandy nickte. Dann sagte sie, um ihn aufzuheitern: »Ich hatte heute meine erste praktische Golflektion. Beim elften Loch habe ich den Ball auf Anhieb über das Loch hinaus geschlagen.«

»Das ist wohl kaum der passende Zeitpunkt, um mir von deiner Golfstunde zu erzählen.«

»Ich dachte, es würde dich interessieren.«

»Um Himmels willen, ich habe dir doch gerade eben erzählt, dass einer unserer Hunde vergiftet worden ist.«

»Du hast dich nicht so angestellt, als Kennedy ermordet worden ist. Oder als mein Vater gestorben ist.«

»Was, zum Teufel, soll denn das jetzt wieder heißen?«

»Nichts. Vergiss es.«

Sie ging in die Küche, wusch den Salat und deckte den Tisch. Dann bekam sie plötzlich Schuldgefühle. Sie schenkte ein Glas Limonade ein und brachte es Norman. Er setzte sich auf und trank.

»Wir haben zwei Briefe von Jen und eine Karte von Bucky bekommen«, erzählte Sandy ihm. »Bucky hat nur Grüße geschickt, aber Jen scheint sich einzugewöhnen und ihren Spaß am Ferienlager zu haben.«

»Ich habe dir doch gesagt, dass es ihr gefallen wird.«

Sandy nickte. »Ich habe gefüllte Paprikaschoten zum Abendessen gemacht.«

»Ich glaube nicht, dass ich heute etwas essen kann.«

»Aber gefüllte Paprikaschoten sind doch dein Lieblingsessen.«

»Heb sie für morgen auf.«

»Morgen bin ich nicht zu Hause. Hast du vergessen, dass ich nach New York fahre?«

»Davon weiß ich nichts.«

»Doch, ich habe es dir gesagt. Die Zwillinge werden morgen früh operiert. Ich nehme meine Mutter mit in die Stadt und bleibe über Nacht mit Myra im St. Moritz.«

»Ich muss es wohl vergessen haben.«

»Kann ich dir eine Suppe bringen? Oder vielleicht Tee und Toastbrot?«

»Suppe wäre gut.«

»Okay. Übrigens, Norm, das mit Jake tut mir wirklich Leid.«

»Und mir tut es Leid, dass ich dich angefahren habe. Ich bin froh, dass deine Golfstunde gut gelaufen ist.«

Sandy setzte sich zu ihm. »Nimm mich bitte in den Arm.«

Er legte seine Arme um sie. Sie schmiegte ihr Gesicht an seine Wange. »Wir können etwas dafür tun, dass es besser wird, findest du nicht?«

»Was?«

»Mit uns.«

»Wie meinst du das?«

»Ich meine, wenn wir uns wirklich bemühen, kann es immer noch gut gehen.«

»Ich komme nicht mit.«

»Das mit uns ... mit dir und mir .... mit unserer Ehe ...«

»Fang mir jetzt nicht damit an, Sandy. Ich bin müde und habe Kopfweh.«

Sandy holte Mona am kommenden Morgen um elf ab und fuhr nach New York. Sie ließ den Wagen im Parkhaus der Port Authority stehen. Es war heiß, aber es wehte eine leichte Brise, und Mona schützte ihre Frisur auf dem kurzen Weg zum Gebäude mit einem Kopftuch aus rosa Gaze.

»Ich war die ganze Nacht wach«, erzählte sie. »Ich mache mir solche Sorgen um die Mädchen.«

»Es wird schon gut gehen. Der chirurgische Eingriff ist unkompliziert. Eine Vollnarkose ist gar nicht erforderlich. Sie werden nur örtlich betäubt.«.

»In der Nase?«

»Ich weiß nicht, wie es gemacht wird.«

»Es muss sehr schmerzhaft sein.«

»Das glaube ich nicht. Wenn es so wäre, würde man nicht von so vielen Mädchen hören, die's machen lassen.«

»Es ist eine Schande, dass sie eine Leffertsnase haben und nicht unsere. Wir haben alle so schöne Nasen.«

»Ich bin sicher, dass sie großartig aussehen, wenn es vorbei ist.«

»Wusstest du, dass die Operation achtzehnhundert Dollar pro Nase kostet? Aber weil es Zwillinge sind und weil man unter Kollegen entgegenkommend ist, haben sie einen Sonderpreis bekommen – zweitausend Dollar für beide.«

Sie betraten das Gebäude und warteten auf den Aufzug, der sie vom Parkdeck ins Erdgeschoss brachte.

»Nehmen wir ein Taxi?«, fragte Mona.

»Ja. Das Krankenhaus liegt außerhalb.«

»Ich finde mich in dieser Stadt nicht zurecht.«

»Ich auch nicht.«

Mona nahm Sandys Arm, als sie durch die Eingangshalle des Port Authority-Gebäudes gingen: »Sandy«, setzte sie zögernd an. Dann sah sie sich um, als wollte sie sich überzeugen, dass niemand zuhörte. »Ich muss etwas mit dir besprechen.«

»Worum geht es denn?«

»Nicht hier. Erst, wenn wir draußen sind.«

Sie traten durch die Glastüren und suchten ein Taxi. Nachdem Sandy dem Fahrer die Adresse des Krankenhauses genannt hatte, wandte sie sich an ihre Mutter. »Jetzt erzähl schon!« War es möglich, dass Mona irgendwie hinter die Sache mit Gordon gekommen war? Allein der Gedanke!

»Ich habe einen Mann kennen gelernt«, flüsterte Mona.

»Das ist ja wunderbar!«, sagte Sandy erleichtert.

»Ich habe ihn schon vor Jahren kennen gelernt, als ich noch nicht verheiratet war, und jetzt habe ich ihn in Ruth Berkows Haus zufällig wieder getroffen. Er ist verheiratet. Aber er will sich mit mir treffen. Ich weiß nicht, was ich tun soll.«

»Magst du ihn?«

»Wenn er nicht verheiratet wäre, könnte ich mich überreden lassen. Er hat mir am Wochenende eine Flasche Parfüm geschenkt – Joy. Und zum vierten Juli hat er mir ein Dutzend Rosen geschickt – gelbe.«

»Er muss ziemlich verliebt in dich sein.«

»Aber er ist verheiratet.«

»Vielleicht versteht er sich nicht mit seiner Frau.«

»Nein, die beiden verstehen sich wirklich nicht, aber er sagt, dass Waffenstillstand herrscht. Keine Liebe, kein Du-weißt-schon, aber sie leben trotzdem zusammen.«

»Und er will Du-weißt-schon mit dir?«

»Sandy! Gott behüte! Ich muss an meinen Ruf denken.«

»Und was will er von dir?«

»Kameradschaft, sagt er.«

»Was ist daran auszusetzen?«

»Er ist *verheiratet*. Ein *verheirateter* Mann, Sandy. Wie würde das aussehen? Lass dich von deiner Frau scheiden, habe ich zu ihm gesagt. Dann werde ich es mir überlegen. *Sie würde sich umbringen*, sagt er.«

»Was hast du vor?«

»Ich gehe am Samstagabend mit ihm essen. Dann werde ich mich entscheiden.«

»Das klingt vernünftig.«

»Aber ich bin nervös. Wenn seine Frau dahinter kommt, könnte ich als Mitklägerin genannt werden.«

»Mitbeklagte.«

»Das habe ich doch gesagt.«

»Du kannst nicht als Scheidungsgrund angeführt werden, solange du nur mit ihm essen gehst.«

»In deiner Generation ist das alles so einfach!«

»Es ist keineswegs einfach. Aber du bist eine attraktive Frau, Mutter, eine Witwe. Du solltest mit Männern ausgehen. Das sage ich dir schon seit Vaters Tod.«

»Ich erinnere mich. Und ich habe es einmal versucht.«

»Und damit hast du schlechte Erfahrungen gemacht, das gebe ich zu.«

»Du kennst ja nicht einmal die Hälfte der Geschichte. Der Kerl ist zu Charlie Chaplins Arzt in die Schweiz gefahren. *Meine Hormone sind wie die eines Jungen*, sagt er zu mir. Erst machen wir eine Spazierfahrt in seinem neuen Cadillac, in den Süden von Jersey, zu dem Friedhof, auf dem seine letzte Frau begraben ist, und anschließend führt er mich zum Abendessen zu Howard Johnson.«

»Das wusste ich gar nicht.«

»Glaubst du, ich wollte, dass irgendjemand erfährt, dass er mit mir bei Howard Johnson zu Abend gegessen hat? Und das ist noch nicht alles. Er fährt mich nach Hause, und dann fragt er, ob er bitte noch auf einen Kaffee raufkommen kann. *Natürlich, Kaffee und vielleicht ein Stück Sara-Lee-Kuchen?* sage ich. *Das klingt ausgezeichnet*, sagt er. *Fast so gut wie du, Mona.* In dem Augenblick hätte ich es schon wissen müssen, aber nein, ich musste ihm natürlich glauben. Miss Unschuld. Er sieht sich also in meiner Wohnung um, bewundert alles und fragt, ob er sich bitte einen Moment auf mein Bett legen könnte. Er fühlt sich plötzlich gar nicht wohl. Ich habe Angst, dass er in meinem Schlafzimmer einen Herzschlag kriegen könnte, und wie würde das wohl für andere aussehen? Aber er kriegt keinen Herzschlag, der nicht! Er packt mich und zieht mich auf sich. Kannst du dir das vorstellen? Er will Du-weißt-schon von mir am ersten Abend, an dem wir zusammen ausgehen! Ich sage ihm, wenn er mich nicht sofort loslässt, schreie ich. *Gut,* sagt er. *Ich mag es, wenn meine Frauen schreien.* Ein Bescheuerter! Ich sage ihm, dass ich ihn umbringe, und ich meine es ernst. Ich denke schon an meine große Nähschere. Dann lacht er und lässt mich los. *Ich dachte, du seist ein feiner Kerl,* sagt er, *aber vergessen wir es einfach. Ich habe jede Menge Frauen, mehr, als ich gebrauchen kann, was soll ich da noch mit dir?* Und dann steht er auf und geht. Was für eine Erfahrung! Ist es etwa ein Wunder, dass ich von da an nicht mehr ausgegangen bin?«

Das Taxi fuhr vor dem Krankenhaus vor und Sandy bezahlte.

»Das hättest du mir früher erzählen sollen«, sagte Sandy, als Mona und sie auf das Krankenhaus zugingen.

»Glaubst du, ich will dir und Myra mit meinen persönlichen Problemen zur Last fallen?« Mona sah sich um. »Das soll ein Krankenhaus sein? Mir kommt es eher wie ein Bürogebäude vor.«

»Ja, so kommt es einem wirklich vor.« Sie gingen zum Aufzug. »Weiß Myra etwas von deinem neuen Freund?«

»Morris … Morris Minster. Nein, sie hat im Moment zu viel um die Ohren, die Nasen und so weiter.«

Die Aufzugtüren öffneten sich und sie traten in den Aufzug.

»Hat Myra gesagt, welche Etage es ist?«

»Ich glaube, die vierte.«

Sandy drückte auf den Knopf.

»Sandy, ich hoffe, du siehst dich bei Norman vor.«

»Mich vorsehen? Wie meinst du das?«

»Du sollst dich vorsehen, damit du keinen Ärger bekommst.«

»Wir haben nicht vor, weitere Kinder zu bekommen, wenn es das ist, was dir Sorgen macht.«

»Nein, das nicht.«
»Was denn?«
»Scheidung«, flüsterte Mona.
»Scheidung?«
»Ja. Die Tochter meiner Freundin Nettie, die in Connecticut lebt, in einem ganz protzigen Viertel, wird geschieden. Das macht Nettie ganz krank. Ihr Blutdruck ist Gott weiß wie hoch. Du solltest dich sehr in Acht nehmen, Sandy. Mach Norman glücklich. Netties Schwiegersohn, ein Anwalt, ist mit einer Frau aus derselben Straße davongelaufen.«
»Das ist ein Jammer für Netties Tochter, aber es hat nichts mit Norman und mir zu tun.«
»Ich sage ja nur, dass heute soviel passiert. Alles ist ganz anders als damals, als dein Vater und ich in eurem Alter waren. Du solltest wirklich auf der Hut sein. Myra habe ich dasselbe gesagt.«
»Mach dir keine Sorgen um uns, Mutter. Uns geht es gut.«
»Gott sei Dank.«
Sie stiegen im vierten Stock aus und Mona ging zum Empfang. »Wir möchten zu Mrs. Lefferts«, sagte sie. »Mrs. Myra Lefferts. Ihre Zwillinge sind heute Morgen operiert worden.«
»Ach ja, natürlich. Zimmer vier-sechzehn. Mrs. Lefferts hat gesagt, ihre Familie würde gegen Mittag kommen.«
Sie gingen durch den Korridor und zwei Mädchen mit riesigen braunen Gumminasen, gehalten von weißen, blutbefleckten Klebestreifen, die quer über ihre Wangen und zu ihrer Stirn liefen, kamen ihnen entgegen.
Mona wankte und hielt sich am Geländer fest. »Oh!«
»Sei still«, sagte Sandy.
»Mir ist übel.«
»Sie haben Nasenoperationen hinter sich, das ist alles.«
»Sie sehen aus wie wandelnde Tote.«
»Beruhige dich, Mutter. Connie und Kate werden dieselben Verbände tragen. Du solltest dich lieber daran gewöhnen.«

»Gut, dass ich *die beiden* vorher gesehen habe. Andernfalls wäre ich vielleicht in Ohnmacht gefallen.«

Die Tür zu Zimmer 416 stand einen Spalt offen. Connie und Kate trugen tatsächlich ebenfalls Zombiemasken und schliefen. Myra saß am Fenster und las die neueste Ausgabe der *Vogue.* Sie sah auf, hielt einen Finger an die Lippen und trat zu Sandy und Mona in den Gang.

»Wie geht es ihnen?«, fragte Sandy.

»Gut. Sie waren um halb zehn schon wieder in ihrem Zimmer. Er hat beide sofort nacheinander operiert. Sie waren wach, aber groggy. Jetzt werden sie den ganzen Tag vor sich hin dösen.«

»Gott sei Dank, dass es vorbei ist«, sagte Mona. »Hat man etwas sehen können? Weißt du schon, wie sie hinterher aussehen?«

»Nein, es dauert drei Wochen, bis man sagen kann, wie sie aussehen, aber Dr. Saphire hat vor ein paar Minuten hereingeschaut, um zu sagen, dass die Operation gut verlaufen ist. Ohne Probleme.«

»Wenn sie jetzt noch etwas abnehmen würden«, sagte Mona.

»Sie werden abnehmen, Mutter«, sagte Myra verärgert. »Sie brauchten nur einen Anreiz. Lass ihnen ein paar Monate Zeit und du wirst sie nicht wieder erkennen. Ich habe bei Sassoon bereits einen Termin für den Tag vereinbart, an dem die Verbände abgenommen werden.«

»Willst du etwas essen?«, fragte Sandy.

»Ja. Ich kann eine Pause gebrauchen. Die Krankenschwester wird nach ihnen sehen, solange ich fort bin.« Myra ging wieder ins Zimmer und wischte das Blut ab, das aus Connies freiliegendem Nasenloch tropfte. Sie strich Kate das Haar aus dem Gesicht, drückte jedem der Mädchen einen zarten Kuss auf die Wange und verließ auf Zehenspitzen das Zimmer.

Sandy setzte Mona in den Vieruhrbus und dann ging sie in Myras Zimmer im St. Moritz, um zu duschen und sich für das Abendessen mit Vincent umzuziehen. Als sie die Verabredung getroffen hatte, war ihr nicht klargewesen, wie gut es passen würde. Sie hatte vergessen, dass sie Myra etwa einen Tag lang Gesellschaft leisten sollte, während die Mädchen im Krankenhaus lagen.

Sie wusste immer noch nicht, was Vincent vorhatte. Ein nettes Treffen hoffentlich. Vielleicht wollte er mit ihr über Lisbeth reden, über ihre Abmachung, oder vielleicht wollte er sie auch bitten, bei Mrs. Rabinowitz einzuspringen, solange er und Lisbeth im August in Maine waren, oder vielleicht wollte er … Nein! Die Idee wollte sie gar nicht erst aufkommen lassen. Sie trafen sich zum Abendessen, das war alles. Wie alte Freunde. Es war doch nichts dabei, mit einem alten Freund essen zu gehen, oder?

Lass den Blödsinn, Sandy.

Sieh mal, ich ziehe keine voreiligen Schlüsse.

Sie machte sich auf den Weg. Sie war zehn Minuten zu früh und entschloss sich, draußen zu warten. Sie trug ihr grünes Kleid und hatte ihren weißen Blazer über dem Arm. In Restaurants mit Klimaanlage fror sie immer. Dünnes Blut, hatte Norman zu ihr gesagt. Sie sah sich die Leute an, die vorbeigingen. Eine beachtliche Auswahl. Ein Zwerg, zwei Männer Arm in Arm, eine Gruppe von kleinen Mädchen, eine auffallende Frau, die aussah wie … Mein Gott, dachte Sandy, während sie hinter ihr herlief. Ja, sie war fast sicher. *Jackie!* Die Frau ging bis zur nächsten Kreuzung und wandte sich dann nach links. Sandy folgte ihr. Die Frau hatte leicht krumme Beine. Das richtige Haar. Sandy überquerte die Straße und ging schnell zur Kreuzung. Jackie erreichte ihre Seite der Straßenkreuzung und wartete darauf, dass die Ampel grün wurde. Sandy ging gleichzeitig mit ihr über die Straße und stand ihr von Angesicht zu Angesicht gegenüber. Es war Jackie! Sie trug eine große Sonnenbrille, aber es bestand kein Zweifel. Sandy wusste es. Jackie wusste, dass sie es wusste. Sie lächelten einander an. Sandy hätte sie gern in den Arm genommen und ihr gesagt, wie Leid es ihr tat, dass sie solche Sorgen hatte, dass sie es nicht zu schwer nehmen sollte, dass alles wieder besser werden würde. Im nächsten Moment waren sie aneinander vorbeigegangen. Jackie ging die Straße Central Park Süd hinunter, nicht schnell, aber mit großen, zuversichtlichen Schritten.

Sandy eilte zum Restaurant zurück. Vincent erwartete sie. Sie küssten sich zur Begrüßung. »Du wirst es nicht glauben«, sagte Sandy atemlos, »aber ich habe gerade Jackie Kennedy gesehen.«

»Natürlich glaube ich das«, sagte Vincent.

»Ich bin einfach sprachlos.«

»Du hast dich doch immer sehr für sie interessiert, oder?«

»Ja.«

»Gehen wir rein?«

»Gern.«

»Hast du sie je persönlich gesehen?«, fragte Sandy.

»Mehrfach.«

Sie wurden zu einem Ecktisch geführt. Beide nahmen zwei Aperitifs, Fettucine, einen grünen Salat, eine halbe Flasche Soave und Cappuccino zu sich. Sie sprachen über ihre Kinder, das Für und Wider der neuesten Diäten, den Krieg in Vietnam, darüber, wo das alles enden sollte, dass die Studenten nicht mehr so klug und emsig waren wie früher, über die Ehe und ihre Zukunft in Amerika. Sandy fand es aufregend, sich in eine wirkliche Unterhaltung zu vertiefen, und sie stellte fest, dass sie Vorstellungen hatte, von denen sie selbst gar nichts gewusst hatte.

Als die Rechnung kam, fragte Sandy: »Wie geht es Mrs. Rabinowitz?«

»Gar nicht gut. Sie muss ins Krankenhaus, um weitere Untersuchungen durchführen zu lassen. Es besteht Verdacht auf einen Gehirntumor.«

»Das tut mir Leid.«

»Ja, es ist schwierig.« Vincent unterschrieb auf seiner Scheckkarte und sah auf die Uhr. »Es ist erst Viertel vor acht. Wollen wir ins Kino gehen?«

Sie bemühte sich, ihr Erstaunen zu verbergen. Etwas derart Gewöhnliches wie einen Kinobesuch hatte sie gar nicht in Betracht gezogen. »Ich weiß nicht.«

»Komm schon, es ist noch früh und du hast doch gesagt, dass du über Nacht bei deiner Schwester bleibst.«

»Ja.«

»Dann hast du es doch nicht eilig, oder?«

»Eigentlich nicht.«

»Gut. Ich weiß genau den richtigen Film. Er wird in der Nähe der Columbia gezeigt. Wir kommen rechtzeitig zur Vorstellung um zwanzig Uhr zwanzig.«

Wahrscheinlich würde es sich um einen kunstvollen ausländischen Film mit Untertiteln handeln und anschließend würde Vincent ihr jede Form von tiefgründigen Fragen zur eigentlichen Bedeutung des Filmes stellen und Sandy würde entweder eingestehen müssen: *Ich weiß es nicht,* oder sie würde sich etwas zurechtlegen müssen, wie sie es getan hatte, wenn Lisbeth sie früher in Filme voller Bedeutungsgehalt und Offenbarungen geschleppt hatte. Dennoch hatte Sandy es nicht eilig, ins Hotel zurückzukommen. Sie wollte Gordon nicht treffen.

»Nicht jugendfrei?«, fragte Sandy, als sie das Werbeplakat sah.

»Ja, aber qualitativ sehr hochwertig«, versicherte Vincent. »Ich habe den Film schon gesehen, aber ich würde ihn sehr gern mit dir gemeinsam sehen.«

»Ich war noch nie in einem Pornofilm.«

»Das ist kein Porno, Sandy, es ist ein künstlerisch wertvoller Film. Das ist ein großer Unterschied.«

»Wenn du das sagst.« Sandy kicherte, mehr aus Nervosität als aus irgendeinem anderen Grund. Es sollte also doch nichts Gewöhnliches werden.

Vincent kaufte die Eintrittskarten und sie gingen hinein.

Der Film begann. Ein Mädchen ging über die Straße. Es betrat ein Gebäude, stieg mehrere Treppenabsätze hinauf, schloss eine Wohnung auf und ging direkt ins Schlafzimmer, zog sich aus und wurde von zwei jungen Männern vergewaltigt, die sich im Kleiderschrank versteckt hatten. Vielleicht wurde die junge Frau auch gar nicht vergewaltigt. Sie schien es nämlich sehr zu genießen. Vielleicht spielten die beiden jungen Männer nur ein Spielchen mit ihr. Aber man kam nicht dazu, die Handlung zu durchschauen, denn sie war bereits mit einem dritten Mann zusammen. Diesmal saß sie auf ihm und ihre Hände kosten ihre eigenen Brüste, während sie sich auf und ab bewegte. War das simuliert oder war es richtiger Sex? Dann sah Sandy, dass der Penis in ihr steckte. Von dem Blickwinkel aus, den die Kamera jetzt eingenommen hatte, konnte man ihn hinein- und hinausgleiten sehen. Und jetzt blies sie ihm einen. Und die beiden jungen Männer waren auch wieder da, einer von ihnen fickte sie und der andere … Es war sehr kompliziert … Sandy verlor den Faden, welcher Körper eigentlich zu wem gehörte. Nach weiteren fünfzehn Minuten lehnte sich Vincent an sie und fragte flüsternd: »Wirst du beim Zuschauen nass?«

Sandy gab keine Antwort. Sie hatte von Anfang an getröpfelt und war unruhig auf ihrem Sitz herumgerutscht, hatte versucht, die Hitze abzustellen, die sie überkam, hatte sich bemüht zu vergessen, dass Vincent neben ihr saß und höchstwahrscheinlich etwas mit ihr vorhatte.

»Sag schon?«, fragte er noch einmal.

»Ja«, sagte sie. Sie durchdachte ihre Möglichkeiten. Sie konnte rausgehen, sich ein Taxi zum St. Moritz nehmen und Vincent nie wieder sehen. Das war das, was sie tun *sollte*. Aber es war ihr verhasst, sich im Streit und verbittert zu trennen. Vincents Hand lag jetzt auf ihrem bloßen Schenkel. Jetzt würde er jeden Moment spüren, wie nass sie wirklich war.

»Vincent, das ist doch Wahnsinn.«

»Du hast Recht«, sagte er. »Gehen wir.« Er nahm ihre Hand und zerrte sie praktisch aus dem Kino, über die Straße, durch eine andere Straße, an einer Reihe von Läden vorbei.

»Wohin gehen wir?«, fragte sie.

»In mein Büro, es ist gleich um die Ecke.«

So war das also. »Aber, Vincent …«

»Sieh mal, Lisbeth hat dir doch von unseren Donnerstagabenden erzählt, stimmt's?«

»Ja, aber …«

»Ich war sicher, dass du mich richtig verstanden hast, als du meine Einladung angenommen hast.«

»Nein, ich dachte …«

»Aber heute ist Donnerstag. Das habe ich doch klargestellt, als ich angerufen habe, oder etwa nicht? Ich habe gesagt: am *Donnerstag*, dem siebenten.«

»Ja, aber verstehst du …«

»Ist ja egal, wir sind da.« Sie standen vor einem kleinen Gebäude auf dem Campus, das mit Efeu bewachsen war und direkt gegenüber von der Bibliothek lag. Vincent suchte nach seinem Schlüssel, schloss die Haustür auf, führte Sandy eine Holztreppe hinauf, schloss die Tür zu seinem Büro auf, trat ein, schaltete eine Stehlampe an, nahm sie in seine Arme und küsste sie mit mehr Zunge, als ihr angenehm war. Er drückte ihre Brüste und flüsterte: »Mein kleiner Panda, mein kleines Bärchen, meine Bergziege, mein Babyesel.« Hörte sie richtig? War das ein Witz? Er warf sie auf den Boden, schob ihr Kleid nach oben und streifte ihr Höschen hinunter.

»Nein, Vincent.« Sie versuchte, ihn abzuschütteln. »Ich kann nicht. Und außerdem habe ich mein Pessar nicht eingesetzt.«

»Kein Grund zur Sorge«, sagte er, während er ihre freigelegte rechte Brust küsste. »Ich habe mich einer Vasektomie unterzogen. Hat Lisbeth dir das nicht erzählt?«

»Nein.«

»Dir kann nichts passieren, mein kleiner Spatz, mein Kojote, meine Wölfin, mein Löwenjunges.« Er hatte ihr das Kleid jetzt bis zum Hals hochgezogen und ihren Slip bis auf ihre Knöchel. Er befasste sich gerade mit ihren Schuhen, versuchte, die Bändchen aufzuhaken, statt sie ihr einfach vom Fuß zu ziehen.

»Weiß Lisbeth, dass du mit mir zusammen bist?«

»Es war ihre Idee.«

»Wirklich?«

»Gewissermaßen, ja. Sie hat mich gefragt, ob mir jemand einfällt, der der Richtige für dich sein könnte. Sie hat gesagt, du seist fällig, bereit, etwas auszuprobieren … *Jemanden, der nicht schrecklich intellektuell ist,* hat sie gesagt … *jemanden, der sexy, aber nicht zu überwältigend ist, jemanden, dem Sandy sich anvertrauen kann* … dadurch bin ich auf mich gekommen. Natürlich bin ich eher intellektuell, aber ich lasse es nicht so raushängen wie manche meiner Kollegen. Und ich bin sexy, findest du nicht, aber nicht überwältigend.« Er küsste ihre Knöchel. »Mein kleiner Alligator, mein Sandhai, meine Schildkröte … Und du kannst dich mir anvertrauen …« Er hatte es aufgegeben, ihr die Schuhe auszuziehen, und küsste ihre Knie.

»O nein«, rief Sandy plötzlich. »Eben ist es mir eingefallen. Ich habe meine Jacke im Kino liegen lassen. Was soll ich bloß tun?«

»Schlaf mit mir und dann gehen wir noch mal hin und versuchen, sie zu finden«, antwortete Vincent, der über ihr kniete. Seine Erektion war so lang und schlank wie alles andere an ihm. Er hatte blondes Schamhaar und war beschnitten. Das hatte sie schon immer interessiert. Vincent nahm seinen Schwanz in die Hand, streifte mit der Spitze ihre Muschi, neckte sie und zog sich dann wieder zurück.

Sandy bog ihren Rücken durch und hob ihre Hüften vom Fußboden, wie das Mädchen im Film es getan hatte.

»Mein kleines Känguru ist hungrig auf meinen Schwanz …« Er glitt in sie und sie schloss ihre Muschi fester um ihn, doch während sie das tat, spürte sie, wie er aus ihr hinausglitt.

»Oh, verdammt noch mal! Zum Teufel damit, verfluchte Scheiße!«, schrie er.

»Was ist passiert? Habe ich etwas falsch gemacht?«

»Nein, er ist in sich zusammengefallen.«

»Aber warum?«

»Weil er mir an jedem einzelnen verfluchten Donnerstagabend runterfällt.« Er blieb auf dem Rücken liegen.

»Es tut mir Leid, Vincent.«

»Es ist nicht deine Schuld. Es ist psychologisch bedingt, Schuldgefühle oder Angst oder sonst was.«

»Geht es dir bei Lisbeth auch so?«

»Nein, zum Teufel, mit Lisbeth ist es grandios.«

»Warum mühst du dich dann mit den Donnerstagabenden ab?«

»Weil sie es will.«

»Weiß sie, was mit dir los ist?«

»Nein. Ich erfinde Geschichten für sie. Sie ist einfach besser im Rumvögeln als ich und das ist es, was wirklich wehtut.«

»Wir könnten es noch mal versuchen«, schlug Sandy vor. Er tat ihr jetzt Leid und sie wollte sich selbst beweisen, dass sie ihn erregen konnte.

»Nein, ich habe es immer wieder versucht.«

»Vielleicht brauchst du nur jemanden mit viel Erfahrung.«

»Ich habe es schon bei professionellen Nutten versucht.«

»Was hast du jetzt vor?«

»Ich gehe nach Hause und mache es mit Lisbeth. Donnerstagnachts ist es immer besonders gut.«

Sandy stützte sich auf einen Ellbogen. »Vincent, bist du je auf die Idee gekommen, dass Lisbeth vielleicht auch nur Geschichten erfindet? Dass vielleicht keiner von euch beiden wirklich etwas tut?«

»Sie riecht nach Sex, wenn sie zurückkommt. Du kannst es eine Meile weit riechen. Ich liebe das.«

»Oh.« Sandy stand auf und begann, sich anzuziehen.

»Hör mal, wenn du noch geil bist, könnte ich es dir mit dem Mund machen«, sagte Vincent. »Mir macht das nichts aus. Ich bin recht gut darin.«

»Danke, nein. Ich muss ins Hotel zurück. Myra wird sich schon fragen, was mir zugestoßen ist. Noch was, Vincent: Es wäre mir sehr lieb, wenn du Lisbeth nichts davon erzählen würdest.«

»Ich habe nicht vor, das zu tun.«

»Aber ich dachte, ihr glaubt nicht an Geheimnisse …«

»Sie glaubt nicht an Geheimnisse.«

»Oh, ich verstehe.«

Sie gingen die Treppe hinunter und traten ins Freie. Vincent hielt ein Taxi an und sagte dem Fahrer, er solle Sandy zum St. Moritz bringen. »Danke für die Einladung«, rief Sandy.

»Wir müssen es irgendwann noch mal wiederholen«, antwortete Vincent.

Wohl kaum, dachte sie.

Als sie wieder im Hotel war, merkte sie, dass sie nicht mehr ins Kino gegangen waren, um nach ihrer Jacke zu suchen.

Myra lag im Bett und las den *Cosmopolitan*. »Ich habe mir schon Sorgen gemacht«, sagte sie.

»Wir sind ins Kino gegangen. Wie geht es den Mädchen?«

»Sie sind gegen neun fest eingeschlafen und Gordy und ich sind eine Tasse Kaffee trinken gegangen. Norman hat vor einer Stunde angerufen. Er hatte vergessen, dass du mit Lisbeth essen gehst.«

Nein, nicht vergessen. Sandy hatte es ihm gegenüber gar nicht erwähnt. »Jetzt ist es zu spät, um ihn zurückzurufen. Hat er gesagt, was er wollte?«

»Nein.«

»Ich rufe ihn morgen früh an«, sagte Sandy gähnend. »Ich bin sehr müde. Ich gehe auch ins Bett.« Als sie aus dem Bad kam, legte sie sich in das zweite Bett. »Ist es dir recht, wenn ich das Licht ausschalte?«, fragte sie.

»Klar«, sagte Myra. Sie klappte ihre Zeitschrift zu. »Ich bin auch müde.«

»Gute Nacht. Ich bin froh, dass die Operation reibungslos verlaufen ist.«

»Ja, ich auch.«

Sandy war gerade am Einschlummern, als Myra wimmerte: »Oh, San …«

»Was … was hast du?«

Myras Stimme überschlug sich und sie fing an zu weinen. »Oh, Sandy, ich weiß nicht, was ich tun soll.«

Sandy setzte sich auf und schaltete das Licht ein. »Was ist denn los?«

»Es geht um Gordy.«

»Was ist mit ihm?«

»Ich glaube, dass er eine Affäre hat.« Sie schluchzte heftig. Ihre Schultern bebten und sie hatte das Gesicht in den Händen begraben. Soweit sich Sandy erinnern konnte, hatte sie Myra nur einmal weinen sehen. Myra war etwa fünfzehn gewesen und Mona hatte sie in den Schönheitssalon mitgenommen, um ihr die Haare schneiden zu lassen. Myra war nach Hause gekommen und hatte geklagt, sie sei für den Rest ihres Lebens verunstaltet und sie würde Mona nie verzeihen und auch nicht diesem Bekloppten, Mr. Robert.

Sandy kletterte aus ihrem Bett und setzte sich zu Myra. Sie reichte ihr die Kleenex-Schachtel vom Nachttisch. »Ich kann es einfach nicht glauben«, sagte sie. »Nicht von Gordy.«

»Ich weiß. Ich kann es auch nicht glauben, aber sieh nur, was ich gefunden habe.« Myra putzte sich die Nase und griff dann unter die Bettdecke. Sie zog einen unbeschrifteten weißen Umschlag heraus, den sie Sandy in die Hand drückte. »Lies das!«

Sandys Finger zitterten, als sie den Umschlag öffnete und eine Grußkarte herausholte. Auf der Vorderseite waren zwei winzige Tierfiguren abgebildet und ein riesiger Fuß. Innen stand:

Es ist größer als wir beide! Und dann in Gordons fast unleserlicher Ärzteschrift:

Du fehlst mir.
Es war wunderbar.
Lass es uns bald wieder tun.
Bestimm Zeit und Ort und bring nur dein Souvenir mit.

G …

Jesus! Das hatte er an sie geschrieben. Glücklicherweise hatte er den Umschlag nicht adressiert.

»Es könnte ein Witz sein«, sagte Sandy. Sie bemühte sich, überzeugend zu wirken.

»Unsinn, Sandy.«

»Okay, ich gebe zu, dass es belastend ist, aber das bedeutet noch lange nicht, dass er eine Affäre hat, Myra. Es kann ebenso gut eine Geschichte für eine Nacht gewesen sein.«

»Er will sie wieder sehen. Das schreibt er doch selbst.«

»Ja, aber er hat die Karte nie abgeschickt. Offensichtlich hat er es sich noch einmal überlegt und gemerkt, dass es ein Irrtum war.«

»Ich weiß trotzdem nicht, was ich tun soll. Wenn ich ihn danach frage, könnte er wieder diese Geschichte zur Sprache bringen ...«

»Welche Geschichte?«

»Oh, San, ich schäme mich so! Vor Jahren, als die Zwillinge Babys waren und Gordy jede Nacht im Krankenhaus war ...«

»Nun erzähl schon.«

»Ich hatte eine Affäre.«

»Myra!«

»Ich weiß, ich weiß. Es macht mich krank, auch nur daran zu denken.«

»Wer war es?«

»Frank Monzellini ... unser Wohnungsnachbar.«

»Ich kann mich an ihn erinnern. Er und seine Frau haben sich oft schrecklich gestritten und wir konnten alles hören.«

»Ja. Wir haben es nur dreimal gemacht. Er wollte mehr, aber ich konnte einfach nicht. Ich hatte solche Angst. Außerdem mochte ich ihn eigentlich gar nicht, aber er war sehr sexy.«

»Weiß Gordon davon?«

»Ich glaube nicht, aber vielleicht täusche ich mich auch, und jetzt bestraft er mich dafür. Es kommt mir fast so vor, als hätte er die Karte absichtlich liegen lassen, damit ich sie finde.«

»Wo war sie denn?«

»Bei den Haushaltsabrechnungen.«

»Das kann auch ein Versehen gewesen sein.«

»Vielleicht.«

»Du hast ihn heute Abend nicht darauf angesprochen, oder?«

»Nein. Angenommen, ich sage es ihm auf den Kopf zu und er sagt, dass er sich scheiden lassen will. Was tue ich dann?«

»Ich bin sicher, dass er sich nicht scheiden lassen will«, sagte Sandy tröstend. »Er liebt dich, das sieht doch jeder. Wenn ich du wäre, würde ich die ganze Sache einfach vergessen.«

»Du hast leicht reden, aber nimm mal an, du kämst dahinter, dass Norman rumbumst.«

»Na ja, ich wäre schockiert.«

»Und weiter?«

Sandy knabberte auf ihrem Finger herum. »Ich bin nicht sicher.«

»Siehst du.«

»Liebst du Gordy?«

»Natürlich liebe ich ihn. Ich bin noch nie auf den Gedanken gekommen, dass ich ihn nicht lieben könnte. Das ist für mich überhaupt keine Frage. Ich liebe ihn genauso, wie ich die Zwillinge liebe, und das Haus und den Club und meine Freunde und dich und Mona.«

Nach diesem Gespräch hatte Sandy Schwierigkeiten, einzuschlafen. Unwillkürlich stellte sie sich immer wieder die dreiundzwanzigjährige Myra mit Frank Monzellini vor, der ein Unterhemd wie Marlon Brando trug und seine behaarten Achseln stolz zur Schau stellte. Frank war Klempner. Sandy erinnerte sich daran, dass er Monas Einkaufstüten getragen und mit den Zwillingen auf dem Fußboden gespielt hatte, und eines Tages, als sie unerwartet bei Myra erschienen war, hatte sie ihn zu ihrer Überraschung mit nacktem Oberkörper angetroffen, und Myra, die einen Morgenmantel trug, war rot geworden. »Die Toilette ist verstopft«, hatte sie erklärt. »Frank kümmert sich darum.« Myra und Frank hatten Blicke miteinander getauscht und dann war Frank gegangen. Sandy hatte die Situation nicht durchschaut, sie war nicht einmal argwöhnisch geworden. Wie naiv sie doch damals gewesen war!

Während sie an Myra und Frank dachte, fielen Sandy ihre nur mangelhaft befriedigten sexuellen Bedürfnisse wieder ein. Der Film. Vincents Büro. Gordon, der ihr diese blöde Nachricht schrieb. Dieser Narr!, dachte sie, während sie sich sanft berührte und das vollendete, was Vincent begonnen hatte. *Dieser Dummkopf, Dummkopf, Dummkopf.* Doch sie selbst war auch ein Dummkopf. Ein Dummkopf, weil sie mit Vincent in sein Büro gegangen war, weil sie sich mit Gordon eingelassen hatte und weil sie nur gedacht hatte: Warum eigentlich nicht?

16

Als sie am nächsten Tag nach Hause kam, rief Sandy Gordon an. »Myra hat deine Grußkarte gefunden.«

»Meine was?«

»Du weißt, wovon ich spreche. Es *ist größer als wir beide!*«

»Nein!«

»Doch. Und sie glaubt, dass du eine Affäre hast.«

»Ich habe diese Karte völlig vergessen. Hat sie irgendwelche Namen genannt?«

»Nein.«

»Dann ist es ja gut.«

»Gordon, die Sache ist ernst. Warum hast du das getan?«

»Ich weiß es nicht. Ich habe Genesungskarten für die Mädchen gesucht und dabei bin ich über diese Karte gestolpert. Sie hat mich an uns beide erinnert.«

»Du solltest über eine Erklärung nachdenken.«

»Ich sage, dass sie für Mrs. O'Neil bestimmt war.«

»Wer ist das?«

»Unsere Buchhalterin. Myra spielt ihretwegen verrückt. Sie ist etwa sechzig …«

»Und du erwartest, dass Myra dir das glaubt?«

»Ich weiß es nicht.«

»Vielleicht haben wir Glück. Vielleicht stellt sie keine Fragen.« Sandy machte eine Pause. »Gordy, diese Karte war doch für mich bestimmt, oder?«

»Natürlich war sie das.«

»Ich wollte mich nur vergewissern.«

»Traut denn keiner keinem mehr?«

»Es fällt zunehmend schwerer.«

Am Abend blickte Norman von seiner Juli-Ausgabe des *AMA Journal* auf und sagte: »Ich wusste nicht, dass du mit Lisbeth ausgehen wolltest, als du in New York warst.«

»Ihre Mutter ist sehr krank«, sagte Sandy. »Vielleicht hat sie einen Gehirntumor.«

»Das ist ja schlimm!«

»Ja.«

»Ich habe heute den neuen Hund abgeholt. Die Angestellten haben über seinen Namen abgestimmt. Er heißt jetzt Lester.«

»Das ist ein schöner Name.«

»Ich hätte einen etwas stilvolleren Namen vorgezogen, aber es ist wichtig, dass die Angestellten das Gefühl haben dazuzugehören.«

Sandy schlug ihr Buch zu und sagte: »Norm ...«

»Was ist?«

»Hast du je einen Pornofilm gesehen?«

»Was hat das mit Lester zu tun?«

»Nichts. Ich habe das Thema gewechselt. Sag, hast du einen gesehen?«

»Seit dem College nicht mehr. Wieso?«

»Ich dachte, es könnte ganz lustig sein, sich irgendwann gemeinsam einen anzusehen.«

»Das klingt ganz nach Lisbeth. Weißt du, Sandy, sie macht nur Scherereien. Ich habe dich immer wieder gewarnt ... dich gebeten, im Club neue Freundschaften zu schließen.«

»Das hat nichts mit Freundschaften im Club zu tun.«

»Ich möchte wetten, dass ihr tuntiger Mann Pornostreifen braucht, um einen hochzukriegen, aber ich habe das nicht nötig.« Er schaltete die Nachttischlampe aus, zog ihre Bettdecke zurück und kletterte neben sie ins Bett. »Ich bin auch so immer dazu in der Lage«, sagte er, während er seine Schlafanzughose auf den Boden fallen ließ. »Zum Beispiel jetzt.«

»Ja, ich weiß.«

Drei Minuten vom Anfang bis zum Ende. Sandy dachte an Frank Monzellini. Frank und Myra. Heute war keine Zeit für eine Hauptmahlzeit. Heute musste sie sich mit einem Imbiss begnügen.

Später, als Norman mit Waschen und Gurgeln fertig war und sicher in seinem eigenen Bett lag, fragte Sandy: »Norm, bist du glücklich?«

»Du stellst in letzter Zeit zu viele Fragen.«

»Ich muss es wissen. Bist du glücklich?«

»Ja, ich bin glücklich.«

»Immer?«

»Wer ist schon immer glücklich?«

»Ich weiß es nicht. Das ist es ja, was ich herauszufinden versuche.«

»Ich bin oft genug glücklich. Und das wärst du auch, wenn du dir nur halb so viele Gedanken machen würdest. Und jetzt schlaf!«

Halb so viel denken. Wenn sie nur halb so viel dachte, wüsste sie ihn zu schätzen. So hatte er es gemeint. Aber wie konnte sie ihn schätzen, wenn er sie wie ein abgerichtetes Tier behandelte? Wie Banushka. Nein, Banushka behandelte er besser. Mit größerer Sorgfalt, mit mehr Respekt. Nun, sie hatte Neuigkeiten für ihn. Sie konnte eben denken. Ihr Gehirn hatte nur in letzter Zeit nicht funktioniert. War lange nicht mehr zum Einsatz gekommen und stimuliert worden. Sie hatte es einfach vor sich hinfaulen lassen, es schlecht werden lassen. Atrophie. Gehirnatrophie. Das war doch ein Erwachsenenwort, ein intellektuelles Wort. *Jemanden, der nicht zu intellektuell ist,* hatte Lisbeth zu Vincent gesagt. Man musste sich mal vorstellen, dass sie so etwas sagte!

Diesen Sommer werde ich die Klassiker lesen. Doch der

Sommer wurde schon kürzer. Am nächsten Wochenende war Besuchstag im Ferienlager. Das bedeutete, dass die Hälfte der Zeit verstrichen war. Zur Hälfte vorbei und zur Hälfte hirnlos. Zur Hälfte vorbei, und was hatte sie erreicht? Sie hatte qualvolle Golf- und Tennisstunden hinter sich gebracht. Und worauf konnte sie sich freuen? Auf mehr davon. Und im September? Da war das neue Haus an der Reihe. Das Haus fürs Leben. Mistkram! Scheißdreck!

Sie spielte mit dem Gedanken, Shep anzurufen, ihm zu sagen, dass sie endlich doch so weit war. Sie ging zum Telefon, hob den Hörer ab, aber dann verlor sie den Mut.

Warum nicht, Sandy? Warum kannst du nicht wählen? Ich fürchte mich.

Wovor?

Angenommen, er sagt Nein?

Er wird nicht Nein sagen.

Doch, es könnte sein. Außerdem ist der Mann auf dem Motorrad diese Woche noch gar nicht aufgetaucht.

Na und? Vielleicht hat er Ferien.

Vielleicht ... aber vielleicht findet er mich auch nicht mehr aufregend genug und wenn er mich nicht aufregend findet, wird Shep mich dann aufregend finden?

Was hat das eine mit dem anderen zu tun?

Sieh mal, ich hatte meine Chance beim Clubfest und ich habe sie vermasselt.

Um acht war sie im Club fällig. Zum Kampf mit neun Löchern, während Steve seinen müden Arsch hinter ihr herschleppte und pausenlos gähnte.

»Wissen Sie, was Sie brauchen, Mrs. Pressman?«, sagte er, als sie versuchte, den Ball über das Wasser und auf das siebte Grün zu schlagen, es aber um Zentimeter verfehlte. »Sie brauchen einen Hund, der die Bälle apportiert.«

»Ich werde es meinem Mann sagen«, antwortete Sandy.

Sie verlor sechs Bälle und beendete das Spiel mit zweiundsiebzig Punkten für neun Löcher, wobei der Abschlag bei Loch Nummer acht nicht mitgezählt war. Dort hatte sie nach fünf Versuchen den Ball aufgehoben und ihn den Hügel hinaufgetragen, dreimal danebengeschlagen und zu ihrer eigenen Überraschung einen Volltreffer gelandet. »Ein großartiger Schlag!«, rief Steve.

Um Viertel vor zehn war sie fertig und streifte ihre Schuhe auf der Matte ab. Als sie duschte und sich anschließend umzog, war sie das einzige Clubmitglied in der Garderobe. So gefiel es ihr, nett und friedlich. Sie probierte sechs neue Zahlenkombinationen an ihrem Schloss aus. Ohne Erfolg. Na gut. Sie würde jetzt Lebensmittel einkaufen, dann nach Hause gehen, sich auf die Veranda setzen und lesen. Ja, sie würde bei der Bücherei vorbeifahren und sich etwas holen, woran sie sich die Zähne ausbeißen konnte. Etwas, was sie zum Denken anregen würde.

Sie stieg in ihren Wagen, aber statt direkt zu A & P zu fahren, wie sie es eigentlich vorgehabt hatte, fuhr sie zum Parkway und bog nach Süden ab, und dreißig Minuten später fuhr sie an der Ausfahrt Manhattan ab und folgte den Wegweisern zum *Ye Olde New England Village,* Sheps Einkaufszentrum.

Sandy beeindruckten die Größe, die interessante Ausgestaltung und die Geschäfte, die wirklich etwas zu bieten hatten. In der Hoffnung, zufällig auf Shep zu treffen, schlenderte sie durch die Läden. Sie kaufte ein Armband, das sie Jen ins Ferienlager mitbringen würde, ein paar Gummizugflieger für Bucky, Canastakarten für Mona, einen Satz Limonadengläser auf einem Chromtablett für das neue Haus, ein Dutzend Geschirrtücher aus Frottee, ein Strickhemd mit Tasche für Norman und überall hielt sie Ausschau nach Shep. Immer wieder drehte sie sich um und hoffte, dass er lächelnd hinter ihr stehen würde. Dann würden sie gemeinsam weiterschlendern, in einem schnuckeligen Gasthaus auf dem Lande zu Mittag essen und anschließend einen Spaziergang im Wald machen und dort würden sie, während die Sonnenstrahlen durch die Bäume fielen, auf einer weichen Matte aus Kiefernnadeln miteinander schlafen und es würde wunderschön, einzigartig und vollkommen sein.

»Kennen Sie zufällig Mr. Resnick, den Besitzer dieses Einkaufszentrums?«, fragte Sandy die Verkäuferin in der Buchhandlung, als sie gerade den Verkaufsschlager des diesjährigen Sommers erstanden hatte. Seit vierzehn Wochen stand er auf der Bestsellerliste der *New York Times*.

»Gewiss«, sagte die Verkäuferin. Sie war eine ältere Frau mit freundlichem Gesicht und Sandy konnte sehen, wie hübsch sie früher gewesen sein musste.

»Ist er heute hier?«

»Das kann ich Ihnen wirklich nicht sagen. Er kommt ein- bis zweimal in der Woche vorbei, um zu sehen, wie es läuft. Ein sehr netter Mann, sehr freundlich und interessiert.«

»Ja, er ist ein alter Freund von mir. Ich dachte, ich könnte ihn vielleicht begrüßen.«

»Man weiß nie, wo er gerade ist. Er hat noch mehr Geschäfte und auch ein Büro in New York.«

»Vielen Dank.«

»Viel Spaß mit dem Buch.«

»Ja, ich freue mich schon darauf.«

Sandy ging zum Mittagessen in eins der beiden Restaurants innerhalb des *Ye Olde New England Village*. Die Kellnerinnen trugen lange Leinenröcke. »Möchten Sie schon bestellen?«

»Ja«, sagte Sandy. »Ich möchte ein halbes Hirn mit Hüttenkäse.«

»Entschuldigen Sie, sagten Sie …«

Sandy sah auf und korrigierte ihre Bestellung. »Ich möchte eine halbe Zuckermelone mit Hüttenkäse.«

Die Kellnerin lachte. »Einen Moment lang dachte ich, Sie hätten ein halbes *Hirn* gesagt. Mann, meine Ohren müssen wirklich verstopft sein.« Sie schlug sich mit einer Hand an die Stirn.

Hatte sie tatsächlich ein halbes *Hirn* gesagt, fragte Sandy sich auf der Heimfahrt. Gewann ihr Unterbewusstsein die Oberhand? Konnte es so weit kommen? Nein, natürlich nicht. Sie hatte sich vollständig unter Kontrolle. Sie wusste genau, was sie tat und sagte. Oder etwa doch nicht?

Sie war noch keine fünf Minuten zu Hause, als das Telefon läutete.

»Mrs. Pressman?«

»Ja?«

»Hier spricht der Klempner aus dem neuen Haus.«

»Ja?«

»Wir haben ein kleines Problem.«

»Welches denn?«

»Sie haben doch Badezimmerarmaturen von American Standard in ›Wüstensand‹ bestellt.«

»Stimmt.«

»Wir haben gerade von der Firma erfahren, dass die Produktion von ›Wüstensand‹ eingestellt worden ist. Es kommen allerdings zwei neue Farben auf den Markt: ›Buchecker‹ und ›Sonnenbräune‹. Ich habe Muster hier. Wenn Sie vorbeikämen, könnten wir die Bestellung sofort aufgeben.«

»Es ist schon kurz vor vier.«

»Ich kann warten.«

»Gut, ich brauche etwa eine halbe Stunde. Wahrscheinlich ist viel Verkehr.«

»Je eher, desto besser, aber wie ich schon sagte: Ich warte.«

»Einverstanden.«

Sandy stieg in ihren Wagen und fuhr zu dem neuen Haus.

Der Klempner erwartete sie schon. Er stand neben seinem Lastwagen und trank Budweiser aus der Dose. *Hallo, Mrs. Pressman.* Er wischte sich den Mund mit dem Handrücken ab. *Ich bin Frank Monzellini, der Vertragsklempner.*

Frank Monzellini?

Genau. Ich arbeite mit Joe Fiori zusammen, dem Bauunternehmer. Ihren Mann habe ich schon kennen gelernt, aber ich glaube, wir haben uns noch nicht gesehen.

Sind Sie der Frank Monzellini, der früher in den Tudor Village Apartments gewohnt hat?

Ja, woher wissen Sie das?

Das ist ja komisch, sagte Sandy. *Sie haben neben meiner Schwester Myra Lefferts gewohnt. Natürlich ist das lange her.*

Klar, jetzt erinnere ich mich. Myra Lefferts. Was Sie nicht sagen!

Frank war etwa fünfundvierzig. Sein Haar wurde grau und er hatte einen Bierbauch, aber er war immer noch attraktiv, das Unterhemd war inzwischen durch ein blaues Arbeitshemd ersetzt worden.

Sie sind also Myras kleine Schwester …

Ja, ich bin Sandy.

Inzwischen erwachsen, was?

Sie lächelte und spielte mit ihrem Gürtel.

Wie klein die Welt doch ist.

Ja, sagte Sandy, *und was diese Muster betrifft …*

Natürlich, hier sind sie, in meinem Lieferwagen. Er holte die Muster aus dem Wagen und reichte sie Sandy. *Wir waren ziemlich enge Freunde, Myra und ich.*

Das hat sie erst kürzlich erwähnt.

So, wirklich?

Ja. Könnte ich mir diese Kacheln im Bad ansehen? Das Licht könnte ganz anders sein.

Ja, sicher. Er folgte ihr ins Haus und die Treppe hinauf. Zuerst gingen sie in das größte Badezimmer. *Also, das hier ist Buchecker und das da ist Sonnenbräune,* sagte er zu ihr, während er die Muster auf dem Boden ausbreitete und sein Schenkel ihren Schenkel streifte.

Ich mochte schon immer das Haar unter Ihren Armen und auf Ihrer Brust, sagte Sandy.

Ich habe es immer noch. Er zog flink sein Hemd aus. *Sehen Sie.*

Wunderschön, sagte Sandy. Sie strich mit ihren Händen über seine Brust und zog den Reißverschluss seiner Arbeitshose auf, griff in die Hose und holte seinen Schwanz hervor. Er war weich, aber als sie ihn in der Hand hielt, wurde er sofort steif. *Oh, ist der groß!*

Ja, fünfundzwanzig Zentimeter, wenn er steif ist.

Damit habe ich schon gerechnet. Myra hat gesagt, dass Sie sehr sexy sind. Aber die Größe spielt keine Rolle. Was zählt, ist, was man damit anfängt.

Ich kann Ihnen sagen, was ich jetzt damit anfange. Ich werde ihn in Ihnen vergraben. Ich werde ihn ganz langsam reinstecken und wieder rausziehen, bis Sie schreien.

Meine Mutter hatte einen Freund, der es mochte, wenn seine Frauen schrien.

Vergiss deine Mutter.

Tu mir nicht weh, Frank. Bitte! Du bist so groß, dass ich mich fürchte.

Hab keine Angst. Ich tue nie einer Frau weh.

Hast du es so mit Myra gemacht?, fragte Sandy, die in einer halb sitzenden Stellung ihre Beine um seinen Rücken geschlungen hatte. Der halb fertige Fußboden war rau und unbequem.

Ja … ja …

Tut es dir gut?

Ja … ja … und wie …

Fick mich, Frank. Fester …

Ja … ja … Schrei jetzt … schrei …

Der Klempner erwartete sie auf der Treppe. »Mrs. Pressman?«

»Ja.«

»Ich bin Carl Halloran, der Klempner.«

»Vielen Dank, dass Sie gewartet haben.«

»Ich habe die Muster oben, im Bad. Ich dachte mir, dass Sie sich die Fliesen oben anschauen wollen. Das Licht ist vielleicht anders.«

»Ja, natürlich.«

Er folgte ihr die Treppe hinauf, durch den Gang und ins Bad. Sandy sah sich die Muster an, dachte einen Moment lang nach und sagte: »Ich glaube, ›Sonnenbräune‹ kommt dem näher, was ich wollte.«

»Ich dachte mir, dass Sie sich dafür entscheiden, aber ich war mir nicht ganz sicher.«

»Sie können diese Farbe für beide Bäder im oberen Stockwerk bestellen.«

»Sehr gut. Ich erledige das gleich morgen früh.«

»Vielen Dank.«

17

Am Sonntagnachmittag spielten Sandy und Norman beim Turnier gemischtes Doppel. Sandy hatte erst zweimal in ihrem Leben Tennis gespielt. Der fünfundzwanzigstündige Kurs war noch nicht abgeschlossen, aber Norman hatte sich alles genau ausgerechnet. »Du musst nur aufpassen, dass du nicht im Weg stehst«, hatte er morgens zu ihr gesagt. »Ich nehme die Bälle an. Du musst aufschlagen und die gegnerischen Aufschläge annehmen, aber alle anderen Bälle gehören mir. Wenn du schnell vom Ball weg bist, können wir alle in die Tasche stecken, verstanden?«

Sandy nickte.

»Wie sieht's denn mit deinen Aufschlägen aus?«

»Ganz gut.«

»Ich hoffe es.«

Ehe das Spiel begann, fragte Norman: »Warum wischst du dir nicht diese weiße Schmiere ab?«

»Das geht nicht«, erklärte sie. »Das ist Zink. Bei dieser Sonne habe ich ohne das Zeug morgen Bläschen auf den Lippen.«

»Hättest du nicht stattdessen einen Lippenstift nehmen können, nur, solange wir spielen?«

»Wir kommen doch nicht ins Fernsehen.«

»Aber viele Leute schauen uns zu. Ich möchte gern ein gutes Bild abgeben, du etwa nicht?«

»Ich dachte, es zählt nur, wie ich spiele.«

»Nein, das ist nicht alles. Es geht auch um unser Image als Paar.«

»Es tut mir Leid, Norm, aber ohne Zinksalbe kann ich nicht spielen.«

»Ja, schon gut.« Er nahm seine beiden Schläger, rückte seine Schweißbänder und seine Brille zurecht und sie traten auf den Platz.

Sandy schwitzte bereits. Eins ihrer Söckchen rutschte in den Schuh und sie hatte die Überreste einer Blase am rechten Daumen, der wehtat, obwohl er durch zwei Pflaster geschützt war.

Sie spielten gegen Millicent und Harvey Sommers. Millicent konnte Sandys Aufschläge nicht parieren. »Sie sind einfach zu langsam«, schrie sie, »zu lasch! Sind solche Aufschläge überhaupt zugelassen?«

»Na klar!«, rief Norman.

Und Harvey sagte: »Behalt nur den Ball im Auge, Liebling.«

Klatsch … klatsch … klatsch … klatsch …

»Sieh dir das an!«, schrie Millicent wieder. »Er nimmt ihr alle Bälle ab. Ist das erlaubt?«

»Sie macht die Aufschläge und nimmt unsere Aufschläge an«, sagte Harvey. »Mehr braucht sie nicht zu tun, Liebling. Lass den Ball nicht aus den Augen und versuch, dich zu konzentrieren.«

»Ich finde das einfach unfair! Wir könnten ebenso gut in einem Einzel gegen *ihn* spielen!« Millicent warf ihren Schläger auf den Boden.

Norman lief ans Netz. »Als Vorsitzender des Beschwerdeausschusses ist es meine Pflicht, euch darüber zu informieren, dass ein Schläger, der auf den Platz geworfen wird, eine Beleidigung ist, die strafbar ist. Seht euch nur den Abdruck an, den er hinterlassen hat.«

»Versuch, dich zusammenzureißen, Liebling«, sagte Harvey. »Es ist schließlich nur ein Spiel.«

»Es ist nicht *nur* ein Spiel«, zischte Millicent durch zusammengebissene Zähne. »Es ist ein gottverdammtes Turnier!«

Sandy und Norman gewannen das Match mit sechs zu drei und sechs zu zwei. Norman war begeistert. »Was habe ich dir gesagt?« Er lachte und umarmte Sandy. »Du bist großartig. Ich wusste immer, dass du es schaffen würdest.«

»Aber ich habe doch gar nichts getan, Norm. Du hast alles getan.«

»Das macht nichts, das macht gar nichts. Als Team sind wir großartig. Die Besten. Unschlagbar!«

Das waren sie bis zu ihrem nächsten Match, das sie gegen Luscious und Ben verloren, weil die beiden immer nur Sandy anspielten.

»Jesus!«, murrte Norman, während er vom Platz stürmte. »Sechs zu zwei, sechs zu eins. Habe ich dir nicht gesagt, dass du aus dem Weg gehen sollst? Aber das hast du nicht getan. Du bist einfach stehen geblieben wie ein Klumpen Ton.«

»Ich habe mich bewegt.«

»Aber in die falsche Richtung. Du bist jedes Mal auf den Ball zugelaufen.«

»Woher sollte ich denn wissen, wohin sie den Ball schlagen?«

»Du musst vorausschauend spielen. Hat dein Lehrer dir denn gar nichts beigebracht?«

»Welcher Lehrer?«

»Dein *Tennis*lehrer! Was ist los mit dir? Hörst du nicht zu?«

»Ich tue mein Bestes.« Sandy spürte die Tränen in ihren Augen, und sie hasste sich dafür, dass sie sich das gefallen ließ. »Glaubst du, mir macht das Spaß … diese Demütigung? Glaubst du wirklich, dass ich etwas davon habe?«

»O mein Gott! Hör auf zu weinen. Jeder kann dich sehen.«

Er nahm ihren Arm und versuchte, sie von der Menge fortzuführen, aber sie schüttelte ihn ab und schrie: »Lass mich los!«

Sie sprachen erst wieder am Montagabend miteinander, als sie ihm sagte, sie sei beschäftigt gewesen und hätte nichts zum Abendessen vorbereitet. Sie gingen zu Lee Ann Fong. Lee Ann setzte sich an ihren Tisch und sagte: »Morgen findet das ABCD-Turnier statt. Es ist mein erstes. Mensch, ich kann es kaum erwarten.«

Am nächsten Morgen rief Sandy um halb acht den Wetterdienst an. »Hitze und hohe Luftfeuchtigkeit … Gewitterschauer durchaus möglich … Temperaturen zwischen neunundzwanzig und achtunddreißig Grad im Inland …« Sie legte auf und überlegte sich, ob sie einfach im Bett bleiben sollte. Aber das hätte Norman ihr nie verziehen. Sie zog sich an und fuhr zum Club. Der Himmel war jetzt schon grau und sah bedrohlich aus.

Sandy sah sich die Liste an, die in der Garderobe aushing, und stellte fest, dass ihre Mannschaft sich aus Millicent Sommers, Brown und Lee Ann Fong zusammensetzte.

Großartig, dachte sie.

»Das wird ein heißes Spiel«, sagte Myra, als Sandy sich die Schnürsenkel zuband.

Sie nickte und fragte. »Hast du dir überlegt, was du wegen Gordon unternimmst?«

»Bis jetzt noch nicht. Ich werde mir noch was überlegen.«

»Mach keine Dummheiten.«

»Das habe ich nicht vor.«

Draußen wartete Lee Ann Fong. »Sandy, Sandy!«, rief sie, »du fährst mit mir.«

Millicent und Brown waren ebenfalls fahrbereit. Wenn zwei Paare zwei Wagen nahmen, mussten sie auch einen Caddy mitnehmen, der ihre Putter trug und ihre Bälle suchte. Diesen Job machten die Caddies, die am wenigsten Erfahrung hatten.

»Oh, den doch nicht!«, rief Millicent, als Steve ihnen zugeteilt wurde. »Er ist so lahm. Können wir nicht jemand anderen haben?«

»So langsam ist er nicht«, sagte Sandy. »Ich nehme ihn jeden Tag.«

»Ach, was weißt du denn schon?«, murmelte Millicent.

Sandy antwortete nicht. Sie spürte, dass sich ein Sturm zusammenbraute, und sie hoffte, dass sie noch Zeit hatte, die vorderen neun Löcher hinter sich zu bringen.

»Mach schon! Mach schon!«, rief Millicent, als Sandy mehrere Schläge hintereinander verpatzte. »Du könntest ein paar Unterrichtsstunden gebrauchen.«

»Ich habe ganz einfach einen schlechten Tag«, antwortete Sandy. »Ich bin sicher, dass du solche Tage zur Genüge kennst.« Sie hätte Millicent am liebsten einen Golfschläger über den Kopf gehauen.

Auf halber Strecke machten sie eine Pause. Es gab hart gekochte Eier und Traubensaft. Dann feuchteten sie Papierhandtücher an und wickelten sie sich um den Hals, und zehn Minuten später machten sie sich wieder auf den Weg.

Sandy grauste vor den hinteren Löchern. Die Strecken waren lang und ermüdend. Sie war bereits erschöpft und durchgeschwitzt. Der Himmel war immer noch grau und es war drückend schwül.

In dem Moment, als Millicent ihren Abschlag bei Loch zehn machte, begann es zu donnern. Sie waren soweit wie irgend möglich von der Sicherheit des Clubhauses entfernt. Ein offener Unterstand war in der Nähe, aber das konnte Sandys Angst nicht lindern. »Hört mal«, sagte sie, »war das kein Donner?«

»Doch, wahrscheinlich«, antwortete Brown.

»Findet ihr nicht, dass wir uns auf den Rückweg machen sollten?«

»Nein«, entschied Millicent.

Aber beim Anblick des ersten Blitzes sagte Sandy mit mühsam beherrschter Stimme: »Seht mal, es wird stürmisch. Ich glaube wirklich, dass wir uns jetzt auf den Rückweg machen sollten.«

»Eins, zwei, drei, vier, fünf, sechs«, zählte Brown. Dann donnerte es. »Das Gewitter ist mindestens sechs Meilen entfernt.« Sie schlug ihren Ball ab. Er landete in der Sandfalle rechts neben der Wasserrinne. »Ach, Scheiße.«

Als beim zweiten Blitz der Donner schon bei drei folgte, sagte Sandy zu den anderen: »Ich gehe. Das ist mir zu gefährlich. Kommt noch jemand mit?«

»Das ist ein Turnier«, rief ihr Millicent ins Gedächtnis zurück. »Bei einem Turnier kann man nicht einfach gehen.«

Und Lee Ann sagte: »Ich spiele zu gut, um jetzt aufzuhören. Das könnte meine bisher beste Punktzahl werden.«

Brown sagte nichts.

Also sprang Sandy in einen Golfwagen und fuhr los.

»Komm sofort zurück, du Ziege!«, kreischte Millicent. »Du hast unsere Schläger!«

O Gott, die Schläger. Regel Nummer eins: *Wenn einen auf einem Golfplatz ein Gewitter erwischt, dann muss man die Schläger loswerden.* Sandy hielt den Wagen an, warf die Schläger raus und erinnerte sich dann an Regel Nummer zwei: *Zusehen, dass man die Schuhe mit den Spikes loswird.* Sie trat sie sich von den Füßen, ließ sie bei den Schlägern liegen, sprang wieder in den Wagen und brauste los.

»Das wirst du dein Leben lang bereuen!«, schrie Millicent ihr über zwei Fahrrinnen nach.

Sandy drehte sich nicht um. *Beeil dich! Blitz zur Linken … Denk nicht an das Gewitter … Konzentrier dich nur darauf, wie du zurückkommst!*

Sie ließ den Wagen vor der Garderobentür stehen und eilte ins Haus. Sie zitterte, aber jetzt war sie in Sicherheit. Jetzt würde alles gut gehen.

Zehn Minuten später brach das Gewitter los und die Golfspieler trafen in Vierergruppen ein, stürmten triefnass in die Garderoben. Manche lachten, andere keiften. Sandy verbarg sich in einer Toilette. Sie wollte die anderen jetzt nicht sehen.

Klick … klick … klick …, das Geräusch von Schuhen mit Spikes auf den Kacheln des Toilettenvorraums. Es war Millicent. »Warte nur, bis ich diese dumme Pute in den Fingern habe! Wo steckt sie?«

Myra fragte: »Wer?«

»Deine Schwester.«

»Ich weiß nicht, wo sie ist. Worüber regst du dich denn so auf?«

»Sie ist in *meinem* Wagen mit *meinen* Schlägern losgefahren, ehe es auch nur angefangen hat zu regnen!«

»Sandy fürchtet sich vor Blitzen. Das war schon immer so.«

»Das ist keine Entschuldigung!«

Steph war inzwischen dazugekommen. »Reg dich ab, Mill, das Turnier ist sowieso abgebrochen worden.«

»Du kannst darüber hinwegsehen, wenn du Lust hast, aber sehen wir mal, was der Beschwerdeausschuss dazu zu sagen hat.«

Myra lachte. »Sandys Mann ist der Vorsitzende des Beschwerdeausschusses.«

Millicent keifte: »Das weiß ich auch!«

So eine Scheiße, dachte Sandy. Was hatte sie hier zu suchen? Was wollte sie sich eigentlich beweisen? Oder wem sonst? *Du musst dein Schicksal selbst in die Hand nehmen,* hatte Lisbeth gesagt. *Ja,* sagte Sandy zu sich selbst, *ich will mein eigenes Schicksal in die Hand nehmen.* Ihr Leben lang hatte sie andere darüber entscheiden lassen, was aus ihr werden würde. Vielleicht war es jetzt an der Zeit, dass man ihr das überließ. Dass sie tat, was ihr gefiel. Sie lachte laut heraus, als sie an die beiden Fälle dachte, in denen sie eine eigene Entscheidung getroffen hatte: Kennedy zu wählen und ihre Tochter Jennifer zu nennen. Zweimal in zweiunddreißig Jahren war ihre Entscheidung nicht auf den Gefühlen anderer, auf dem Willen anderer begründet gewesen.

Sobald der Himmel sich wieder aufgehellt hatte, verließ Sandy die leere Garderobe, rannte über den Parkplatz zu ihrem Wagen und fuhr nach Hause.

Sie nahm ein heißes Bad und schrieb den Kindern.

Um drei Uhr läutete es an der Tür.

Florenzia machte auf und rief: »Mrs. Pressman, Sie bekommen Gesellschaft.«

»Wer ist da?«, fragte Sandy.

»Irgendein Junge. Ist gekommen mit Motorrad.«

War er wieder da? War er wirklich persönlich hier erschienen, hatte an ihrer Tür geklingelt? Sollte sie Hubanski anrufen? Nein, noch nicht. Schließlich war sie nicht allein. Florenzia war da. Vor Florenzia würde er doch nichts tun, oder? Sie lief die Treppe hinunter und sah durch das Fenster neben der Haustür. Er war es nicht. Es war Steve. Sie fühlte Erleichterung und dann Enttäuschung.

Sie machte die Tür auf. »Hallo, Steve. Ich wusste gar nicht, dass Sie ein Motorrad haben.«

»Seit zwei Jahren schon.«

»Was für eins?«

»Eine Honda XL 175 … Fahren Sie auch Motorrad, Mrs. Pressman?«

»Nein.« Sie lachte über diese Vorstellung. »Reine Neugier. Kommen Sie doch herein.« Sie drehte sich zu Florenzia um, die hinter ihr stand. »Es ist schon gut, Florenzia.«

Florenzia verschwand im Korridor und Steve folgte Sandy ins Haus. »Nett haben Sie es hier«, sagte er.

»Danke. Das Haus ist zu verkaufen. Wir ziehen demnächst um. Nach Watchung.«

»Da ist es auch nett.« Er hielt ihr eine braune Einkaufstüte hin. »Ich habe Ihnen Ihre Golfschuhe gebracht.«

»Oh, danke, das war sehr aufmerksam.« Sie nahm die Tüte und stellte sie unter den Tisch im Flur. Dabei dachte sie an Norman und daran, wie er seine feuchte Unterwäsche nach seinen Treffen mit ihr in seinen Wagen gebracht hatte.

»Ihre Schläger habe ich sauber gemacht und untergestellt.«

»Nochmals vielen Dank.«

»Außerdem wollte ich Ihnen noch sagen, dass ich mich gefreut habe über das, was Sie heute Morgen gesagt haben, als Mrs. Sommers sich über mich beklagt hat.«

»Ich habe nur die Wahrheit gesagt, sonst nichts.«

»Trotzdem: vielen Dank. Das war sehr nett von Ihnen.« Er wischte sich mit dem Handrücken über die Stirn. »Es ist ganz schön heiß. Das Gewitter hat nicht viel geholfen.«

»Nein.«

»Dürfte ich Ihnen eventuell die Mühe machen, Sie um etwas zu trinken zu bitten, Mrs. Pressman?«

»Natürlich. Limonade?«

»Klingt prima.« Er folgte ihr in die Küche und legte seinen Helm auf den Tisch.

»Haben Sie *Die Reifeprüfung* gesehen?«

»Ja.«

»Ich habe den Film dreimal gesehen. Diese Mrs. Robinson ist wirklich prima.«

Sandy trat mit dem Limonadekrug und zwei Gläsern an den Tisch.

»Sie ist älter, aber sehr ... sehr ... äh ...« Er beschrieb mit seinen Händen Rundungen.

»Ich mochte Ann Bancroft schon immer.«

Sie schenkte beide Gläser voll. Er trank sein Glas in einem Zug leer, ohne auch nur abzusetzen, um Luft zu holen.

»Ich sage Ihnen eins, Mrs. Pressman: Sie sind die netteste Frau im ganzen Club.«

»Danke, Steve.«

»Manche von den anderen sind ganz in Ordnung, aber wenn man näher hinschaut, sind die meisten ein Haufen dummer Ziegen, finden Sie nicht?«

»Ja, ich weiß.« *Okay, Mrs. Robinson, und jetzt schickst du ihn weg.*

»Macht es Ihnen etwas aus, wenn ich mir noch ein Glas Limonade einschenke?«

»Nein, bedienen Sie sich bitte.« Sie befingerte seinen Helm. Er war leuchtend gelb und auf einer Seite war eine Tomate mit einer Schablone aufgetragen und auf der anderen stand sein Name.

»Ich habe den Helm selbst entworfen. Gefällt er Ihnen?«

»Ja, sehr. Ich habe einen Freund, der einen Helm mit der amerikanischen Flagge trägt.«

»Ach ja, die waren letztes Jahr ganz groß in Mode. Die Mondlandung und dieses ganze Zeug, alles ganz auf Amerikanisch ...«

»Tragen viele Motorradfahrer diese Helme?«

»Ja, sehr viele. Was für ein Motorrad fährt Ihr Freund denn?«

»Ich bin nicht sicher. Ich kann die Dinger wirklich nicht sehr gut voneinander unterscheiden.«

»Im Moment werden hier ein paar wirklich gute angeboten. Ich habe mir schon überlegt, ob ich meins verkaufe und mir stattdessen eine Yamaha zulege.«

»Oh.« *Jetzt gib dir einen Ruck, Sandy. Sag Auf Wiedersehen, ehe es zu spät ist.* »Ja, dann also vielen Dank, dass Sie vorbeigekommen sind, Steve ... und dafür, dass Sie mir die Schuhe gebracht haben.« Sie hielt ihm die Hand hin.

Er sah ihre Hand eine Minute lang an. Dann stand er auf, weil ihm klar wurde, dass sie von ihm erwartete, er solle ihr die Hand drücken. Seine Finger schlossen sich um ihre. Seine Hand war warm. »Auf Wiedersehen, Mrs. Pressman.« Er sah ihr in die Augen.

Sie senkte den Blick, begleitete ihn zur Haustür, schloss sie hinter ihm und seufzte.

18

»Ich verstehe immer noch nicht, wie du einen solchen Fehler machen konntest«, schimpfte Norman. »Kannst du dir überhaupt vorstellen, wie peinlich mir das ist?« Sie fuhren auf der Schnellstraße Richtung Massachusetts zum Ferienlager der Kinder.

»Ich habe dir doch schon gesagt, dass es geblitzt hat und dass ich Angst hatte. Ich wollte möglichst schnell ins Clubhaus zurück und so bin ich in den nächstbesten Wagen gesprungen. Ich habe mir keinen Moment lang überlegt, dass es Millicents Wagen und nicht meiner sein könnte.« Sandy arbeitete an dem Stickereikissen, mit dem sie schon im letzten Sommer angefangen hatte. Sie schnitt etwas Wolle ab und fädelte einen Faden in die Nadel.

»Bloß, weil ich der Vorsitzende des Beschwerdeausschusses bin, heißt das noch lange nicht, dass ich dich da rausboxen kann. Die Sache kommt vor den Ausschuss. Ich wünschte wahrhaftig, du hättest ausnahmsweise einmal nachgedacht.«

»Ich erwarte gar nicht von dir, dass du mich da rausboxt. Ich habe dir alles erklärt und es tut mir Leid, dass ich dir so viel Ärger gemacht habe.« Sie stickte weiter an dem Kissen.

Norman streckte seine Arme aus, lehnte sich zurück, holte tief Luft, atmete wieder aus und sagte: »Okay, ich habe viel darüber nachgedacht und ich habe beschlossen, dass es vielleicht wirklich rundum besser ist wenn du nicht mehr Golf oder Tennis spielst.«

»Ich bin froh, dass du das endlich einsiehst.«

»Das heißt nicht, dass ich nicht enttäuscht bin.«

»Ich weiß und auch das tut mir Leid, aber es macht mir einfach keinen Spaß, und wenn du dir überhaupt etwas aus mir machst …«

»Wenn ich mir etwas aus dir mache? Wer hat denn die Unterrichtsstunden bezahlt?«

»Bezahlen hat damit gar nichts zu tun, Norm.«

»Weißt du, was dein Problem ist? Dein Problem ist, dass du nicht weißt, wie gut es dir geht.«

»Nicht schon wieder.«

»Du musstest nie in deinem Leben auch nur einen Tag arbeiten. Man hat dir alles auf einem silbernen Tablett serviert. Du hast keine wirklichen Probleme, also musst du dir krampfhaft welche suchen ... sie erfinden ...«

»Das stimmt doch gar nicht! Vielleicht würde ich sogar gern arbeiten gehen.« Sie stach sich versehentlich mit der Nadel in den Finger, sah zu, wie das Blut heraussickerte und leckte dann an ihrem Daumen.

»Ja, klar, und als was?«

»Das weiß ich noch nicht.« Sie musterte ihren Daumen, wickelte ihn in ein Kleenex und stickte weiter.

»Deine oberste Pflicht ist es, mir und den Kindern das Haus zu führen. Wenn du zusätzlich eine kleine Teilzeitbeschäftigung annehmen willst, soll es mir recht sein.«

»Norman, manchmal habe ich das Gefühl, du kennst mich überhaupt nicht.«

»Dasselbe Gefühl habe ich bei dir auch manchmal.«

»Aber ich will dich kennen! Ich will deine Bedürfnisse kennen.«

»Meine Bedürfnisse sind ausgesprochen einfach. Ich komme müde von der Arbeit nach Hause und das Einzige, was ich will, ist, vor dem Abendessen etwas trinken, in Ruhe und Frieden die Zeitung lesen, etwas Gutes zum Essen und einen angenehmen, entspannten Abend.«

»Das sind deine Bedürfnisse?« Sie sah ihn von der Seite an. »Deine emotionalen Bedürfnisse?«

»Ich habe dir doch gesagt, dass sie ganz einfach sind.«

»Norman, bitte ... Hör mir zu! Ich fürchte mich. Ich fürchte mich wirklich. Ich weiß nicht, was los ist ... ich mag mich selbst nicht mehr.«

»In diesem Sommer war es tatsächlich nicht leicht, dich zu mögen.«

»Okay, das gebe ich zu. Lass uns sobald wir zurück sind, zu einem Eheberater gehen.«

»Mir fehlt nichts. Du bist diejenige, die Probleme hat.

Wenn du zu einem Eheberater gehen willst, ist mir das recht. Ich zahle die Rechnung, aber erwarte nicht von mir, dass ich mit so was meine Zeit verschwende.«

»Es hat nur Sinn, wenn beide Partner hingehen.«

»An unserer Ehe ist nichts faul, Sandy. Bei dir stimmt etwas nicht.«

»Wie kannst du das sagen? Wenn ich unglücklich bin …«

»Aha! Da haben wir es. *Du* bist unglücklich. Aber ich bin es nicht. Ich will nichts ändern. Du bist unglücklich, weil du ohne die Kinder nichts mit deinem Leben anzufangen weißt. Ich habe versucht, dir dabei zu helfen, neue Interessen zu entwickeln, gesunde Interessen, aber du hast alles verpatzt.«

»Verdammt noch mal, Norman! Ich habe es doch versucht.«

»Du hast dich nicht genug bemüht.«

»Ich glaube, ein Teil meines Kummers besteht darin, dass ich nichts von deiner Liebe spüre«, sagte sie.

»Was heißt das: Du *spürst* es nicht?«

»Das ist schwer zu erklären. Ich fühle mich einfach nicht geliebt.«

»Was erwartest du denn von mir? Dass ich vierundzwanzig Stunden am Tag um dich bin und dich küsse?«

»Nein, aber es geht vieles in mir vor«, sagte Sandy. »Vieles, wovon du nichts weißt.«

»Hast du wieder in diesem Buch gelesen?«

»In welchem Buch?«

»In dem, das Lisbeth dir gegeben hat.«

»Das hat nichts mit Lisbeth oder mit Büchern zu tun. Es geht um mich und um dich. Es geht um uns!«

»Ich bin ein beschäftigter Mann, Sandy. Für dich und die Kinder lege ich mich krumm, um euch alles zu geben. Ich kann keine zusätzlichen Belastungen gebrauchen. Dafür habe ich keine Zeit. Verstehst du das? Wenn wir nach Hause kommen, wirst du dich wieder beruhigen. Du wirst dich beruhigen, ehe die Kinder vom Ferienlager nach Hause kommen.« Er fuhr vom Highway ab. »Gibst du mir bitte einen Pfirsich, ja?«

Sie griff in die Tüte und gab ihm einen Pfirsich. »Es reicht nicht, dass du dich krumm legst.«

»Es reicht nicht?«

»Norm, pass auf, du hättest beinahe den Wagen gestreift.«

»Willst du fahren?«

»Nein, aber pass auf. Mehr will ich nicht.«

»Ich würde gern mal eine Woche lang mit dir tauschen, nur eine Woche. Damit du siehst, wie mein Leben aussieht. Mein Gott, du machst dir keine Vorstellung davon. Tag für Tag mit Ductlas zu tun zu haben …«

»Du meinst Schwarze.«

»Ich meine Ductlas.«

»Norm …«

»Du hast es so verdammt gut. Was willst du eigentlich noch von mir?«

»Liebe. Verständnis. Zärtlichkeit.«

Er drückte auf den Knopf, um seine Fensterscheibe zu öffnen, und spuckte den Pfirsichkern nach draußen.

Sandy fing an zu weinen, erst lautlos, dann heftiger und lauter, bis sie ihr Schluchzen nicht mehr unterdrücken konnte. Die Tränen fielen auf die Stickerei. Sie spürte den Schmerz in ihrer Kehle, ihrem Kopf, ihren Eingeweiden.

»Hör auf«, sagte Norman. »Es reicht! Du wolltest dich unterhalten, du hast bekommen, was du wolltest. Du wolltest Kommunikation, du hast bekommen, was du wolltest. Aber du kommst nicht damit zurecht, oder? Nein, weil du nämlich immer noch ein kleines Mädchen bist. Alles muss so sein, wie du es haben willst. Du bist emotional unreif.«

»Ich bin kein kleines Mädchen!«

»Ha, ha, ha … Schau dir doch die Heulsuse an … Ha, ha …«

»Halt den Mund, du gemeiner Schuft!«

»Nicht schreien, Kleines. Ich sitze direkt neben dir. Ich höre dich gut.«

»Norman, halt an! Ich glaube, ich muss mich übergeben.«

Er fuhr an den Rand und hielt mit kreischenden Bremsen an. »Steig aus … nicht hier drinnen …«

Sandy öffnete die Wagentür und warf sich auf den Boden. Ihr war übel und sie fühlte sich schwach.

Norman blieb auf dem Fahrersitz sitzen und wandte den Kopf ab. Sie konnte ihn durch die offene Wagentür sehen. Selbstkontrolle! Sie musste sich und die Situation unter Kontrolle bringen. Auf ihrer Stirn bildeten sich Schweißperlen, aber die Übelkeit ging vorüber. Diesmal würde sie nicht krank werden. Eine Krankheit war keine Lösung. Ja, es ging vorbei. Sie fühlte sich schon besser. Wenige Minuten später kletterte sie wieder in den Wagen.

»Hast du dich übergeben?«, fragte Norman.

»Ja«, log sie.

»Ich kann es riechen.«

»Wirklich?«

»Bei der nächsten Tankstelle fahre ich raus, damit du dich waschen kannst. Dieser Geruch ist so stark, dass mir davon schlecht wird.« Er fuhr an einer Tankstelle raus und Sandy stieg aus, um auf die Damentoilette zu gehen. Sie spritzte sich kaltes Wasser ins Gesicht, kämmte sich die Haare, trug Lippenstift auf und steckte das T-Shirt in den Leinenrock. So, jetzt war es schon besser. Sie fischte in ihrer Handtasche nach Pfefferminz für frischen Atem, steckte eins in den Mund und sprühte sich dann ein bisschen Eau de Cologne in den Nacken, auf die Handgelenke und in die Kniekehlen.

Also gut, es stimmte, dass Norman hart arbeitete und gut für sie und die Kinder sorgte. Lag sie falsch, wenn sie trotzdem mehr vom Leben wollte? Sie war sich nicht mehr sicher. Eine gute Ehefrau hätte sich nicht beschwert. Wenn er sie schlug, konnte sie sich beklagen. Wenn er trank, konnte sie sich beklagen. Wenn er fremdging, konnte sie sich beklagen. Aber Sandy hatte keinen *wirklichen Grund,* sich zu beklagen. Zumindest keinen akzeptablen Grund. *Niemand liebt eine, die ständig quengelt,* hatte Mona gesagt. *Denk daran, Sandy! Vor allem kein Mann, der den ganzen Tag lang hart gearbeitet hat.*

Es tut mir Leid, Mutter.
Es tut mir Leid, Norman.
An alle: Es tut mir Leid.

Wie glücklich lächelnd die Mienen doch waren, die sie für die Kinder aufsetzten. Eine perfekte Familie unter anderen perfekten Familien, die sich alle über die Vorschriften hinwegsetzten, die unmissverständlich in der *Besuchstagsbroschüre* des Ferienlagers abgedruckt waren. *Bringen Sie bitte keine Nahrungsmittel mit ins Ferienlager. Alle mitgebrachten Nahrungsmittel werden beschlagnahmt. Bitte bringen Sie keine großen Geschenke oder Zimmerschmuck mit. Wir schlagen stattdessen ein Buch oder ein Spiel vor. Bitte geben Sie unserem Personal kein Trinkgeld. Unser Personal ist ausgebildetes Personal und bezieht ein entsprechendes Gehalt.*

Doch das konnte Sandy und die anderen Mamis nicht davon abhalten, ganze Wagenladungen von frischem Obst, Plätzchen, Brezeln, ungezuckertem Kaugummi und Spielzeug mitzubringen. Und es konnte Norman und die anderen Papis nicht davon abhalten, dem Personal Trinkgelder zu geben, damit *die eigenen* Kinder besondere Aufmerksamkeit erfuhren.

Normans Nikon hielt den Besuchstag im Ferienlager Wah-Wee-Nah-Kee fest. Jen, die in den See tauchte. Das musste man sich mal vorstellen! Die kleine Jen, die sich immer gefürchtet hatte, den Kopf unter Wasser zu halten. Jen, die beim Softball *third base* spielte. Eine dramatische Szene in einem Ruderboot. Jen, die lachend mit ihren Schlafsaalgefährtinnen davonlief.

In der Mittagspause schnitt Sandy Jen die Zehennägel und gab ihr die Geschenke. »Oh, Mom«, sagte Jen. Auf ihrem Gesicht stand Enttäuschung. »Ich habe dir doch gesagt, dass du etwas anderes kaufen sollst. Du bist jetzt schon die dritte Mutter, die Kistenteufelchen mitbringt.«

»Das tut mir Leid, mein Schätzchen. Ich dachte, Kistenteufelchen seien alle verschieden.«

Am Nachmittag kamen Bucky und die anderen Brüder zu einem Besuch von der anderen Seite des Sees herüber.

Und Norman fotografierte ihn, als er mit seinen Moskitostichen angab, eine Wassermelone im Mund hatte und Jens Zimmergenossinnen mit einer Plastikschlange neckte.

Als es an der Zeit war, sich zu verabschieden, brachten die Kinder sie zum Parkplatz. Sämtliche Cadillacs und Continentals und Mercedes-Fahrzeuge standen säuberlich aufgereiht da. Sandy setzte die Sonnenbrille auf, damit die Kinder ihre Tränen nicht sehen konnten. Sie sind auf dem besten Weg, sich unabhängig zu machen, dachte sie. Bald werden sie mich gar nicht mehr brauchen. Vielleicht hatte deshalb Mona ihre Töchter nie ins Ferienlager geschickt.

»Ich wäre für eine Kleinigkeit zu haben«, sagte Norman an jenem Abend im Motel, als sie in ihren Betten lagen.

»Oh, Norm … ich bin so müde! Und morgen in Buckys Ferienlager wird es bestimmt genauso hektisch.«

»Du wirst dich hinterher besser fühlen. Das ist doch immer so.«

»Und außerdem habe ich mein Pessar nicht dabei. Ich dachte, wir würden es nicht brauchen.«

»Aber heute ist Samstag.«

»Ich weiß.«

»Und ich bin dazu aufgelegt.«

»Du willst doch sicher kein Risiko eingehen, oder?«

»Nein.«

»Also dann …«

»Ich ziehe mich rechtzeitig zurück.«

»Coitus interruptus, in unserem Alter?«

»Nur dieses eine Mal.« Er zog ihre Decke weg und legte sich neben sie. Dann nahm er ihre Hand und bedeckte seine Eier damit. »Bist du so weit, San?«

Sie hatte sich ihm nie verweigert. Nicht ein einziges Mal in fast zwölf Jahren. *Wenn ihm danach ist, ist dir auch danach.* Oh, Mutter, geh weg! Bitte, bitte, geh weg!

»Bist du sicher, dass nichts passieren kann?«, fragte sie, als er in sie eindrang.

»Ja.«

»Ich will nämlich wirklich nicht schwanger werden.«

»Das wirst du auch nicht, obwohl ein Baby vielleicht gerade das ist, was du brauchst. Wenn du noch ein Baby bekämst, wärst du beschäftigt, San.«

»Das ist kein guter Grund, ein Kind zu bekommen.«

Er kam auf ihrem Bauch, und ihn so an sich gepresst zu spüren, seine Nässe zu spüren, erregte sie. »Reib es in mich rein«, sagte sie.

»Hier hast du Kleenex.«

»Nein! Ich will, dass du mich damit einreibst ... überall!«

»Jetzt hör aber auf, San! Sag nicht solche Sachen. Du solltest dich lieber waschen, weil du sonst morgen früh ganz klebrig bist.«

Er stieg aus dem Bett und ging ins Bad. Sie hörte das Wasser laufen, dann gurgelte er. Sie onanierte und dachte daran, wie Shep sie ganz mit seinem Samen eingerieben hatte.

Norman kam aus dem Bad, stieg in sein eigenes Bett, zog sich die Decke bis zum Kinn und sagte: »Ich weiß, dass du in letzter Zeit angespannt bist, San, aber ich glaube, du wirst gleich viel glücklicher sein, wenn wir erst in das neue Haus gezogen sind. Das wird alles ändern.«

»Es geht nicht um das Haus, Norm. Es geht um uns.«

»Du musst aufhören, so zu reden. Zwischen uns ist alles in Ordnung. Es ist alles so wie immer. Du hast in diesem Sommer einfach nicht genug zu tun gehabt. Du hast leichte Depressionen, weil die Kinder fort sind. Sobald sie wieder zu Hause sind, wird es dir wieder gut gehen.«

»So einfach ist das nicht.«

»O doch! Unser Leben ist in Ordnung, und wage ja nicht, es durcheinander zu bringen!«

19

Am Montagmorgen rief Hubanski an. »Wie geht es Ihnen, Mrs. Pressman?«

»Gut. Irgendwas Neues in unserem Fall?«

»Tut mir Leid, Ihnen das sagen zu müssen, Mrs. Pressman, aber es gibt keinerlei Fortschritte.«

»Also, hier ist er in letzter Zeit nicht aufgetaucht.«

»In letzter Zeit? Sagten Sie *in letzter Zeit?*«

»Was ich sagen wollte, war, dass ich ihn nicht mehr gesehen habe, seit ... seit dem ersten Mal.«

»Oh, es klang aber ganz so, als ob ...«

»Nein ... Ich wollte damit sagen, dass er nicht mehr wiedergekommen ist.«

»Ich verstehe.« Sie hörte, wie er mit der Zunge schnalzte. »Wir müssen es einfach weiterhin versuchen.«

»Ja.«

Sandy beschäftigte sich in Gedanken mit dem Mann auf dem Motorrad. Sie machte sich sogar eigentlich Sorgen um ihn. Als er ihr das letzte Mal einen Besuch abgestattet hatte, hatte er ihr zugewinkt, als er fertig war, und sie hatte zurückgewinkt. Vielleicht war es das, womit sie ihn vertrieben hatte. Ihre Aggressivität.

Aggressivität. Ja. Okay. Es war einfach an der Zeit. Am Dienstagmorgen rief sie Shep in seinem Büro in New York an.

»Er ist heute im Einkaufszentrum bei Berkley Heights. Sie können ihn unter der Rufnummer 201-KL-5-5579 erreichen.«

»Vielen Dank.« Sandy legte auf und wählte dann die Nummer in New Jersey.

»Ja, hallo.« Es war ein Mann, aber nicht Shep.

»Ich möchte bitte Shep Resnick sprechen.«

»Ja, bleiben Sie dran.« Sie hörte ihn rufen: »He, Shep, für dich.«

Und dann *seine* Stimme. »Hier Shep Resnick.«

Selbstkontrolle. Selbstkontrolle. Deine Stimme darf nicht schwanken. Er kann dich nicht sehen, kann nicht wissen, wie sehr du zitterst. Du könntest aber auch einfach auflegen. Leg jetzt auf und vergiss es. Nein ... nein! »Shep? Hier ist Sandy ...« Da. Nicht schlecht. Aber er reagierte nicht gleich und daher fügte sie hinzu: »Sandy Pressman ... Sandy Schaedel ...«

»Sandy! So eine Überraschung!«

»Du hast gesagt, ich soll dich mal anrufen.«

»Das war auch so gemeint, aber ich habe nicht damit gerechnet.«

Jetzt war sie dran. »Ich möchte dich gern sehen, Shep.« Eine unangenehme Pause. Warum sagte er nichts? Antworte mir, verdammt noch mal. »Bist du noch dran, Shep?«

»Ich überlege gerade«, sagte er. »Wie wäre es, wenn wir zusammen zu Mittag essen? Sagen wir bei Linda's Fireside um zwölf Uhr dreißig. Das ist gleich bei der alten Brücke, die nach Berkley Heights führt. Weißt du, wo das ist?«

»Ich glaube, ich bin schon mal daran vorbeigefahren. Ich finde es schon.«

»Gut. Es freut mich, dass du angerufen hast, Sandy. Bis dann.«

O Gott, sie hatte es getan. Sie hatte es tatsächlich getan! Diesmal würde sie den Folgen ins Auge sehen müssen. Aber Moment mal, sie konnte es sich immer noch anders überlegen. Nur ein Mittagessen. Dabei konnte es auch bleiben.

Sie duschte, wusch sich die Haare und rasierte sich vorzeitig die Beine. Schlimmer als ein pubertäres Mädchen. Sie inspizierte sich nackt in dem Spiegel, in dem sie sich von Kopf bis Fuß sehen konnte, und es schockierte sie, Haare auf der Rückseite ihrer Oberschenkel zu entdecken. Sie war noch nie auf die Idee gekommen, sich dort zu rasieren. Sie schnitt und lackierte ihre Zehennägel, polierte ihre Fingernägel, duschte mit Essig und setzte den Pessar ein, nur für alle Fälle. Ach, zum Teufel, wem wollte sie etwas vormachen? Natürlich würden sie sich lieben. Aber vielleicht auch nicht. Sie würde es jedenfalls nur tun, wenn sie es wirklich wollte. Sie hatte es satt, Norman nachzugeben, weil ihm gerade danach war. Und sie wollte auch nicht mehr *Warum nicht?* zu Gordon oder zu Vincent oder zu wem auch immer sagen. Von jetzt an sollte die Entscheidung bei ihr liegen. Und ihre Wahl fiel auf Shep. War schon immer auf Shep gefallen.

Was sollte sie anziehen? Sie sah ihren ganzen Kleiderschrank durch und entschied sich für einen einfachen Rock und eine Bluse. Ganz lässig. Als wollte sie zu A & P. Aber darunter trug sie ihren besten mit Spitze eingefassten Tanga-Slip. Ganz wie in alten Zeiten. Und keinen BH. Sollte sie Rouge auf ihre Brustwarzen auftragen? Sie hatte gelesen, dass es Frauen gab, die das taten. Aber angenommen, es färbte durch die Reibung auf ihn ab? Nein, lieber alles so lassen, wie es war.

Sie fuhr frühzeitig los. Er war bereits da und erwartete sie in seinem weißen Porsche. »Hallo, Shep ...« Wie kleinmädchenhaft ihre Stimme klang! *Denk daran, Sondra Elaine, du bist nicht mehr siebzehn. Von dir wird jetzt erwartet, dass du dich wie eine Frau verhältst.*

»Hallo, Sandy. Ich habe schon einen Tisch reserviert«, sagte Shep. Er stieg aus seinem Wagen und nahm ihren Arm.

Ach war noch nie hier, aber ich habe gehört, dass es gut sein soll.«

»Linda macht eine tolle Kalbfleischpiccata.«

»Normalerweise esse ich Erdnussbutter zum Mittagessen.«

»Das wundert mich nicht.« Er lachte.

Sie gingen ins Restaurant und wurden an ihren Tisch geführt. »So ...«, sagte er, als sie sich gesetzt hatten.

»So ... Ist dein kleines Mädchen aus Vietnam schon angekommen?«

»Nein, vor Ende September wird daraus wohl auch nichts werden. Es ist ein Haufen bürokratischer Papierkram zu erledigen.«

Sie tat so, als würde sie die Speisekarte lesen. Die Kellnerin näherte sich dem Tisch. »Habt ihr euch schon entschieden, Leute?«

»Sandy?«, fragte Shep.

»Ich glaube, ich nehme den Chef-Salat.« Sie sah zu Shep auf. »Ich bin nicht allzu hungrig.«

»Bringen Sie zwei«, fügte er hinzu. »Und eine Flasche Pouilly Fuissé.«

Die Kellnerin ging und Sandy sagte: »Ich dachte, du würdest Kalbfleisch essen.«

»Ich habe es mir anders überlegt. Ich bin auch nicht allzu hungrig.«

Zum ersten Mal sahen sie sich in die Augen. Sandy räusperte sich. Sie spürte, dass ihr Gesicht heiß wurde und ihr Magen einen Satz machte. Vielleicht hatte Dr. Ackerman doch Recht gehabt. »Shep ...«

»Ja, Sandy ...«

»Ich fürchte mich.«

»Wovor?«

»Du weißt schon ... das hier ... alles ...«

Er nahm ihre Hand zwischen seine Hände und hielt sie fest. »Alles wird gut.«

Sie nickte.

Nach dem Mittagessen gingen sie zu seinem Wagen. Sandy, die sich von dem Wein benommen fühlte, stieg ein und setzte ihre Sonnenbrille auf. »Zu schade, dass du deinen Nash nicht mehr hast.« Sie berührte die weichen Lederpolster. »Der hier ist auch nicht schlecht, aber man kann die Sitze nicht umklappen, oder?«

»Ich habe heute nicht mehr solchen Bedarf an Autositzen, die sich in ein Bett verwandeln lassen. Genau genommen seit jenem Sommer gar nicht mehr ...«

»Fünfundfünfzig, so war es doch?«

»Du hast ein gutes Gedächtnis.«

»Ich habe keinen einzigen Moment vergessen.« Sie sah ihn an. »Küss mich.«

Er legte seine Arme um sie. »Das tue ich ... das tue ich ... Aber erst will ich dich nur einfach im Arm halten.«

Sie legte ihre Wange an sein Gesicht und ihre Hand in seinen Nacken. Ihre Finger spielten mit seinem weichen, welligen Haar. Sie berührte zärtlich sein Gesicht und küsste dann seine Lippen. Ein sanfter, zarter Kuss, ohne das Drängen, ohne die Leidenschaft jener Nacht im Club.

Er küsste sie auch, jetzt fester und wilder, und seine Zunge war in ihrem Mund. Sie saugte daran, versuchte, einen Teil von ihm in sich zu behalten. »Können wir irgendwo hinfahren?«, flüsterte sie.

»Nicht heute. Ich möchte, dass du erst noch mal darüber nachdenkst, damit du auch ganz sicher bist.«

»Ich bin sicher. Ich bin ganz sicher und ich will dich so sehr.«

»Ich will dich auch und wenn es dir morgen noch genauso geht, gehen wir woanders hin, das verspreche ich dir.«

Auf der Heimfahrt zog sie die verschiedenen Möglichkeiten in Betracht. Er war heute Nachmittag zu beschäftigt. Er hatte Termine, die er unmöglich in letzter Minute absagen konnte. Heute stand eine andere Frau in der Schlange.

Er musste es mit Rhoda besprechen.

Er fühlte sich nicht mehr zu ihr hingezogen.

Er war seit dem vierten Juli impotent.

Es gab viele Möglichkeiten.

Oder es war die Wahrheit. Er wollte wirklich, dass sie sich noch einmal überlegte, worauf sie sich einließ.

Und die Wahrheit gefiel ihr am besten.

Als sie nach Hause kam, erwartete Myra sie. »Hallo ... Florenzia hat gesagt, du seist bald wieder da.«

»Ist alles in Ordnung?«, fragte Sandy. Es war nicht Myras Art, einfach so hereinzuschneien.

»Ja, klar. Im Club fragen alle nach dir.«

Sandy ließ sich auf das Sofa sinken und zog die Beine an. »Ich habe mit dem Golf und dem Tennis aufgehört – mit Normans Einwilligung.«

»Aber, San, das ist doch albern. Millicent ist eine blöde Kuh, das weiß doch jeder. Man wird ihre Beschwerde nicht ernst nehmen.«

»Es geht nicht nur darum.«

»Steph möchte, dass du diese Woche einmal mit ihr spielst, und viele andere Mädchen haben ihre Zeitpläne umgestellt, um dich bei verschiedenen Spielen einspringen zu lassen.«

»Das ist nett von ihnen, aber ich komme nicht mehr.«

»Du bist verrückt, San. Ich hatte gehofft …«

Sandy schüttelte den Kopf. »Es ist einfach nicht mein Fall.«

Myra seufzte. »Ich nehme an, du hast noch nicht das Neueste gehört?«

»Was denn?«

»Barbara und Gish … sie gehen auseinander. Es macht mich ganz krank. Ich war gestern Abend bei ihr. Es ist einfach grässlich. In ein paar Wochen kommen ihre Kinder zurück. Sie ahnen noch nichts davon.«

»Was ist denn passiert?«

»Ach, wer weiß? Sie sagt, dass Gish weg will. Seit dem Tod seines Bruders ist er ganz anders, hat Angst, er könnte was verpassen … die Freiheit, diese ganze Geschichte …«

»Ich wusste, dass er gern flirtet, aber …«

»Das wussten alle, inklusive Barb, und sie hat es hingenommen, aber jetzt sieh nur, wohin sie das gebracht hat. Er behält die Mitgliedschaft im Club. Sie kann es sich nicht leisten, einem anderen Club beizutreten. Ich habe keine Ahnung, wie sie das schaffen will.« Myra zog ein Kleenex aus ihrer Tasche und putzte sich die Nase:

»Er muss sie und die Kinder doch unterstützen, oder nicht?«

»Na klar, aber nur bis zu einem gewissen Punkt.«

»Es tut mir Leid, das zu hören, aber ich kann nicht behaupten, dass es mich überrascht.«

»Wer kann sich noch wundern? Es geschieht überall um uns herum.« Sie schwiegen einen Moment lang. »Ich muss gestehen, dass ich selbst eine Scheidung in Erwägung gezogen habe. Vor allem, seit ich hinter Gordons Affäre gekommen bin. Ich kann nicht mehr mit ihm ins Bett gehen. Immer wieder stelle ich mir ihn mit *ihr* vor, wer immer sie auch sein mag. Ich habe mich entschlossen, nicht zu der Medizinertagung mitzufahren, obwohl ich San Francisco liebe. Ich fahre stattdessen Tennis spielen. Ich muss unbedingt allein sein, um die Dinge noch einmal zu überdenken.«

»Ich weiß, dass Gordy dich liebt, Myra. Mach aus einem Fehltritt keinen Scheidungsgrund.«

Tränen traten in Myras Augen. »Ich will gar keine Scheidung. Wie soll mein Leben ohne Gordy aussehen? Was bin ich ohne ihn? Mit ihm bin ich jemand, ich bin die Frau eines Arztes. Oh, ich fühle mich so einsam!« Sie putzte sich wieder die Nase. »Wenn ich mich von ihm scheiden lassen würde, müsste ich das Haus aufgeben und zu all den anderen geschiedenen Frauen in eine Wohnung in Fort Lee ziehen, bei Howard Johnson's essen statt im Périgord Park, mir eine Stelle in einem Kaufhaus suchen. Meine Freunde würden mich zu Abendgesellschaften einladen und versuchen, mich mit einem geschiedenen Mann zusammenzubringen. Es ist alles so schrecklich, dass ich gar nicht daran denken darf. Die arme Barb! Das wird jetzt ihr Leben sein. Ich glaube, eher würde ich mich umbringen, ja, das glaube ich wirklich. Man kann sich nur anständig scheiden lassen, wenn man schon einen anderen Mann hat, aber wo soll ich einen anderen Mann finden, der mir all das geben kann, was ich bei Gordy habe?«

»Ich habe auch schon eine Scheidung in Erwägung gezogen«, sagte Sandy leise. Zum ersten Mal sprach sie es laut aus.

»Sandy!«

»Ich kann nichts dafür. Ich bin nicht glücklich mit Norman.« Jetzt hatte sie es zugegeben. Jetzt war es aktenkundig. Es war offiziell.

»Sandy, ich bin schockiert. Ich bin wirklich schockiert.«

»Das brauchst du nicht zu sein. Norman und ich sind sehr verschieden. Ich bin gefühlsbetont und er ist …«

»Phlegmatisch.«

»Ja.«

»Daddy hat Recht gehabt.«

»Ja. Er hat in vieler Hinsicht Recht gehabt.«

»Hast du dich je gefragt, was für eine Ehe Mona und er wohl geführt haben?«

»Manchmal.«

»Ich habe in letzter Zeit viel über die beiden nachgedacht. Ich fange an, die Dinge so zu sehen, wie sie wirklich waren.«

»Daddy wollte einen Hund. Wusstest du das?«

»Nein.«

»Er hat mich einmal in einen Hundezwinger mitgenommen. Das war unser großes Geheimnis. Er hat einen Welpen für mich ausgesucht … für uns … aber wir haben ihn nie bekommen.«

»Er überließ es ihr, uns aufzuziehen. Er hätte sich nicht so zu distanzieren brauchen.«

»Er wollte keinen Wirbel machen.«

»Sie hätte mehr von ihm gehalten, wenn er es getan hätte.«

»Vielleicht.«

»Na ja, es hat keinen Sinn, in der Vergangenheit zu wühlen, meinst du nicht?«

»Wohl kaum.«

»Könnte ich ein Glas Saft haben?«, fragte Myra.

»Ja, sicher.« Sie gingen in die Küche und Sandy schenkte zwei große Gläser Grapefruitsaft ein.

»Danke«, sagte Myra. Sie trank einen großen Schluck. »Ich habe mich für den Herbst für einen Kurs in Kunstgeschichte angemeldet. Kunst kommt nächstes Jahr ganz groß in Mode. Alle befassen sich jetzt damit. Warum gehst du nicht auch hin? Das macht sicher Spaß. Mittwochs in New York, dann Mittagessen, eine Runde durch die Galerien. Vielleicht fange ich sogar an, Kunst zu sammeln. Und du kannst auch ein paar Sachen für das neue Haus gebrauchen. Es heißt, Kunst sei eine gute Geldanlage.«

»Ich weiß nicht so recht …«

»Beschäftige dich, Sandy. Solange du beschäftigt bist, kommst du nicht auf dumme Gedanken.«

»Das Leben sollte mehr sein als nur ein Sich-Beschäftigen.«

»Vielleicht sollte es das sein, aber für die meisten von uns ist es das nicht.« Myra stand auf und umarmte ihre Schwester. »Ich fühle mich dir näher denn je. Ich hoffe, dass es dabei bleibt. Pass auf dich auf! Ich rufe dich morgen an.«

20

Shep rief am nächsten Morgen um neun an. »Wie lautet der Urteilsspruch, Mädchen?«

»Schuldig«, antwortete sie. »Wo treffen wir uns?«

»Bist du sicher?«

»Ich bin sicher.«

»Okay, dann um zwölf Uhr dreißig im Monterey Motor Inn an der Route 1, South. Park deinen Wagen auf dem Parkplatz der Bowlingbahn nebenan und ich parke meinen auf der anderen Straßenseite am Einkaufszentrum.«

»Du denkst aber auch an alles.«

»Das muss ich … und, Sandy …«

»Ja?«

»Ich freue mich, dass du es dir nicht anders überlegt hast.«

Wenige Minuten später rief Norman an. »Four Corners hat ein Angebot gemacht.«

»Wer?«

»Four Corners – der Immobilienmakler. Sie bieten siebenunddreißigtausendfünfhundert …«

»Was hältst du davon?«

»Ich würde sie gern auf vierzig raufhandeln.«

»Hast du ihnen das mit Enid erklärt?«

»Das geht nicht. Wie würde das aussehen?«

»Ja, ich verstehe, was du meinst.«

»Wir müssen im Moment das tun, was für uns richtig ist. Ich melde mich noch mal, wenn alles klar ist.«

»Ich gehe gegen Mittag aus dem Haus, Ich habe einen Termin.«

»Wann bist du zurück?«

»Ich weiß es nicht genau. Ich nehme an, am späten Nachmittag.«

»Vielleicht kommen wir zu einer Einigung, ehe du aus dem Haus gehst.«

Sie hatte kaum den Hörer auf die Gabel gelegt, als das Telefon wieder klingelte. Was war jetzt? Sagte Shep ab?

»Mrs. Pressman?«

»Ja?«

»Darf ich Sie heute vögeln?«

»Oh, nicht schon wieder!« Sandy legte auf und wartete, denn sie wusste, dass er sofort wieder anrufen würde. Wie immer, und er tat es mindestens einmal in der Woche. Ihr freundlicher Anrufer. *Ihn* hätte sie Hubanski gegenüber erwähnen sollen. Vielleicht bestand ein Zusammenhang zwischen ihm und dem Mann auf dem Motorrad. »Scheren Sie sich zum Teufel!«, schrie sie ins Telefon, als es wieder läutete, ehe er dazu kam, etwas zu sagen. Sie knallte den Hörer auf die Gabel. Zumindest würde sie *ihn los* sein, wenn sie nach Watchung zogen.

Sie ging ins Bad und wiederholte die Rituale von gestern bis auf das Lackieren der Fußnägel. Sie sahen noch gut aus.

Sie suchte ihr Pessar, aber sie konnte es nicht finden. Es war weder in der blauen Plastikdose, noch in einer der Schubladen. Verdammt noch mal! Dann fiel es ihr wieder ein und sie lachte erleichtert auf. Sie hatte vergessen, es gestern Nachmittag herauszunehmen. Sie säuberte es und setzte es wieder ein.

Norman rief um halb elf an. »Sie gehen nicht höher als achtunddreißigtausendsiebenhundertfünfzig.«

»Und was hast du gesagt?«

»Ich habe gesagt, ich würde es mir überlegen.«

»Enid wird das nicht recht sein.«

»Enid wird nichts davon erfahren.«

»Ich wette, dass sie es herausfindet.«

»Sieh mal, ich finde, wir sollten das Angebot annehmen, San. Es ist das einzige anständige Angebot, das wir bisher hatten.«

»Okay, wie du es auch entscheidest – mir ist es recht.«

»Ich rufe den Makler an und dann melde ich mich noch mal.«

Sie setzte sich auf ihr Bett und wartete. Als das Telefon läutete, nahm sie sofort den Hörer ab. »Ja, hallo?«

»Die Sache ist fest«, sagte Norman. »Wir unterschreiben die Papiere heute Abend um halb sieben bei uns zu Hause. Und anschließend gehen wir aus und feiern.«

»Mit dem Makler?«

»Nein, nur wir beide.«

Es klopfte an Sandys Schlafzimmertür. »Mrs. Pressman? Ich bin's, Florenzia ...«

»Ja, Florenzia?« Sandy öffnete die Tür.

»So viele Telefon heute ... Ist alles in Ordnung?«

»Ja, es ist alles in Ordnung.«

»Ich kann nicht leiden, wenn so viele Telefon.«

»Ich weiß und jetzt ruft wohl auch eine Weile niemand mehr an.«

»Gut, weil meine Ohren surren. Macht mich nervös. Ich nicht kann putzen mit so viele Telefon.«

»Ja, schon gut, tut mir Leid. Jetzt wird es sicher ruhiger.« Florenzia hatte Recht. Sandy verbrachte einen zu großen Teil ihres Lebens am Telefon und gab sich mit Banalitäten ab.

Sie fuhr zu dem Motel und parkte wie abgemacht auf dem Gelände vor der Bowlingbahn. Shep saß auf der Treppe und erwartete sie mit einem Weidenkorb zu seinen Füßen.

»Ich habe ein Picknick mitgebracht«, sagte er.

»Du denkst aber auch wirklich an alles.«

»Ich versuche es jedenfalls.«

Sie gingen zum Motel. »Wir haben Zimmer achtundzwanzig«, sagte Shep zu ihr. »Mr. und Mrs. Sheperd.«

Sie lächelten einander zu. Shep zog den Schlüssel aus seiner Tasche, schloss die Tür auf und sie traten ein. »Hmm ... sehen wir mal ...« Er stellte den Weidenkorb auf die Kommode. Dann rückte er einen Tisch und zwei Stühle zur Seite, um auf dem Boden Platz für ihr Picknick zu machen. Er breitete die karierte Tischdecke aus und packte den Korb aus. Kaltes Huhn, Kartoffelsalat und eine Flasche eisgekühlten Champagner.

»Großartig!«, sagte Sandy.

»Du bist auch nicht schlecht, Mädchen.« Er holte einen kleinen Kassettenrecorder aus dem Korb. »Für dich.« Er gab ihn ihr. »Stell ihn an.«

Sie schaltete das Gerät ein, Nat Cole sang ›Blue Velvet‹. »Shep, du erinnerst dich wohl an alles …?«

Er griff nach dem Champagner. Taylor's Brut. *Onkel Bennett und Cousine Tish. Ein Champagnerbad. Oh, Scheiße … denk nicht daran … nein, tu's nicht … du verdirbst alles …*

Als er die Flasche entkorkte, gab es einen Knall und der Champagner tröpfelte an ihm hinunter und hinterließ eine nasse Spur auf seinem Hemd und seiner Hose. Beide lachten. Er schenkte jedem ein Glas ein und hob seins zu einem Trinkspruch. »Auf uns!«

Sie stieß mit ihm an. »Auf uns!«

Er bot ihr ein Hühnerbein an.

»Ich bin nicht sicher, ob ich schlucken kann«, sagte sie. »Ich bin zu …«

»Ich weiß. Deshalb essen wir auch erst etwas. Damit du dich entspannst.«

»Es ginge mir besser, wenn du mich küssen würdest«, sagte sie.

»Einverstanden, aber nur einmal.«

»Nur einmal, in Ordnung.«

Er beugte sich über das ausgebreitete Picknick und küsste sie sanft. »Mehr gibt es jetzt nicht. Erst musst du essen.«

Sie nickte, zog ihre Sandalen von den Füßen und fiel über das Essen her.

Als sie fertig waren, wickelte Shep alles in die Tischdecke und stopfte sie wieder in den Korb. »Jetzt werde ich dich lieben.« Er bog sie sachte zurück und küsste sie. Der Kassettenrecorder spielte *Here I go again … I hear the trumpets blow again … all aglow again … taking a chance on love …*

Sie zog ihn an sich, atmete ihn ein, schmeckte ihn. Ihre Hände waren in seinem Haar und ihr Mund öffnete sich für seinen Mund. Er knöpfte langsam ihre Bluse auf, sah sie an, küsste dann ihre Brüste, saugte an ihren Brustwarzen und schlüpfte dann aus seinem Hemd, um seinen Oberkörper an ihrem zu reiben. »Bitte, Shep … bitte …«, flehte sie.

»Noch nicht … noch nicht.« Er legte sie auf das Bett, zog den Reißverschluss ihres Rocks auf und ließ den Rock an ihr hinuntergleiten. Dann zog er seine Leinenhose und seine Unterhose aus. Sie sah ihn an. Wie bereit er war. Wie steif und schön. Sie sagte es ihm.

Er lachte. »Ich habe zugenommen.«

»Das stört mich nicht.« Sie nahm seinen Penis und hielt ihn in ihrer Hand, fuhr mit zwei Fingern über die erhobene Spitze. Ein seidiger Pilz. Sie drückte ihn und spürte einen Tropfen der Flüssigkeit, der sie noch mehr erregte.

Er stöhnte jetzt leise, zog ihren Slip hinunter, küsste ihren Bauch, die Innenseite ihrer Oberschenkel, ließ seine Zunge wieder hinauf zu ihren Brüsten und zu ihrem Gesicht gleiten. Er küsste ihre Lippen und sie begrub ihre Zunge in seinem Mund.

»Ich liebe dich«, murmelte sie. »Ich habe dich immer geliebt.«

»Du bist nicht gekommen«, sagte er hinterher.

»Ich weiß … ich konnte nicht … ich war zu erregt.«

»Zu erregt, um zu kommen?«

»Ja.«

Er lachte. »Das ist ja ganz was Neues.«

»Ich komme beim nächsten Mal«, sagte sie.

»Das hoffe ich. Es wäre eine schreckliche Vorstellung für mich, dass ich an Attraktivität verloren haben könnte.«

Das nächste Mal war in einer halben Stunde und sie kam dreimal. Das gefiel ihm. »Suppe, Hauptgang und Nachtisch«, sagte sie gedankenlos. Dann errötete sie. Wie konnte sie Normans Spiel mit Shep spielen?

»Morgen, Sandy?«, fragte Shep, als sie sich unter der Dusche gegenseitig einseiften.

»Ja.«

»Wie wäre es mit einer fünfgängigen Mahlzeit?«

»Vielleicht, aber ich bin nicht immer so hungrig.«

»Iss nichts zum Frühstück.«

»Ich frühstücke immer. Rice Krispies und Toast.«

»Immer?«

»Na ja, manchmal esse ich auch Cornflakes.«

»Ich bin froh, dass du dich nicht verändert hast, Mädchen.«

»Ich bin auch froh, dass du dich nicht verändert hast.«

21

Am selben Abend unterschrieben Norman und Sandy die Papiere und verkauften das Haus, Enids Haus, an die Immobilienfirma Four Corners, die es ihrerseits wahrscheinlich an Schwarze verkaufen würde.

»Wir hoffen, dass wir in der zweiten Septemberwoche umziehen können«, erklärte Norman Mr. Podell, dem Vertreter von Four Corners, »und es wäre uns sehr lieb, wenn Sie keine Besichtigungen durchführen würden, bis wir ausgezogen sind.«

Mr. Podell kratzte sich am Kopf.

»Es geht nicht um uns«, fügte Norman hastig hinzu. »Es geht um meine Mutter. Sie und mein Vater haben dieses Haus gebaut und viele Jahre hier verbracht …«

»Selbstverständlich, selbstverständlich.« Mr. Podell musterte die Fingernägel der Hand, mit der er sich am Kopf gekratzt hatte. Was erwartete er dort vorzufinden? »Machen Sie sich keine Sorgen, Mr. Pressman. Wir von Four Corners sind für unsere Diskretion bekannt. Wir werden nach Einbruch der Dunkelheit mit unseren Interessenten ins Haus kommen. An Abenden, an denen Sie mit Ihrer Familie unterwegs sind.«

Norman nickte.

»Ist das legal?«, fragte Sandy.

Mr. Podell errötete.

»Verdammt, und wie legal das ist!«, sagte Norman zu ihr.

»Bis zu Ihrem Umzug werden wir das Haus nur persönlich anbieten, um eine Übersicht über die potentiellen Interessenten zu haben. Wenn wir es bis dahin noch nicht verkauft haben, werden wir das Haus auf verschiedene

Listen setzen, aber dann haben Sie es sich schon in Watchung gemütlich gemacht und ich bezweifle eigentlich, dass es dazu überhaupt kommen wird. Ich denke da an einen sehr erfolgreichen Anwalt. Ich könnte mir vorstellen, dass dieses Haus genau das ist, was er sucht.«

Norman und Mr. Podell gaben sich die Hand. Dann brachte Sandy Mr. Podell zur Haustür. »Sie haben einen weisen Entschluss gefasst«, sagte er.

»Ja.« Sie ging wieder ins Wohnzimmer. Norman sah sich den Scheck genau an, eine Anzahlung über zehntausend Dollar. In wenigen Wochen, bei Abschluss des Geschäftes, würde der Restbetrag gezahlt werden.

»Wir sind auf dem Weg nach Watchung!«, jubelte Norman. Er drückte sie an sich. Banushka bellte. Er war eifersüchtig. Norman hob den Hund hoch und nahm ihn in den Arm. »Es wird dir dort gefallen, Kerlchen, wart's nur ab.«

»Ich hoffe, dass er keine Eingewöhnungsschwierigkeiten hat«, sagte Sandy. »Das kommt doch bei Hunden manchmal vor, oder?«

»Nicht bei unserem kleinen Kerlchen. Er wird sich wohl fühlen. Wie oft hat er heute groß gemacht?«

»Zweimal groß und viermal klein«, log Sandy.

»Das ist gut. Auf der Tabelle habe ich nichts gesehen.«

»Oh, vielleicht habe ich vergessen, es einzutragen.«

»Ich wünschte, du würdest versuchen, daran zu denken, San. Mir ist es wichtig zu wissen, wie es ihm geht.« Er setzte Banushka ab. »So, jetzt sollten wir aber gehen. Lucille und Ben warten sicher schon auf uns.«

»Lucille und Ben! Ich dachte, wir würden allein ausgehen.«

»Ben hat heute Nachmittag angerufen, um noch mal abzusprechen, wann wir am Wochenende spielen, und er hat mich gefragt, ob wir Lust hätten, mit ihm und Lucille im Club zu Abend zu essen. Ich habe zugesagt.«

»Ich will nicht in den Club gehen, Norm.«

»Du musst über diese Geschichte hinwegkommen, Sandy. Je eher, desto besser. Es ist immer noch *unser* Club und ich habe vor, das Beste daraus zu machen.«

»Auf Watchung!« Lucille und Ben hoben ihre Gläser. »Auf ein glückliches und gesundes Leben in eurem neuen Haus.«

»Darauf trinke ich.« Norman hob sein Glas und stieß mit ihnen an.

Auf uns!, dachte Sandy. *Auf ein neues Leben.*

»Sandy«, sagte Ben. »Es kann doch nicht dein Ernst sein, dass du nicht mehr Golf spielen willst.«

»Es ist mein Ernst.«

»Sandy lässt sich zu leicht aus der Fassung bringen«, sagte Norman. »Sie ist sehr …«

»Ich bin emotional unreif«, ergänzte Sandy, ehe Norman den Satz beenden konnte. »Ich habe auch nur ein halbes Gehirn. Stimmt's Norm?«

Lucille und Ben sahen einander an. »Jedem das seine«, sagte Ben und trank einen Schluck.

»Ist das mit Barbara und Gish nicht schrecklich?«, fragte Luscious.

»Das kommt alles nur von dieser Frauenbewegung«, sagte Norman. »Sie wissen gar nicht, wie gut sie es haben.«

»Aber nein«, sagte Sandy. »Du hast alles in den falschen Hals bekommen. Gish ist gegangen.« Aber die anderen hörten ihr nicht wirklich zu.

Als sie nach Hause kamen und ins Bett gingen, kuschelte sich Norman an sie und sagte: »Ich hätte Lust auf eine Kleinigkeit.«

»So? Ich aber nicht.«

»Was soll das heißen: du nicht?«

»Ich bin müde.«

»Du brauchst nichts zu tun. Du musst dich nur hinlegen und die Beine breit machen. Die Arbeit übernehme ich.«

»Nein, Norm.«

»Was soll das heißen: *nein?*«

»Das soll heißen: *nein.* Ich *will* nicht.«

»Wir wollten doch heute feiern.«

»Wir haben beim Abendessen gefeiert. Ich habe zu viel getrunken. Ich habe ganz viel Luft im Bauch.«

»Ein kleines Vergnügen lässt das sicher vergehen.«

»Ein kleines Vergnügen würde sicher dazu führen, dass ich furze.«

»Vergiss es«, sagte er. Er rollte sich auf sein Bett und drehte sich um.

Am nächsten Morgen bekam sie einen Brief von Jen.

LIEBE MOMMY,

seit dem Besuchstag bin ich mit Beth zerstritten. Sie war vorher meine beste Freundin. Jetzt hasse ich sie. Sie hetzt alle aus unserm Schlafsaal gegen mich auf. Ich finde, du solltest sofort kommen.

Deine arme, kleine, unglückliche Tochter

JENNIFER P.

Sandy schüttelte den Kopf. Diesmal hatte es keinen Sinn, im Ferienlager anzurufen. Es hatte auch keinen Sinn, einen Brief zu diesem Thema zu schreiben. Bis der Brief im Ferienlager ankam, würde längst alles anders sein, und wahrscheinlich würde es sich bis dahin sogar mehrfach ändern. Außerdem dauerte das Ferienlager keine zwei Wochen mehr. Jen und Bucky würden wieder nach Hause kommen. Sie würden wieder eine Familie sein. Sie würde anfangen müssen, Gerümpel auszusortieren, sich zu entscheiden, was in das neue Haus mitgenommen und was weggeworfen werden sollte. Sie würde Möbelwagen bestellen und mit dem Packen anfangen müssen. Sie würde einkaufen müssen. Sie brauchten neues Bettzeug, neues Geschirr. Vielleicht sollte sie eine Innenarchitektin zu Rate ziehen. Myra hatte das getan. Ach, Mist, sie wollte jetzt gar nicht an diese Dinge denken. Gar nicht an das wirkliche Leben denken. Sie würde den Nachmittag mit Shep verbringen. Und das war alles, was zählte.

»Hallo, Mädchen. Wie gehts?«

Sie trafen sich im Holiday Inn an der Route 22, dort, wo sie auf den Parkway trifft.

»Sieh mal, was ich habe.« Sie zeigte ihm die Enzyklopädie über Sexualität, die sie im letzten Januar gekauft hatte, als ihre Neujahrsvorsätze noch frisch waren.

Shep lachte. »Die brauchen wir doch nicht.«

»Du nicht. Ich schon. Ich bin völlig unerfahren.«

»Man braucht keine Erfahrung, um zu wissen, was gut tut.«

Sie dachte darüber nach. Dann ließ sie das Buch auf den Boden fallen und küsste ihn. »Du hast Recht. Du hast immer recht. Und ich liebe dich, Shep.«

»Ich liebe dich auch.«

»Weißt du, dass ich noch nie oben gelegen habe?«

»Noch nie?«

»Nein, nie.«

»Dann hast du einiges nachzuholen.«

Sie war nicht sicher, was sie lieber mochte: den Sex oder das Gefühl der Nähe, das darauf folgte. Sie fühlte sich so sicher, wenn sie in seinen Armen schlief, wenn ihre Körper sich miteinander verbanden.

»Fahr am Wochenende mit mir weg, Sandy.«

»Wie soll ich das anstellen?«

»Wenn du wirklich willst, wird dir etwas einfallen.«

»Ich will. Ich will wirklich. Es ist nur so, dass …«

»Diesmal keine Ausreden.«

»Und was ist mit dir? Was wirst du Rhoda erzählen?«

Zum ersten Mal hatte sie ihren Namen ausgesprochen. Sie wollte nicht an Rhoda denken, ihre Existenz nicht wahrhaben. Sie hasste Rhoda, hasste sie dafür, dass sie all diese Jahre Shep gehabt hatte, dass sie neben ihm geschlafen hatte und neben ihm aufgewacht war, dass sie Kinder mit ihm hatte und sein Leben mit ihm teilte. Sie wünschte, Rhoda wäre tot. Rhoda und Norman gemeinsam bei einem Unfall ums Leben gekommen. Wie leicht es dann für sie beide wäre. Wie hinterhältig sie ihre eigenen Gedanken fand. Rhoda war ein anständiger Mensch und sie hatte vier Kinder aufgezogen. Bald würden es fünf sein. Was bildete sie sich eigentlich ein, ihr den Tod zu wünschen?

»Rho fährt am Wochenende mit den Kindern ans Meer. Wir haben ein Haus auf Long Island, direkt am Wasser.«

»Fährst du nicht mit?«

»Sonst schon, aber manchmal muss ich Land sehen.«

»Was soll ich Norman erzählen?«

»Das ist deine Sache.«

»Wohin fahren wir?«

»Ich werde mir etwas überlegen. Lass uns früh losfahren. Sagen wir um neun am Flughafen Newark.«

Sie nickte und schlang die Arme um ihn. »Wir haben so viel Zeit nachzuholen. So viele Jahre.«

»Ich weiß. Du warst damals ein so verängstigtes kleines Mädchen. Du hast immer geglaubt, dass dir deine Mutter über die Schulter schaut.«

»Das hat sie auch getan.«

»Und jetzt?«

»Jetzt stört es mich nicht mehr.«

»Ich werde dich das ganze Wochenende lieben, bis du es einfach nicht mehr aushältst.«

»Ich halte viel aus.«

»Wir werden sehen, wer sich zuerst geschlagen gibt.«

»Ich liebe dich, Shep. Ich weiß gar nicht, wie ich dir sagen soll, wie sehr ich dich liebe.«

»Ich kann es spüren.«

Auf der Heimfahrt fiel ihr ein, dass sie das Sexualkundebuch im Motel auf dem Fußboden hatte liegen lassen. Na und? Ihr Name stand schließlich nicht drin. Vielleicht würde sich das Zimmermädchen darüber freuen. Mit Shep brauchte man keine Leitfäden. Sie lachte laut heraus und fühlte sich ganz beschwingt. Beschwingt von Sex und Abenteuer und Liebe.

Sie konnte sich vorstellen, was die anderen sagen würden, wenn sie erfuhren, dass sie sich von Norman scheiden lassen und Shep heiraten würde. Norman würde es nicht glauben wollen. Er würde sie nicht ernst nehmen. *Wovon redest du da? Scheidung?*

Ja, genau, würde sie zu ihm sagen. Ich liebe einen anderen Mann und wir werden heiraten. Das ist sehr leicht zu verstehen, wenn du dich nur ein bisschen bemühst.

Du bist verrückt.

Nein.

Emotional unreif.

Auch das nicht.

Ich werde das Sorgerecht für die Kinder bekommen. Du wirst sie nie wieder sehen. Du bist eine schlechte Mutter und ich kann das beweisen.

Mit diesem Mist kannst du mich nicht einschüchtern, Norman.

Na gut. Mach schon. Hol dir deine Scheidung! In einem Jahr kommst du zu mir zurückgekrochen. Du hast doch nie gewusst, wie gut du es bei mir hast. Jetzt findest du es auf die harte Tour heraus. Und keinen Penny wirst du bekommen. Das verspreche ich dir. Von mir kriegst du nicht einen einzigen Penny.

Ich will kein Geld von dir. Ich will gar nichts mehr von dir.

Enid würde Norman anrufen. Was habe ich dir gesagt? Von Anfang an habe ich dir gesagt, dass sie dir Ärger machen wird, oder etwa nicht? Jetzt hast du es. Ich habe dich gewarnt, Normie, aber auf mich hast du ja nicht gehört. Jetzt solltest du dir sagen, dass du froh sein kannst, diese Hure los zu sein. Du kannst etwas Besseres haben. Ich kenne viele Frauen, die ihren Augapfel für dich geben würden. Mach dir keine Sorgen, sie wird es ihr Leben lang bereuen. Sie bekommt ihr Fett noch ab. Ich hoffe nur, dass ich das noch erleben darf.

Die Kinder würden sagen: Was? Du und Daddy, ihr lasst euch scheiden? Das heißt, dass wir nächstes Jahr im Ferienlager zwei Besuchstage haben. Alle Kinder mit geschiedenen Eltern kriegen zwei Besuchstage, einen für die Mutter und einen für den Vater. Und wo wohnen wir? Wohnen wir bei dir oder bei Daddy? Er kann nicht kochen.

Und Mona: O mein Gott, eine Scheidung? Wie kannst du mir das antun? Was soll ich denn den Leuten sagen? Und was wird aus dem neuen Haus? Was wird aus den Kindern? Wer soll dich unterstützen? Ich kann mir das nicht leisten, das weißt du doch. Was? Du willst Shep Resnick heiraten? Ich habe gehört, dass er viel erreicht hat. Mit Einkaufszentren. Mir gefällt die Vorstellung nicht, dass du dich scheiden lassen willst, aber ich bin dankbar, dass du einen anderen Mann gefunden hast, der sich um dich kümmert. Eine Frau sollte immer einen Mann haben, der sich um sie kümmert. Glaub mir, ich weiß das.

Myra würde ihren Segen geben. Ich habe es dir doch gesagt, San, die einzige Möglichkeit ist die, dass man direkt zu einem anderen Mann geht. Und du hast wahrhaftig keine Zeit vergeudet. Ich bin stolz auf dich. Und außerdem ist er auch noch reich. Du setzt dich in ein gemachtes Nest. Ich wünschte nur, ich hätte auch so viel Glück wie du.

Ja, fast freute sie sich darauf, es ihnen zu erzählen. Es der ganzen Welt mitzuteilen. Vor allem der *New York Times*: Mrs. Mona Schaedel gibt die Hochzeit ihrer Tochter Sondra Elaine Schaedel Pressman mit Shepherd James Resnick bekannt. Mr. Resnick macht in Einkaufszentren und Mrs. Resnick macht in Liebe. Ihre sechs Kinder waren bei der Hochzeit zugegen. Die Braut trug einen zartbeigen Tangaslip aus Spitze …

»Norm, ich überlege mir, ob ich nicht am Wochenende wegfahre.«

»Was?«

»Ich überlege mir, ob ich nicht am Wochenende Lisbeth in Maine besuche. Sie hat heute angerufen und mich eingeladen.«

»Du weißt, was ich von Lisbeth halte.«

»Das spielt keine Rolle. Ich habe dich nicht aufgefordert mitzukommen. Ich weiß, dass du am Wochenende Termine zum Spielen hast.«

»Mir gefällt das gar nicht, Sandy.«

»Mir aber. Außerdem habe ich ihr schon zugesagt. Ich fliege am frühen Morgen nach Boston und nehme von dort aus den Bus. Am Montag komme ich zurück.«

»Am Montag? Warum nicht am Sonntag?«

»Es ist eine lange Fahrt, Norman. Es lohnt sich nicht, am Freitag abzureisen und am Sonntag zurückzukommen. Ich wäre ganz erschöpft. Du weißt doch, wie müde mich das Reisen macht.«

»Wenn du so müde bist, solltest du zu Hause bleiben und dich im Club an den Swimmingpool setzen.«

»Ich habe nicht gesagt, dass ich müde bin. Ich habe gesagt, dass mich lange Reisen müde machen. Ich muss weg von hier, Norm. Ich muss nachdenken.«

»Je weniger du nachdenkst, desto besser geht es dir.«

»Das ist ja ganz was Neues.«

»Andere Frauen würden ihre Männer nicht am Wochenende allein lassen.«

Darauf werde ich nicht reagieren. Ich werde mich nicht auf einen Streit darüber einlassen. »Myra und Gordon fahren diese Woche getrennt weg. Er fliegt zum Medizinerkongress in San Francisco und sie fährt nach Amherst, um Tennis zu spielen.«

»Was hat das mit uns zu tun?«

»Nichts. Ich unterhalte mich nur mit dir.«

»Und was soll ich essen?«

»Also hör mal, Norm, du bist doch groß. Du kannst im Club essen.«

»Und angenommen, es passiert etwas?«

»Dann wirst du dich darum kümmern.«

»Lass deine Telefonnummer da.«

»Lisbeth hat in Maine kein Telefon, aber ich rufe dich von einer Telefonzelle aus an und gebe dir Bescheid, wenn ich heil angekommen bin, okay?«

»Nein, okay ist das nicht, aber es sieht so aus, als müsste ich mich damit abfinden.«

Stimmt. Diesmal entscheide ich.

»Brauchst du Geld?«

»Nein, ich habe genug.«

»Was ist mit dem Flugticket?«

»Ich schreibe einen Scheck aus.«

»Hier …« Er griff in seine Tasche. »Nimm das.«

Er zählte fünf Zwanziger ab. »Man weiß ja nie …«

Sie nahm das Geld und spürte einen Kloß in ihrer Kehle aufsteigen. »Danke, Norm.«

»Pass auf dich auf.«

»Wird gemacht.«

»Wer weiß – vielleicht tut dir die Luftveränderung gut.«

Sie nickte.

»Aber rechne nicht damit, dass du immer wegfahren kannst, wenn du gerade Lust hast. Das werde ich nicht dulden.«

Sie nickte wieder.

Als sie am nächsten Morgen in die Küche kam, fand sie eine Liste vor, die am Kühlschrank klebte.

Sandy! Vor dem nächsten Wochenende:

1. Kümmere dich um die Möbelpacker!
2. Kümmere dich um die Anstreicher!
3. Kümmere dich um Termine mit dem Elektriker!
4. Kümmere dich um einen Termin beim Tierarzt wegen Banushkas Spritzen!
5. Kümmere dich um die Einschulung der Kinder in Watchung!
6. Kümmere dich um eine Ductla für das neue Haus!

Termine und wieder Termine. Sandy wusste nicht, ob sie lachen oder die Liste einfach zerreißen sollte.

Als sie gerade das Haus verlassen wollte, klingelte das Telefon. »Sandy, hier ist Myra. Ich habe es mir anders überlegt. Ich fahre doch mit nach San Francisco.«

»Das freut mich. Ich fand von Anfang an, dass du mitfahren solltest.«

»Unser Flug geht um zwölf.«

»Viel Spaß.«

»Danke. Wir sehen uns nächste Woche.«

»Genau. Tschüss, Myra.«

Sandy fuhr zum Flughafen. Sie wünschte, es sei für immer und sie müsste nie mehr zu Norman zurückkehren. Aber was sollte aus den Kindern werden? Oh, die würde sie holen lassen. Vielleicht.

Sandy! Was sagst du da? Du würdest deine Kinder hergeben?
Ich weiß es nicht.

Allein dieser Gedanke gehört schon bestraft!

Es tut mir Leid! Ich weiß nicht, was in mich gefahren ist. Du hast Recht, ich habe Strafe verdient.

Natürlich wollte sie die Kinder haben. Sie brauchten sie doch, oder nicht?

Bist du sicher? Im Ferienlager waren sie …

Ja, aber das waren nur acht Wochen. Sie wussten, dass sie hinterher wieder nach Hause kommen.

Vielleicht kommen sie ohne dich ebenso gut zurecht.

Nein! Ich gebe meine Kinder nicht her. Ich weiß, was er aus ihnen machen würde. Er würde dafür sorgen, dass sie genauso werden wie er. Nein! Die Kinder gehören mir. Und das ist mein letztes Wort. Shep und ich werden heiraten und ich bekomme das Sorgerecht. Er kann nicht beweisen, dass ich als Mutter nichts tauge. Das stimmt nicht! Es stimmt doch wirklich nicht, oder?

Würde eine gute Mutter für ein Wochenende mit einem anderen Mann davonlaufen und eine Spur von Lügen hinter sich zurücklassen?

Das eine hat nichts mit dem anderen zu tun. Sieh dir doch Myra an. Sie hat mit Frank Monzellini gebumst, als die Zwillinge noch Babys waren.

Vielleicht war es aber genau das, was die Kinder so verkorkst hatte.

Nein, es ist nur eine Phase, die sie durchmachen. Es ist die Pubertät. Frag doch Myra. Sie sagt, dass es jetzt schon abklingt. Im Ferienlager für die Pummelchen haben sie schon zwanzig Pfund abgenommen. Siehst du, sie taugt als Mutter und ich tue es auch!

Sandy fuhr vor dem Flughafen vor. *Dauerparker, Kurzparker.* Wohin sollten die *Wochenendparker?* Warum musste das alles so kompliziert sein? Schließlich fand sie einen Parkplatz. Sie nahm ihre Tasche und schloss den Wagen ab. Sie sollte sich lieber Buchstaben und Nummer aufschreiben oder sie würde den Wagen einen ganzen Tag lang suchen, wenn sie zurückkam. *Falls* sie zurückkam. Angenommen, sie flogen irgendwohin und das Flugzeug stürzte ab? Würden Norman und Rhoda zwei und zwei zusammenzählen? Und was, wenn sie es taten? Shep und sie wären ohnehin tot. Aber die Kinder! Was würde Norman ihnen erzählen? Dass Mommy mit einem anderen Mann davongelaufen war? Nein, das würde er nie zugeben. Das würde seinem Image schaden. Außerdem würde es nicht dazu kommen. Fliegen war sicherer als Auto fahren. Das sagten alle. Die Statistiken bewiesen es. Und wenn das Flugzeug abstürzen würde, dann durfte es erst auf dem Rückflug abstürzen, damit sie zumindest ihr gemeinsames Wochenende bekamen. Sich lieben, bis sie nicht mehr konnte. Das hatte er ihr versprochen. Schon bei dem bloßen Gedanken daran wurden ihre Knie weich.

Oben im Terminal bekam sie Magenschmerzen. Das sind nur die Nerven, sagte sie sich. Entspann dich, entspann dich, lass dich nicht darauf ein und es wird von selbst vergehen.

Sie suchte Shep am Schalter der Eastern. Er hatte doch Eastern gesagt? Wo war er bloß? Angenommen, sie sah jemanden, den sie kannte? *Oh, hallo. Fliegen Sie über das Wochenende weg? Ich auch, zu einer alten Freundin in Maine. Ich fliege nach Boston. Und wohin fliegen Sie?*

Wo bleibst du, Shep?

Er musste unterwegs sein. Er musste jeden Moment kommen, es sei denn … es sei denn … Nein! Es war zu schrecklich, um auch nur daran zu denken. Shep, der auf der Straße lag, und aus seinem Kopf strömte Blut. Erschossen … wie Kennedy! Nein, ein Autounfall. Auf der glitschigen Autobahn. Der Regen von gestern Nacht. Notärzte beugten sich über ihn und schüttelten die Köpfe.

»Hallo, Kleines.«

Sie drehte sich um. »Shep!«

»Wen hast du denn erwartet?«

»Ich bin so froh, dass du da bist. Ich dachte schon …«

»Tut mir Leid, dass ich später komme. Der Verkehr.«

»Ist schon gut.«

»Hör mal, was ich mir überlegt habe. Wir fliegen nach Boston, nehmen einen Leihwagen und fahren zum Kap raus. Ich habe ein kleines Häuschen am Meer für uns gefunden.«

»Das klingt wunderbar. Du wirst es nicht glauben, aber ich habe Norman gesagt, dass ich nach Boston fliege und dann den Bus nach Maine nehme, um meine alte Freundin Lisbeth zu besuchen.«

»Jetzt kannst du ihm dein Flugticket zeigen und es ihm beweisen.«

»Ja, es scheint, als spräche alles für uns, nicht wahr?«

»Hast du geglaubt, es könnte anders sein?«

»Ich war nicht sicher.«

»Sei zuversichtlich, Sandy.«

»Ich werde es versuchen.«

»Gehen wir. Es gibt einen Flug um neun Uhr fünfundvierzig.«

Als sie sich in die Schlange stellten, um einzusteigen, bemerkte Sandy Mickey. So ein Mist! War Funky etwa auch hier?

Sie flüsterte mit Shep. »Ich kenne diesen Mann und ich glaube, dass er mich gesehen hat.«

»Bleib ganz ruhig.«

»He, Sandy, ich dachte mir doch, dass du es bist«, fragte Mickey, als er auf sie zukam. »Was tust du denn hier?«

»Ich bin auf dem Weg nach Maine. Ich wollte eine Freundin besuchen. Über das Wochenende. Und du?«

»Geschäfte in Boston. Nur heute.«

»Oh.«

»Ich habe von dem Vorfall im Club gehört. Phyllis hat mir erzählt, dass du deshalb aufgehört hast zu spielen.«

»Nein, daran lag es nicht.«

»Mir hat auch mal ein Typ eine Beschwerde angehängt. Ich habe einfach die Strafe bezahlt und die ganze Sache vergessen. Das solltest du auch machen.«

»Es geht nicht nur um die Beschwerde ...«

»Sag mal, sollen wir uns nicht nebeneinander setzen?«

»Rauchst du?« Sie wusste, dass er rauchte.

»Ja.«

»Es tut mir Leid, aber ich habe schon einen Nichtraucherplatz.«

»Ach so. Dann wünsche ich dir ein schönes Wochenende. Wenn du Lust hast, dich noch ein paar Stunden in Boston rumzutreiben, würde ich dich gern zum Mittagessen einladen.«

»Das ist sehr nett von dir, Mickey, aber wenn wir landen, muss ich mich beeilen. Mein Bus nach Maine …«

»Ach so, ja. Den habe ich ganz vergessen.«

»Ach, und wenn du Norman am Wochenende zufällig noch triffst, dann sag ihm doch, dass wir im selben Flugzeug gesessen haben.«

»Wird gemacht.«

»Uff«, sagte Sandy, als er endlich weg war.

»Du hast deine Sache ausgezeichnet gemacht. Ich bin beeindruckt.«

»Ich lüge nicht gern.«

»Ich weiß.«

Sie gingen an Bord und Sandy hielt Sheps Hand fest umklammert, als sie starteten.

»Erzähl mir nicht, dass du Schiss vorm Fliegen hast«, sagte Shep.

»Doch, eigentlich schon.«

»Das hätte ich mir denken können.«

Die Stewardess war groß, blond, grünäugig und betont aufmerksam, vor allem Shep gegenüber. Erst fand Sandy es komisch, aber als sie zum vierten Mal durch den Gang stolzierte und neben ihrer Reihe stehen blieb, fühlte sich Sandy zuerst unbehaglich und dann stieg leichte Übelkeit in ihr auf, als sie sah, wie Shep ihre Blicke erwiderte und wie sich ihre Hände berührten, als sie ihm bei der Landung seinen Regenmantel gab.

»Ein gut aussehendes Mädchen«, sagte Sandy, als sie aus dem Flugzeug stiegen.

»Wer?«, fragte Shep.

»Die Stewardess.«

»Ach, wirklich? Das ist mir gar nicht aufgefallen. Ich habe eben nur Augen für dich«, sagte er. Er tätschelte ihren Hintern.

In dem Häuschen roch es vermodert, aber das machte nichts. Sie warfen ihr Gepäck in eine Ecke, zogen sich Badesachen an und liefen zum Strand. Das Wasser war eiskalt. Sie gingen nur bis zu den Knöcheln hinein und legten sich dann in die Sonne, badeten in der altmodischen Badewanne des Häuschens und liebten sich. Endlose Stunden der Liebe, wie versprochen. Shep legte sich immer auf sie, wenn er den Höhepunkt kommen spürte, und er pumpte sie voll und ließ sie ein letztes Mal kommen, als sie längst sicher war, dass nichts mehr in ihr war. Sie schliefen in einer Umarmung ein. Shep schlief tiefer als Sandy. Sie wachte alle paar Minuten auf, küsste sein Gesicht, seinen Hals, seine Arme und döste wieder ein.

Sie dachte erst am Sonntagmorgen um sieben daran, Norman anzurufen. »Wo warst du letzte Nacht?«, fragte sie. »Ich habe es immer wieder versucht …« Sie hatte sich alle möglichen Ausreden zurechtgelegt, falls er den ganzen Abend zu Hause gewesen war und auf ihren Anruf gewartet hätte. *Kaputtes Telefon. Irrtum bei der Vermittlung. Winziger Ort. Falscher Anschluss.*

Norman gähnte ins Telefon. »Ich war im Club und habe gespielt und dann haben Lucille und Ben mich überredet, noch zum Tanzen zu bleiben.« Er gähnte wieder. »Ich bin erst nach eins nach Hause gekommen.«

»Kein Wunder, dass ich dich nicht erreicht habe.«

»Du willst doch wohl nicht, dass ich allein zu Hause sitze, oder?«

»Natürlich nicht. Ich bin froh, dass du einen schönen Abend hattest. Ich wollte dir nur sagen, dass ich gut angekommen bin und dass alles in Ordnung ist.«

Shep rollte sich auf die Seite und begann, ihre Brüste zu küssen.

»Mickey hat mir erzählt, dass er dich im Flugzeug gesehen hat.«

»Ja, ist das nicht ein Zufall?«

»Er war erstaunt.«

»Ich auch.«

»Dann wünsche ich dir doch noch ein schönes Wochenende.«

»Ich dir auch, Norm.«

»Bis Montag. Du kommst doch vor dem Abendessen zurück, oder?«

Sheps Hand lag zwischen ihren Beinen.

»Ja, ich glaube schon.«

»Das will ich auch hoffen!«

Sie legte auf und Shep küsste sie. »Ich habe noch nie jemanden geküsst, ohne mir vorher die Zähne zu putzen«, sagte sie zu ihm.

»Dann wird es aber Zeit.« Er fuhr mit seiner Zunge durch ihren Mund. Und dann lag Shep auf ihr, aber plötzlich schrie er auf und sprang aus dem Bett. »Jesus!« Er ging auf und ab.

»Was ist?« Hatte sie etwas falsch gemacht? Ihm versehentlich wehgetan?

»Mein Bein! Es ist mein Bein.«

Kinderlähmung? Ein Blutgerinnsel?

»Ein Krampf. Mein Gott, tut das weh.«

»Kann ich etwas für dich tun?«

»Nein.«

Sie wartete stumm ab.

»Es lässt jetzt nach.« Er legte sich schweißüberströmt wieder hin. Sie stand auf, ging ins Bad und kam mit einem Waschlappen zurück. Mit dem feuchten Waschlappen wischte sie sein Gesicht ab. Dann zog sie die Decke hoch, nahm ihn in ihre Arme und sah ihm beim Schlafen zu.

Als er aufwachte, war es halb zehn, und er griff nach dem Telefon, um Rhoda anzurufen.

»Hallo, Schätzchen, wie geht's? Gut. Und die Kinder? Gut. Grüß sie lieb von mir. Bis Montag. Ja. Ich küsse euch alle ...«

Sandy drehte ihm den Rücken zu. Die Sorge und die

Liebe, die in seiner Stimme mitschwangen, hatten sie verletzt.

»Tut mir Leid, Kleines«, sagte er, nachdem er aufgelegt hatte.

»Es ist nur …«

»Ich weiß. Lass uns versuchen, es zu vergessen, abgemacht?«

Sie gingen zum Frühstück zu Josie's House. Die ehemalige Fischerhütte war jetzt ein Restaurant. Die Tische waren mit weißen Spitzendeckchen aus Papier gedeckt und mit Körben frischer Blumen geschmückt. Die Kellnerinnen waren sonnengebräunte Mädchen, deren schimmerndes Haar zurückgebunden war und deren schlanke Beine unter Miniröcken hervorsahen. Sandy fragte sich, wie Shep sie begehren, sie lieben konnte, wenn es doch so viele schönere Mädchen auf Erden gab, von denen jedes einzelne bereit war, augenblicklich mit ihm ins Bett zu springen. Sie konnte es spüren. An der Art, wie ihn der Rotschopf ansah. An der Art, wie die mit den braunen Augen sein Lächeln erwiderte. Sandy konnte nichts gegen ihre Eifersucht tun. Sie neidete ihnen ihre Schönheit, ihre Jugend, ihre Freiheit. Ja, in erster Linie ihre Freiheit.

»Lass uns zuschlagen«, sagte Shep. »Haferflocken, Eier, Speck, Toast. Ich bin halb verhungert. Wir haben gestern das Abendessen vergessen.«

»Ich weiß. Wir waren zu beschäftigt.«

Er lächelte, nahm ihre Hand und küsste ihre Finger.

»Ich liebe dich, Shep. Ich möchte für alle Zeiten mit dir zusammenleben.«

»Ich weiß.«

»Ich möchte jeden Morgen neben dir aufwachen.«

»Und ich möchte mit dir in meinen Armen aufwachen und in dein komisches, verschlafenes Gesicht schauen.«

Und wie fangen wir das an?, hätte sie gern gefragt, aber sie konnte es nicht. Noch nicht.

22

Das Telefon läutete, als Sandy am Montagnachmittag die Haustür aufschloss. »Ja, hallo?«

»Sandy? Hier ist Vincent.«

»Vincent, was für eine Überraschung.«

»Wir versuchen seit gestern, dich zu erreichen.«

»Ich war am Wochenende weg. Ich bin gerade zurückgekommen.«

»Lisbeths Mutter ist gestorben. Die Beerdigung findet morgen um zehn statt, Apter's.«

»Oh, Vincent, das tut mir ja so Leid.«

»Im Grunde genommen ist es ein Segen. Es ist ständig bergab mit ihr gegangen und am Schluss hat sie Lisbeth gar nicht mehr erkannt.«

»Ich werde da sein«, sagte Sandy mit gebrochener Stimme. »Richte Lisbeth liebe Grüße und mein Mitgefühl aus.«

»Ja, das mache ich.«

»Und, Vincent ...«

»Ja?«

»Du hast nicht ganz zufällig Norman erreicht?«

»Nein, es ist niemand ans Telefon gegangen. Wieso?«

»Nur so. Bis morgen.«

»Okay.«

Gestern den ganzen Tag versucht, uns telefonisch zu erreichen, dachte Sandy. Angenommen, Norman wäre am Telefon gewesen. Was dann? Dann hätte sie die Folgen tragen müssen. Das Glück war auf ihrer und Sheps Seite. Irgendjemand da oben meinte es gut mit ihnen. Hatte Mona nicht genau das immer gesagt? Ja, wenn sie vom Fahrrad gefallen und mit verschrammten Knien nach Hause gekommen war, hatte Mona gesagt: *Nun ja, es hätte schlimmer ausgehen können. Jemand da oben meint es gut mit dir, Sandy.* Und Sandy hatte sich gefragt, wie dieser jemand wohl aussehen mochte. War es Gott persönlich? War es einer seiner Engel? War es Moses? Oder Esther? Was wäre passiert, wenn Norman zu Hause gewesen wäre und den Anruf entgegengenommen hätte? Nicht, dass Sandy nicht darauf vorbereitet gewesen wäre, ihn zu verlassen. Aber erst wollte sie alles klären. Sie musste mit Shep darüber reden. Je eher, desto besser. Ehe es noch einmal zu einer solchen Situation kommen konnte. Ehe Norman Beweismaterial sammeln konnte, um es im Prozess um das Sorgerecht gegen sie zu verwenden. Mittwoch. Sie würde am Mittwochnachmittag mit Shep sprechen, wenn sie sich im Country Squire Inn in Basking Ridge trafen. Sie konnte nicht weiterhin mit Norman schlafen und sein Frauchen spielen, wenn sie an nichts anderes als an Shep denken konnte und daran, wie sehr sie ihn liebte.

»Ihre Mutter ist gestorben, während du bei ihr zu Besuch warst?«, fragte Norman am Abend.

»Ja.«

»Und die beiden sind heimgeflogen und haben dich allein gelassen?«

»Ja, ich bin da geblieben, um dort alles in Ordnung zu bringen.«

»Du bist ganz allein in einer gottverlassenen Hütte im Wald geblieben?«

»Ja.«

»Hast du dir denn gar keine Gedanken darüber gemacht, was dir ohne Telefon und fließendes Wasser alles hätte zustoßen können? Mein Gott!«

»Mir ist nichts zugestoßen. Ich bin wieder zu Hause und mir geht es gut. Die Beerdigung findet morgen früh statt.«

»Ich hoffe, du erwartest nicht, dass ich hingehe.«

»Nein.«

»Ich hänge nämlich wirklich ziemlich in der Firma fest. Die Augustferien und …«

»Ich sagte doch, dass ich nicht erwarte, dass du mitkommst.«

Lisbeth las die Messe für ihre Mutter. Sie trug Gedichte vor, und dann erzählte sie im engen Kreis von Freunden und Verwandten, wie sehr ihre Mutter sie immer wieder ermutigt hatte, dass sie sie in dem Glauben großgezogen hatte, sie könnte alles werden, was sie wollte. Dass es ihr Leben und nur ihr Leben war und dass es an ihr lag, Entscheidungen zu treffen. »Ich werde dieser wunderbaren Frau, die meine Mutter war, immer dankbar sein. Und ich werde die glücklichen Zeiten nie vergessen, die wir gemeinsam verlebt haben. Ich weiß, dass sie sich wünschen würde, dass auch ihr euch an diese Zeiten erinnert.«

Miranda, die genauso hübsch und schwerelos war, wie Lisbeth sie beschrieben hatte, sagte anschließend: »Meine Großmutter hat sich um mich gekümmert, als ich ein Baby war. Sie hat mich auch dann geliebt, wenn ich böse war. Sie hat mich auf dem Küchentisch sitzen lassen, wenn sie gebacken hat. Sie hat mir Teig zum Spielen gegeben und gelacht, wenn er mir das Haar verklebt hatte. Und als ich älter wurde, bin ich immer noch gern zu ihr gefahren. Sie war in vieler Hinsicht altmodisch, aber nicht in der Liebe. Sie wusste wirklich, was Liebe ist. Und ich werde sie sehr vermissen.« Miranda legte eine rosa Rose auf den geschlossenen Sarg. »Auf Wiedersehen, Großmutter. Du fehlst mir jetzt schon.«

Sandys Tränen galten nicht nur Lisbeth und Miranda und Mrs. Rabinowitz, sondern auch ihr selbst. Ihrem Leben, ihrem eigenen Leben und den Entscheidungen, die sie nie getroffen hatte.

Sandy küsste Lisbeth auf beide Wangen. »Es tut mir so Leid.«

»Ich weiß.«

»Es war eine wunderbare Trauerfeier.«

Lisbeth nickte. »Komm nach der Beerdigung mit zu uns nach Hause. Ich will mit dir reden.«

»Okay.«

Die Nachbarn von Mrs. Rabinowitz hatten ein Buffet bereitgestellt. Es gab verschiedene Brot- und Käsesorten, Gemüse, Salate, Karpfen, Hering, selbst gebackene Plätzchen und Kuchen. Sie hatte noch nie verstanden, warum die Menschen nach Beerdigungen solchen Hunger hatten. Sie erinnerte sich, dass es bei dem Begräbnis ihres Vaters und dem Begräbnis von Samuel D. Pressman auch so gewesen war. Sie erinnerte sich, dass es so gewesen war, als sie noch klein war und noch nicht zu Familienbeerdigungen gehen durfte. Sie waren immer halb verhungert vom Friedhof nach Hause gekommen und Sandy hatte sich gefragt, was sie dort taten, wenn sie einen solchen Hunger davon bekamen. Jetzt wusste sie es. Der Tod erinnerte die Menschen daran, das Leben zu feiern.

Nach dem Essen gingen Sandy und Lisbeth nach oben in Lisbeths früheres Schlafzimmer, das noch genauso aussah, wie sie es vor sechzehn Jahren verlassen hatte, als sie aufs Barnard gegangen war. Sie setzten sich auf das Bett, wie sie als Teenager dort gesessen hatten: Lisbeth an die Kissen gelehnt und Sandy mit angezogenen Knien, um die sie ihre Arme geschlungen hatte.

»Vincent hat gesagt, dass du am Wochenende weg warst.«

»Ja.«

»Ohne Norman, wenn ich das richtig sehe?«

»Ja.«

»Erzähl mir alles über dieses Wochenende.«

»Ich bin mit einem Mann nach Cape Cod gefahren, aber Norman glaubt, dass ich bei dir in Maine war. Dass ich da war, als ihr vom Tod deiner Mutter erfahren habt. Ich habe mich in eine unglaubliche Lügnerin verwandelt. Ich hasse mich selbst dafür.«

»Mach dir keine Sorgen, ich decke dich jederzeit. Wer ist es?«

Sandy zögerte.

»Jetzt sag schon, San! Ich bin es, Zelda, erinnerst du dich?«

»Zelda?«

»Ich habe mir überlegt, ob ich meine Namensänderung nicht rückgängig mache. Wusstest du, dass meine Mutter mich nach der Frau von F. Scott Fitzgerald genannt hat?«

»Nein.«

»Das habe ich selbst erst kürzlich herausgefunden. Angeblich bin ich nach meiner Urgroßmutter benannt worden, aber als meine Mutter im Sterben lag, hat sie mir die

Wahrheit erzählt. Also: Wer ist es und liebst du ihn oder tobst du dich nur aus?«

»Ich liebe ihn.«

»Seit wann triffst du dich mit ihm?«

»Erst seit einer Woche, aber mir kommt es wie Monate vor … Jahre …«

Lisbeth schüttelte den Kopf. »Dann ist es wohl ernst?«

»Ja, sehr.«

»Weißt du was? Vincent und ich haben unsere freien Donnerstagabende aufgegeben. Wir haben beschlossen, dass es doch zu riskant ist. Und um dir die Wahrheit zu sagen: Es ist mir langweilig geworden. Ich liebe Vincent. Ich *brauche* niemand anderen und er empfindet es genauso. Es ist, als hätten wir einander ganz neu entdeckt. Als meine Mutter krank war, hat er sich einfach wunderbar verhalten. Ich habe mich wieder in ihn verliebt, Sandy, wie ein kleines Schulmädchen.«

»Das freut mich für dich.« *Danke, Vincent. Danke, dass du ihr nichts erzählt hast …*

»Ich habe mich oft gefragt, warum du so lange bei Norman geblieben bist.«

»Man braucht Mumm, um auszusteigen.«

»Hast du gehört, was ich bei der Beerdigung gesagt habe, Sandy? Man kann nicht auf das nächste Leben warten. Das hier *ist* das Leben. Es ist sehr kurz, sehr kostbar. Vergeude es nicht.«

Sandy weinte. Lisbeth legte ihre Arme um sie und sagte: »Es wird alles gut werden.«

Auf dem Heimweg hielt Sandy an, um kalten Aufschnitt zum Abendessen zu kaufen. Norman und sie aßen früh. Dann ging er mit Banushka spazieren, während Sandy die Küche aufräumte. Es läutete an der Tür, ehe sie fertig war. Sie wischte sich die Hände an der Hose ab und ging zur Haustür. Ein Mann, den sie noch nie gesehen hatte, stand draußen. »Ja?«

»Mrs. Pressman?«

Sandy nickte.

»Ich bin Mr. Martinez. Ist Mr. Pressman da?«

»Er wird jeden Moment zurückkommen. Er führt gerade den Hund aus.«

»Dann warte ich im Wagen.«

»Dreht es sich um das Haus?«

»Das Haus? Nein, es handelt sich um eine Privatangelegenheit.«

»Ich verstehe.« Sie schloss die Tür und sah aus dem Fenster. Welche Privatangelegenheit? Jemand vom Antidiffamierungskomitee? Jemand, der herausbekommen hatte, dass sie das Haus nicht an einen Schwarzen, sondern an einen Makler verkauft hatten? Jetzt waren sie wirklich übel dran. Sie hatte Norman gewarnt. Er hätte auf sie hören sollen. Konnte man ihn dafür, dass er das Haus nicht direkt an eine schwarze Familie verkauft hatte, ins Gefängnis stecken? Wie viele Jahre? Fünf … zehn? Konnte sie sich von ihm scheiden lassen, wenn er im Gefängnis saß? Sie sah Norman mit Banushka auf das Haus zukommen. Mr. Martinez stieg aus seinem Wagen. Norman wirkte wütend. Martinez wedelte mit einer Aktenmappe unter seiner Nase. Beide Männer kamen auf das Haus zu. Sandy lief zur Haustür und öffnete sie. »Hallo«, sagte sie zu Norman.

»Sandy, das ist Mr. Martinez. Mr. Martinez, meine Frau Sandy.«

»Ja, wir haben uns schon begrüßt«, sagte Sandy.

Martinez folgte Norman ins Haus. »Ich komme gleich zu Ihnen«, sagte Norman zu ihm. Er zog Sandy in die Küche.

»Was geht hier vor?«, fragte sie.

»Myra ist vor ein paar Wochen zu mir gekommen, weil sie den Verdacht hat, Gordon könnte eine Affäre haben. Sie hat mich um Hilfe gebeten. Ich habe Martinez engagiert. Er ist Privatdetektiv.«

»Das darf doch nicht wahr sein!«

»Als du mir erzählt hast, dass Gordon nach San Francisco fliegt und Myra solange Tennis spielt, habe ich Martinez auf ihn angesetzt.«

»Nein!«

»Er hat alles bei sich. Fotos und die übrige Ausbeute.«

»Aber, Norm ...«

»Sehen wir es uns doch mal an.«

»Wir haben ihn auf frischer Tat ertappt«, sagte Martinez. »Warten Sie nur, bis Sie das sehen.« Er klopfte mit dem Finger auf die Aktenmappe.

»Fangen Sie an«, sagte Norman.

»Vor Ihrer jungen Frau?«

»Ihre Schwester ist es, der wir zu helfen versuchen.«

»Wenn Sie meinen.« Martinez öffnete die Mappe und breitete das Beweismaterial auf dem Esstisch aus. Sechs Schwarzweißbilder, Hochglanz, zwanzig mal fünfundzwanzig, von Gordon und Myra. Zwei der Bilder zeigten die beiden, als sie in der Missionarsstellung vögelten, zwei zeigten sie beim Oralverkehr, eins, wie sie es von hinten machten.

»Jesus Christus!«, sagte Norman. Er hielt eins der Bilder hoch.

»Ganz schön gut, was?«, fragte Martinez. »Echt professionell.«

»Das ist meine Schwägerin, Sie Idiot!«, sagte Norman, während er Martinez das Bild unter die Nase hielt.

»Was?«

»Seine Frau! Das ist seine Ehefrau!«

»Diese Frau ist seine Ehefrau?«, fragte Martinez.

»Ja. Ich habe Ihnen doch Bilder von ihr gezeigt!«

»Ja, aber ich dachte ...«

»Mir ist egal, was Sie sich denken. Sie sind entlassen! Gefeuert! Geben Sie mir die Negative und scheren Sie sich zum Teufel!«

»Aber meine Unkosten ...«

»Ich zahle Ihnen die Unkosten, aber keinen Penny mehr! Und jetzt geben Sie mir die Negative.«

Martinez griff in seine Tasche und knallte die Negative auf den Tisch. Dann schlich er sich eilig aus dem Haus.

»So ein gottverdammter Idiot!«, murmelte Norman.

»Ich kann einfach nicht glauben, dass du einen Detektiv engagiert hast.«

»Deine Schwester ist weinend zu mir gekommen. Was hätte ich denn sonst tun sollen?«

»Ich weiß es nicht. Du hättest mit mir darüber reden können.«

»Mit dir? Wenn sie gewollt hätte, dass du es weißt, wäre sie doch zu dir gekommen.«

»Das hat sie getan. Sie hat mir alles erzählt.«

»Sie hat es dir erzählt?«

»Ja, und ich habe ihr geraten, es sich genau zu überlegen. Keine Dummheiten zu begehen.«

»Warte nur, bis ich Hubanski von diesem Kerl erzähle!«

»Hubanski? Was hat der denn damit zu tun?«

»Ich habe ihn angerufen und ihn gebeten, mir jemanden zu empfehlen. Schließlich bin ich es nicht gewohnt, Privatdetektive zu engagieren.«

»Und Hubanski hat dir Martinez empfohlen?«

»Ja, die beiden haben früher zusammengearbeitet. Hast du gewusst, dass deine Schwester nach San Francisco fliegt?«

»Ja, sie hat mich am Freitagmorgen angerufen, bevor ich aus dem Haus gegangen bin. Ich hätte nicht gedacht, dass es so wichtig ist. Ich wusste ja nicht, dass du Gordon beschatten lässt.«

Norman nahm eins der Bilder in die Hand. »Myra sieht einfach toll aus, findest du nicht? Und wer hätte geglaubt, dass Gordon es in sich hat? Man weiß es einfach nie …«

Ich weiß es, dachte Sandy.

Norman zündete ein Feuer an und verbrannte die Abzüge und die Negative.

Später wollte er eine Kleinigkeit. Die Bilder von Gordon und Myra hatten ihn erregt. Sie auch. Aber sie konnte es nicht mit Norman tun. Sie konnte Shep nicht untreu sein. Daher sagte sie. »Ich bin sehr müde, Die Beerdigung … und jetzt auch noch das …«

»Komm schon, Sandy!«

»Nein, nicht heute, Norm.«

»Was soll der Unsinn? Du warst das ganze Wochenende weg und jetzt heißt es: *nein, nicht heute, Norm.*«

»Ich habe einfach keine Lust.«

»Das ist deine eheliche Pflicht.«

»Ach was, hör auf. Was weißt du schon von ehelichen Pflichten?«

»Jetzt reicht es, Sandy. Meine Geduld ist bald erschöpft.«

»Schlaf jetzt.«

»Miststück.«

Am nächsten Nachmittag traf sie Shep. »Ich habe dich vermisst«, sagte sie. »In diesen zwei Tagen ist soviel passiert.«

»Ich habe dich auch vermisst.«

Sie liebten sich und redeten dann. Sandy erzählte ihm von Mrs. Rabinowitz und dass Vincent und Lisbeth das ganze Wochenende lang versucht hatten, sie zu erreichen, dass Norman dahinter gekommen wäre, dass etwas faul war, wenn er zu Hause gewesen wäre und den Anruf entgegengenommen hätte. Sie erzählte ihm von Myra und Gordon und dem Detektiv und auch davon, dass sie sich Norman letzte Nacht verweigert hatte und von seinem Zorn.

»Ich konnte es auch nicht mit Rhoda machen. Ich habe ihr gesagt, dass ich glaube, ich hätte mir eine Infektion geholt.«

»Wir müssen etwas unternehmen, Shep. So kann es nicht weitergehen.« *Jetzt sag mir schon, dass du Rhoda morgen verlässt … und dass du mich heiraten wirst …*

»Das weiß ich und ich habe lange darüber nachgedacht. Ich hätte nicht geglaubt, dass es so schnell so weit ist. Ich dachte, wir hätten sechs Monate Zeit, vielleicht auch ein Jahr, ehe es so weit kommt.«

»Ich liebe dich, Shep. Ich bin bereit, Norman sofort zu verlassen.«

»Das weiß ich.«

Dann sag es … sag es … »Wir werden zusammen glücklich sein.«

Er nahm sie in seine Arme und strich ihr die Haare aus dem Gesicht.

»Ich möchte den Rest meines Lebens mit dir verbringen«, sagte sie. Sie küsste seinen Hals, dann sein Gesicht. *Bitte, sag mir, dass du genauso empfindest.*

»Ich wünschte, das wäre möglich, Kleines.«

»Es ist möglich. Es muss möglich sein.«

»Ich kann Rhoda und die Kinder nicht verlassen. Nicht jetzt.«

Sie schüttelte den Kopf und spürte den Kloß in ihrer Kehle. »Aber du liebst mich doch.«

»Ja.«

»Und?«

»Ich liebe sie auch.«

Sandy geriet in Panik. Sie riss sich los.

»Versuch, es zu verstehen!«

»Verstehen?«

»Rho und ich haben vieles gemeinsam erlebt. Wir haben einen langen Abschnitt unseres Lebens zusammen verbracht.«

»Und das sagst du mir jetzt?«

»Sandy, es war die schönste Woche meines Lebens. Das meine ich ernst.«

»Hör auf. Würdest du bitte sofort aufhören!«

»Ich will dich nicht gehen lassen.« Er streckte seine Hände nach ihr aus, doch sie stieß ihn zurück. Sie konnte nicht mehr denken. Kam nicht über die Tränen, über den Schmerz und über die Demütigung hinweg. Sie war sich so sicher gewesen.

»Wir könnten etwas arrangieren«, sagte Shep. »Uns eine kleine Wohnung nehmen. Uns zweimal in der Woche treffen ...«

»Ich hasse Arrangements!«, schrie sie. »So kann ich nicht leben.«

»Ich weiß, dass es viel verlangt ist«, sagte er, »und ich will dich nicht drängen, aber es gibt viele Leute, die so leben, Sandy, und es klappt.«

»Erzähl mir nicht, was funktionieren kann. Ich bin nicht einer von vielen Menschen.«

Shep seufzte. »Ich habe dich gewarnt, oder etwa nicht? Ich habe dich gebeten, es dir genau zu überlegen.«

»Das habe ich getan. Ich habe es getan.«

»Nein, du hast nie darüber nachgedacht, wie es ausgehen könnte.«

»Ich habe nie gedacht, dass es zu Ende gehen könnte.« Sie wusste, wie hässlich sie war, wenn sie weinte. Wie sehr sich ihr Gesicht verzerrte. Aber sie konnte nicht aufhören. »Ich dachte, wir würden heiraten und für den Rest unseres Lebens glücklich zusammenleben. Was bin ich doch für ein kleines Mädchen! Was für ein albernes, dummes, kleines Mädchen … mit Kleinmädchenträumen.«

»Sandy, Sandy.« Er stand hinter ihr und legte seine Arme um sie. »Es tut mir so Leid.«

»Es braucht dir nicht Leid zu tun«, schluchzte sie. Sie rang um ihre Selbstbeherrschung. »Es ist meine Schuld. Ich hätte es wissen müssen. Was habe ich von einer Woche erwartet? *Nur eine Woche, aber mir kommt es vor wie Monate … Jahre … mein ganzes Leben …*

»Wenn du Norman nicht liebst, dann verlass ihn. Ich helfe dir, so gut ich kann – mit Geld, einem Job und einer Wohnung.«

»Nein! Ich werde keine Lüge leben!«

»Lass mich wenigstens dein Freund sein. Ich kann dir helfen, dir diese Übergangszeit zu erleichtern.«

Ihr Freund! Ja, sie wollte ihn als Freund haben, aber sie wollte ihn auch als Liebhaber und als Ehemann. »Ich hatte mir alles zurechtgelegt. Verstehst du das denn nicht? Ich hatte mir alles genau überlegt.«

»Verlass ihn. Es ist besser für dich. Finde dich selbst, Mädchen.«

»Ich weiß nicht, wo ich suchen soll.«

»Aber das findet sich.«

Sie hatte nie solche Verzweiflung empfunden, solche Hoffnungslosigkeit. Nichts zählte mehr. Das Leben war vorüber, denn Shep war ihr Leben geworden. Das Weinen half auch nicht weiter. Das Gefühl der Leere verschwand nicht. Die Liebe ihres Lebens und ihr Reisepass in die Freiheit, alles fort, in ihren Händen zerronnen. Was nun, Sandy?

Was nun? Sie spielte mit dem Gedanken, krank zu werden. Hohes Fieber. Eine Virusinfektion. Sauerstoffzelt. Intensivstation. Überlebenschancen gering. Shep würde an ihr Krankenbett eilen und sich Vorwürfe machen. *Nein!* Davon wurde nichts besser. Keine Krankheiten mehr. Keine Wahnvorstellungen mehr. Sich trotzdem von Norman scheiden lassen? Und was dann?

Myra würde sagen: Bist du verrückt, Sandy? Willst du von Kentucky Fried Chicken und Pizza leben? Bei Bloomingdale's arbeiten und Krampfadern bekommen? Erschöpft zu widerlichen Kindern nach Hause gehen, die dir vorwerfen, ihr Leben verpfuscht zu haben? Denk nach! Eine Scheidung mit Anstand ist nur durch einen anderen Mann möglich. Beschäftige dich und such dir einen, wenn du so unglücklich bist. Shep kannst du vergessen. Ihn weiterhin zu lieben, wäre dein Untergang.

Mona würde nach Luft schnappen: Sandy! Eine Scheidung? Ich kann es nicht glauben. Tu mir das nicht an. Tu es den Kindern nicht an. Tu es dir nicht an. Bei Norman hast du es gut. Was heißt es schon, wenn du ihn nicht so liebst wie ein Schulmädchen seinen Freund? Mit dem Älterwerden ändert sich die Liebe. Akzeptiere ihn als das, was er ist. Du hast Glück gehabt. Viele Frauen würden alles geben, um …

Ja, Mutter, ich weiß, sie würden ihren Augapfel für einen Mann wie Norman hergeben.

Genau.

Sie würde zu den Kindern sagen: Daddy und ich lassen uns scheiden. Von jetzt an werden wir nur noch wenig Geld haben.

Dann wollen wir bei Daddy leben. Er hat viel Geld.

Aber ihr gehört doch zu mir. Wollt ihr denn nicht bei mir leben?

Nicht in irgendeiner schäbigen Wohnung, würde Bucky antworten. Wir wollen in dem neuen Haus wohnen.

Warum nimmt sich nicht Daddy eine Wohnung?, würde Jen fragen. Und wir ziehen mit dir in das neue Haus.

Weil ich es mir nicht leisten kann. Und außerdem wäre ich ohne Daddy nicht glücklich in dem neuen Haus.

Warum lässt du dich dann scheiden?, würden beide gemeinsam fragen.

Du Miststück, würde Norman schreien. Du gottverdammtes Miststück!

Was blieb ihr noch? Welche Wahl hatte sie jetzt noch?

Ich habe die Waffe in diesem Aktenschrank eingeschlossen und der Schlüssel zu diesem Schrank liegt im Bücherregal, hinter Bartlett's Quotations.

Sandy ging nach unten, schloss den Schrank auf und sah die Waffe an. *Ein Ausweg. Das Ende.* Sie berührte den Stahl. Wie kalt er war! Sie hob den Revolver und drückte ihn gegen ihre Schläfe. Sie fühlte sich ganz benommen, malte sich aus, wie ihr Gehirn über Normans Schreibtisch spritzte, über den Mark-Cross-Schreibtisch, den sie ihm zu ihrem zehnten Hochzeitstag geschenkt hatte. Lieber woanders. Im Bad? Ja, das Bad konnte man leichter wieder sauber machen. Meister Propper, Dor, Ajax – das sollte genügen. Würde sie den Knall hören, wenn sie den Abzug zog? Hatte Jack den Knall gehört? Sie erinnerte sich an das verklebte und geronnene Blut auf Jackies rosa Kostüm und sah an ihrem Morgenmantel hinunter, den sie zum Muttertag bekommen hatte. Die Kinder könnten es persönlich nehmen. Vielleicht sollte sie sich vorher umziehen. Nein, der Bestattungsunternehmer würde den Morgenmantel wegwerfen. Oder gab er die Kleider seiner Kunden zur Reinigung und ließ sie gebügelt an die Hinterbliebenen zurück schicken? Sie wusste es nicht. Sie würde Norman fragen müssen. Aber wenn sie jetzt abdrückte, konnte sie ihn nicht mehr fragen. Sie würde sterben, ohne zu wissen, ob er Aufträge von Leichenbestattern bekam. Ach, was soll's! Und außerdem stirbt man nicht immer, ermahnte sie sich. Wenn man nicht richtig traf, konnte das fatale Folgen haben. Sie hatte von einem Mann gelesen, der nicht richtig getroffen hatte. Er hatte sich die Hälfte seines Gesichtes weggeschossen, aber er war gerettet worden, und jetzt lag er für den Rest seines Lebens auf einer Pflegestation, ein Klumpen Fleisch, ein Nichts. Würde die Versicherung die Kosten für ein Pflegeheim tragen oder würde Norman sie in irgendeiner öffentlichen Institution verkommen lassen? Nein! Wie würde das denn aussehen? Was würden Freunde und Familie denken? Nein, sie würde irgendwo ein Privatzimmer haben, viele frische Blumen, und jeden Sonntag nach dem Tennis würde Norman die Kinder zu ihr schleifen. *Dieses grässliche Dingsda ist nicht Mommy,* würde Jen schreien, während sie heulend auf sie deutete. *Doch, das ist sie, du Dummkopf!* würde Bucky zu ihr sagen. *Das ist Mommy, die sich das Gehirn rausgepustet hat.*

Wisst ihr, würde Luscious beim nächsten Ball im Club sagen, *sie war nämlich ziemlich hirnlos. Das hat sie mir selbst gesagt, als wir das letzte Mal zusammen zu Abend gegessen haben.*

Bei dieser Vorstellung lachte Sandy laut heraus. Ach, zum Teufel! Sie wusste ohnehin nicht, wie man das Ding lud und bei ihrem Glück würde sie sich wahrscheinlich in den Fuß schießen. Als sie die Waffe zurücklegte, bemerkte sie einen Umschlag im Schrank. Merkwürdig, dass sie ihn vorher nicht gesehen hatte. Die Garantie? Die Gebrauchsanweisung? Sie sah hinein. Wie seltsam! Sie fand die Kopie eines Schecks, datiert auf den 19. November 1969, ausgestellt auf Brenda Partington Yvelenski über fünftausend Dollar. Was hatte das alles zu bedeuten? Wer war Brenda Partington Yvelenski? 19. November 1969 – das war in der Woche, in der Sandy so krank gewesen war. Die Woche, in der Dr. Ackerman am Fußende ihres Bettes gestanden hatte und die Möglichkeiten aufgezählt hatte: Brustkrebs … Lepra … Leukämie …

Wer war diese Brenda Partington Yvelenski, der Norman einen hohen Scheck ausschrieb, während sie sterbenskrank war? Es sei denn … Sie konnte höchstens eine Gesundbeterin sein. Vielleicht hatte die Vorstellung ihres bevorstehenden Todes Norman so erschreckt, dass er tatsächlich Kontakt zu einer Mystikerin namens Brenda Partington Yvelenski aufgenommen hatte, die sich für die jämmerliche Summe von fünftausend Dollar bereit erklärt hatte, für Sandys schnelle Genesung zu beten. Aber Norman glaubte nicht an das Spirituelle. Er glaubte nicht einmal an Bar Mizwah. Dennoch, als letzte Zuflucht vielleicht? Nein, das ist verrückt! Doch was sollte es sonst sein? Warum sonst versteckte er den Scheck?

Erpressung. Nein, weshalb denn? Norman ein Homosexueller? Blödsinn, doch nicht Norman! Okay, die Ehefrau erfährt es ja immer als letzte, aber ...

Eine Nutte. Eine Spezialistin mit schwarzen Lederstiefeln, Ketten und Peitschen, weil er zu prüde ist, um ihr zu sagen, was ihn wirklich anmacht. Ein Scheck für das ganze Jahr, für dreimal wöchentlich. Nein, höchst unwahrscheinlich.

Eine Vermieterin. Er hat von Brenda Partington Yvelenski eine kleine Wohnung gemietet, in der er sich mit ihr trifft. Mit wem? Mit Luscious ... Brown ... Funky ... mit allen dreien gleichzeitig? Myra, um ihr heimzuzahlen, dass sie mit Gordon gebumst hatte? Die Zwillinge ... weil er das besonders scharf findet? Ihre Mutter? Nein. Das konnte nicht sein. Für etwas Derartiges hatte er gar keine Zeit. Okay, man kann sich immer die Zeit nehmen, aber Norm hätte doch nicht seine Golf- oder Tennisspiele aufgegeben oder darauf verzichtet, seinen Atem unter Wasser anzuhalten – nur, um stattdessen zu vögeln, oder?

Sandy steckte den Scheck wieder in den Umschlag, legte ihn zurück, schloss den Schrank ab und legte den Schlüssel an seinen Platz hinter *Bartlett's Quotations.* Dann ging sie zu Normans Schreibtisch. Sie holte die Scheckabrechnungen raus und blätterte darin. November ... November ... ja, da war er. Nummer 402. 19. November. Brenda Partington Yvelenski: Geldanlage.

Eine Anlageberaterin? Warum dann den Scheck verstecken? Um welche Art von Investition handelte es sich? Angusrinder, wie Gordon und seine Freunde sie kauften? Ein Geschenkladen für Erwachsene an der Autobahn, Sexartikel und Pornobücher? Noch schlimmer – waren die chemischen Reinigungen nur eine Tarnung? Ließ sich Norman mit dem Pöbel ein ... Buchmachern, Zuhältern ... Jesus, man glaubt einen Menschen zu kennen, und dann ...

Sie würde ihn heute Abend fragen. Sie würde fragen: *Norman, wer ist Brenda Partington Yvelenski?*

Und er wäre erstaunt: *Warum fragst du?*

Weil du ihr fünftausend Dollar gezahlt hast.

Woher weißt du das?

Weil ich heute Nachmittag vorhatte, mich umzubringen, und dabei habe ich den Scheck im Waffenschrank gefunden.

Du hast vielleicht Nerven, in meinen Sachen zu wühlen!

Am Abend gab sie Norman sein kleines Vergnügen. Er tätschelte ihre Schulter und sagte: »Es freut mich, dass es dir wieder besser geht, San.«

»Sagst du jemals das, was du meinst?«

»Wer tut das schon?«

23

Als es ohnehin keine Rolle mehr spielte, fing es an zu regnen. Es regnete zwei Tage lang. Der Himmel öffnete seine Schleusen für einen Guss, der mit Sicherheit das zweite Loch füllen und den Golfplatz überschwemmen würde, worüber Sandy noch vor ein paar Wochen begeistert gewesen wäre. Am ersten Tag blieb sie im Bett und schlief. Sie war froh, dass Florenzia die ganze Woche freigenommen hatte, um mit ihrer Familie nach South Carolina zu fahren. Sie träumte, der Mann auf dem Motorrad sei in Wirklichkeit eine Frau, die Brenda Partington Yvelenski hieß und die Norman engagiert hatte, um sie in den Wahnsinn zu treiben.

Am zweiten Tag wurde Sandy klar, dass auch im Schlaf nicht die Antwort lag. Daher stand sie auf, zog sich eine alte Jeans und ein zerrissenes Hemd an, band sich ein Kopftuch um und beschloss, sich zu beschäftigen. Zuerst würde sie sich den Dachboden vornehmen.

Als Kind hatte Sandy panische Angst vor dem Dachboden gehabt. Sie hatte mit allen möglichen Geschöpfen gerechnet, die dort oben nur darauf warteten, sich auf sie zu stürzen.

Ganz wohl fühlte sie sich immer noch nicht, obwohl der Dachboden inzwischen gut beleuchtet war. Aber der Mann auf dem Motorrad konnte sich hier oben verstecken. Er konnte sich einfach auf den Dachboden geschlichen haben, während sie mit Banushka draußen war, und wenn sie die oberste Treppenstufe erreichte, würde er schon auf sie warten …

Wozu?

Vergewaltigung … Mord …

Nein, er ist sanft … schüchtern …

Geht er etwa sanft mit seinem Ding um? Wahrscheinlich ist er gewalttätig. Vermutlich wird er dich erst würgen, dich dann pfählen und dann …

Jetzt werd endlich erwachsen, Sandy!

Sie nahm das Radio mit nach oben, schaltete alle Lichter ein und begann in den Kisten zu wühlen, die mit dem Plunder angefüllt waren, der sich in zwölf Ehejahren angesammelt hatte, ganz zu schweigen von den Kartons, die Norman und sie bereits in die Ehe mitgebracht hatten. In einer Kiste steckten ihre steifen Petticoats. Sie hatte früher ganze fünf Stück übereinander getragen, um auch sicher zu sein, dass ihr Rock voluminöser war und weiter abstand als der der anderen Mädchen. Wie wichtig das damals gewesen war! Fünf Petticoats gleichzeitig; Reifröcke aus Roßhaar, Taft und Netz; unter ihrem Filzrock, ihrem Stepprock, ihren Lanz-Kleidern. Sie hatte die Petticoats für Jen aufgehoben, denn sie war sicher gewesen, dass Jen eines Tages zu einer Fünfzigerjahre-Party eingeladen werden würde, so wie Sandy als Teenager zu einer Reihe von Partys der Roaring Twenties eingeladen worden war; sie hatte damals auch Monas Backfischkleider angezogen, sich Perlenschnüre um den Hals geschlungen und ein Stirnband aus Samt getragen.

Jetzt erschien es ihr sinnlos, dass sie ihre Petticoats für Jens Partys aufgehoben hatte. Sie würde sie wegwerfen. Na ja, die meisten wenigstens. Es konnte nichts schaden, einen oder zwei davon aufzuheben.

Sie öffnete einen Karton, auf dem ›Sandys Schulsachen‹ stand. Bis auf ihr Jahrbuch von der High School würde sie alles wegwerfen. Bucky und Jen würden eines Tages laut darüber lachen. Und ihr Tagebuch mit dem ausgeblichenen blauen Einband, dessen Ecken abgestoßen waren. Sie hatte es im zweiten Studienjahr begonnen und es ging über fünf Jahre.

Sie schlug es auf und las die letzte Eintragung.

LIEBES TAGEBUCH,

Ich bin ganz hoffnungslos und unendlich in N. verliebt. Ich bin jetzt so viel reifer, als ich es im letzten Jahr war, als ich glaubte, dass ich S. R. liebe. Mit S. R. war alles nur Sex, Sex, Sex! Jetzt, nachdem ich herangereift bin, weiß ich, dass Sex nicht alles ist. Sex hat mit Sicherheit nichts mit Liebe zu tun. N. und ich haben so viel gemeinsam. Wir wollen dasselbe vom Leben. Ich werde die Anstecknadel, die er mir geschenkt hat, ewig tragen …

Hoffnungslos und unendlich verliebt.

Hatte sie für Norman wirklich so empfunden? Oder hatte sie nur so sehr verliebt sein wollen? Sie konnte sich nicht mehr daran erinnern. Sie erinnerte sich an ihre Liebe zu Shep. Aber wäre es ihr mit ihm auf die Dauer besser gegangen? Wahrscheinlich nicht.

Was sagst du da, Sandy?

Die Wahrheit, endlich einmal die Wahrheit. Es hätte nicht geklappt, nicht vor zwölf Jahren und nicht heute.

Ich kann es einfach nicht glauben, Sandy.

Eine Ehe mit ihm hätte ein Leben bedeutet, das sehr viel mit dem Leben gemeinsam hat, das ich mit Norman führe …

Nein!

Doch. Ein Haus in der Vorstadt, Kinder, eine Menge Autos.

Aber was ist mit dem Sex, Sandy?

Okay, meinetwegen wäre er besser gewesen, aber nach einer Weile wäre er auch mit ihm wahrscheinlich eher eine Routineübung geworden.

Routine? Du stellst dich hin und bezeichnest etwas so Großartiges als Routineübung?

Okay, Okay … Er war ja gut, sehr gut sogar. Aber mein Gott, die Eifersucht, das Misstrauen, die Lügen … das wäre es nicht wert gewesen.

Du glaubst nicht, dass er für dich die anderen Frauen aufgegeben hätte?

Vielleicht … ich weiß es nicht.

Du glaubst doch nicht, dass er fremdgeht, weil es ihm mit ihr keinen Spaß macht … mit Rhoda?

Okay, es ist eine angenehme Vorstellung … dass er mich so sehr geliebt hätte und deshalb niemand anderen gebraucht hätte. Eine angenehme Vorstellung, aber du musst verzeihen, dass ich nicht daran glaube. Ich kenne ihn zu gut. Im Flugzeug. Im Restaurant. Ich glaube, er wäre regelmäßig mit jungen Mädchen ausgegangen, von reiferen Frauen ganz zu schweigen …

Auch mit reiferen Frauen?

Sieh mich doch an. Ich bin zweiunddreißig.

Was, schon?

Ja, schon.

Es ist kaum zu glauben. Für mich bist du immer noch ein Mädchen.

Für mich auch. Aber ich will kein kleines Mädchen mehr sein. Ich will eine Frau sein.

Dann sei eine.

Wie denn?

Wie, fragt sie … Als ob ich das wüsste.

Hmm.

Noch eine Frage.

Na los.

Wenn er jetzt anruft … wenn er sagt, dass er es sich anders überlegt hat … dass er den Rest seines Lebens mit dir und nur mit dir verbringen will … was dann?

Die Wahrheit?

Die Wahrheit.

Vermutlich würde ich sofort zu ihm laufen.

24

Das Jucken setzte wieder ein. Sie kratzte sich im Schlaf und wachte wund auf. Wieder suchte sie Gordons Praxis auf und er nahm mehrere Untersuchungen vor. Zwei Tage darauf rief die Sprechstundenhilfe an.

»Mrs. Pressman?«

»Ja.«

»Dr. Lefferts würde Sie gern morgen früh um neun in seiner Praxis sehen.«

»Wieso? Stimmt etwas nicht?«

»Er möchte einige der Untersuchungsergebnisse mit Ihnen besprechen.«

O Gott, Krebs! Ihre Strafe. Ihre wohlverdiente Strafe. Wie lange hatte sie noch zu leben? Sechs Monate? Ein Jahr?

»Mrs. Pressman, lässt sich das machen?«

»Was? Ja, natürlich, ich komme.«

Gordon saß an seinem Schreibtisch aus Walnussholz und sagte, während er seine Hände aneinander legte: »Sandy, du hast Gonorrhöe.«

»Was?«

»Gonorrhöe.«

»Oh, mein Gott! Ich kann doch nicht … ich meine … wie … wer …?«

»Du reagierst doch nicht allergisch auf Penicillin?«

»Nein, aber, Gordy …«

»Meine Sprechstundenhilfe gibt dir das Medikament, wenn du gehst. Du musst es hier einnehmen und zwanzig Minuten warten.«

»Gordy, um Himmels willen, hör auf zu reden wie mein Arzt!«

»Was soll ich sagen, Sandy? Dass es mich erstaunt? Nun gut, offen gesagt: Ich bin überrascht, aber wir haben bei allen Patienten, die im letzten Jahr sexuell aktiv waren, routinemäßige Gonorrhöekulturen angelegt und du würdest dich wundern, wie viele Fälle wir in diesem Zeitraum entdeckt haben. Das Jucken hat übrigens nichts damit zu tun.«

»Kann ich es von dir haben, Gordy?«

»Nein. Nur, wenn ich es mir bei Myra geholt hätte.«

»Ich glaube nicht, dass sie in letzter Zeit mit jemandem zusammen gewesen ist.«

»In letzter Zeit? Was willst du damit sagen?« Er beugte sich vor.

»Nichts. Ich glaube nur, dass sie mir gesagt hätte, wenn sie eine Affäre hätte.«

»Aber du hast gesagt: in letzter Zeit. Das klang, als wüsstest du etwas.«

»Nein. Das wollte ich damit gar nicht sagen.« Oh, Sandy, du Dummkopf. Erst bei Hubanski und jetzt bei Gordon. *Denk nach, ehe du sprichst, Sandy!*, hatte Mona immer wieder gesagt, als sie noch klein war.

»Ich war mit niemandem außer Myra zusammen«, sagte Gordon. »Abgesehen von der Nacht mit dir.«

»Und ich war bis dahin mit niemandem außer Norman zusammen.«

»Wenn du es dir nicht von mir geholt hast, dann musst du es dir bei Norman geholt haben.«

»Ich weiß es nicht.«

»Hat es andere gegeben, seit wir beide zusammen waren?«

Sie nickte. »Zwei ... so richtig nur einen. Aber ich bezweifle, dass ich es mir bei ihm geholt habe. Bei dem anderen ist es wahrscheinlicher.«

»Ich kann dir nicht folgen.«

»Es ist kompliziert.«

Gordon stützte seine Ellbogen auf den Schreibtisch und legte seine Finger wieder aneinander. »In einer solchen Situation ist es zwecklos, sich ausrechnen zu wollen, wen die Schuld trifft. Es ist ein Kreislauf. Entscheidend ist, dass jeder der Beteiligten informiert und behandelt wird. Ich brauche die Namen deiner Sexualpartner, Sandy.«

»Oh, Gordy, muss das sein?«

»Es ist gesetzlich vorgeschrieben.«

Sandy zögerte. »Ich würde es ihnen lieber selbst sagen. Bitte, könntest du mir das überlassen?«

»Wirst du es ihnen wirklich sagen?«

»Ja, das verspreche ich dir … jetzt gleich … heute noch.«

»Ich glaube, dann könnte ich eine Ausnahme machen.«

»Danke, Gordon.«

»Schon gut, Sandy. Und was ich dir noch sagen wollte – alles, was wir heute besprochen haben, ist streng vertraulich.«

»Ja, ich weiß.«

Sie hatte den Geschmack des Penicillins noch im Mund, als sie nach Hause kam. Eine eklige rosafarbene Flüssigkeit. Die Sprechstundenhilfe hatte neben ihr gestanden und gesagt: »Und gleich alles austrinken, ja, so macht es ein braves Mädchen.« Das Ganze war schon komisch. Schließlich war sie davon überzeugt gewesen, dass sie Krebs hatte. Und es war gar kein Krebs. Wer hätte an Gonorrhöe gedacht? Eine weitere exotische Krankheit, die sie auf ihrer Liste notieren konnte. Immerhin wesentlich leichter zu heilen als Krebs. Krebs hätte Norman außerdem wütender gemacht, weil er langwieriger war und sein Leben in Unordnung gebracht hätte. Gegen Gonorrhöe trank man das glibberige rosa Zeug und das Leben ging weiter. Aber er würde ihr nie verzeihen. Nie! Er würde sie hinauswerfen. Es sei denn, er hatte sie angesteckt. Wenn nicht, dann würde sie eben kämpfen. Um ihre Kinder kämpfen. Sie würde dem Richter klarmachen, dass Norman sie so weit getrieben hatte.

»Hallo, Vincent, hier ist Sandy. Sandy Pressman … Ja, gut … Vincent, ich muss mit dir reden … Es ist sehr wichtig … Wieder nach Maine? … Nein, das wusste ich nicht. Ich muss dringend mit dir sprechen … Nein, nein, nicht erst am 1. Mai. Jetzt? Am Telefon? … Bist du sicher? … Kann ich wirklich offen reden? … Ich meine: Hört uns niemand zu? … okay. Vincent, ich habe Gonorrhöe, der Arzt hat es mir gerade gesagt … Natürlich bin ich sicher. Und noch was, Vincent, wahrscheinlich habe ich mich bei dir angesteckt … Ich weiß, dass du nicht gekommen bist, aber das heißt noch nicht, dass du nichts hast … Woher soll ich wissen, woher du es hast? Deine zahllosen Donnerstagabende wahrscheinlich … Ja, Lisbeth ist auch eine Möglichkeit … Ihr solltet euch beide untersuchen und behandeln lassen … Aber warte nicht zu lange … Nein, es lässt sich nicht unbedingt an Symptomen erkennen … Bitte, glaub mir, Vincent. Ich habe auch keine Symptome gehabt … Ja … Ja, das mache ich … dir auch …«

Wie sehr sie sich wünschte, Shep hätte nichts damit zu tun. Ihn jetzt nicht anrufen zu müssen!

»Hallo, Shep, hier ist Sandy … Shep, ich muss dich sehen, es ist sehr wichtig … Nein, nicht in einem Motel, sondern an einem Ort, an dem man reden kann … Ach, ich weiß es nicht, irgendwo. Wie wäre es mit dem Eiscafé in Summit … Gut, treffen wir uns um zwei …«

»Einen Schokovanille-Shake«, sagte Sandy zu der Kellnerin.

»Und einen Eisbecher mit Mokkaeis und Nüssen, aber ohne Schlagsahne«, ergänzte Shep. »Wie geht es dir, Sandy?«

»Nicht gut.«

»Was hast du?«

»Vieles, aber in erster Linie liegt es daran, dass ich gerade erfahren musste, dass ich Gonorrhöe habe.« Hinter ihnen sprangen vier kleine Kinder herum und sangen.

»Du hast Gonorrhöe?«

»Ja, ich war heute Morgen beim Arzt. Ich bin genauso erstaunt wie du, Shep. Ich hatte gar keine Symptome.«

»Wo hast du dir das geholt?«

»Ich weiß es nicht. Möglicherweise bei dir.«

»Und wo sollte ich es mir geholt haben?«

Sandy sagte nichts. Sie zerpflückte die Papierserviette.

»Rhoda … du glaubst, dass ich es mir bei Rhoda geholt habe?«

Sandy zuckte die Achseln.

»Nein, darauf würde ich mein Leben wetten.«

»Dann von jemand anderem.«

»Ich war mindestens sechs Monate lang mit niemand anderem zusammen.«

Sechs Monate. Zweimal im Jahr. So lief das also?

»Sechs Monate sind eine lange Zeit«, sagte er. »Das wüsste ich inzwischen. Was ist mit Norman? Du könntest es dir auch bei ihm geholt haben.«

»Daran habe ich schon gedacht.« Kam er gar nicht auf den Gedanken, dass sie mit jemand anderem zusammen gewesen sein könnte?

Die Kellnerin brachte ihnen das Eis.

»Jesus! Gonorrhöe! Ich habe nie … nicht einmal in Europa …«

»Es tut mir Leid, Shep. Ich wünschte, ich könnte etwas dagegen tun.«

»Es ist nicht deine Schuld. Das weiß ich doch.« Er strich über ihre Hand. »Ich überlege nur gerade, was man tun kann. Und was ich sagen soll.«

»Du musst zum Arzt gehen. Dann weißt du, was du tun musst.«

»Ja, das stimmt wohl. Aber was ist mit Rhoda. Sie wird die Wände hochgehen.«

»Wird sie dich verlassen?«

»Ich hoffe nicht.« Er spreizte seine Hände auf dem Tisch und sah sie an. Sie liebte seine Hände, fest und doch zärtlich, mit kurz geschnittenen Nägeln, zarten schwarzen Haaren zwischen den Knöcheln, mit Schwielen auf beiden Handflächen. Sie erschauerte, als sie daran dachte, wie er sie gestreichelt hatte. Sie wollte seine Hände wieder auf sich spüren. Sie musste ihre Hände auf dem Schoß falten, um sie nicht nach seinen Händen auszustrecken, um sie nicht auf seine Hände zu legen.

»Sieh mal, Sandy«, sagte Shep leise, »du willst uns doch nicht auf diese Weise wieder zusammenbringen, oder?«

Er hätte ihr ebenso gut einen Hieb in die Magengrube versetzen können. »Du glaubst, ich lüge … ich hätte das alles erfunden …«

»Ich weiß nicht, was ich glauben soll.«

»Ich hätte es doch lieber dem Arzt überlassen sollen, es dir zu sagen.« Sie begann zu weinen, suchte in ihrer Tasche nach einem Kleenex und als sie keins fand, nahm sie stattdessen eine Papierserviette. »Wie kannst du auch nur einen Moment lang glauben, ich würde mich soweit erniedrigen ...« Sie putzte sich die Nase. *Denk dran, Sandy, hohes Fieber ... eine Virusinfektion ... Sauerstoffzelt ... Intensivstation ... Okay, ich habe daran gedacht, aber ich habe es nicht getan! Das ist doch ein Unterschied ...*

»Es tut mir Leid«, sagte er, »aber ich muss sicher sein.« Er beugte sich vor und küsste sie auf die Wange. »Ich danke dir, dass du es mir selbst gesagt hast, Kleines.«

Sie nickte.

»Ist mit Ihrem Eis etwas nicht in Ordnung?«, fragte die Kellnerin, als sie aufstanden.

»Nein, alles bestens«, sagte Shep.

»Aber Sie haben es nicht gegessen.«

»Ein anderes Mal.« Shep drückte der Kellnerin eine Dollarnote in die Hand und Sandy hätte schwören können, dass er dabei mit seinen Fingern ihren Busen gestreift hatte.

Draußen, ehe Sandy in ihren Wagen stieg, legte Shep seine Hände auf ihre Schultern und sah in ihr Gesicht. »Ich werde dich immer lieben. Wirst du das auch nicht vergessen?«

»Ich werde es versuchen.«

»Und wenn du mich jemals brauchen solltest ...«

Sie fuhr nach Hause, zog sich um und eilte auf den Dachboden. Was sollte sie jetzt tun? Sich einen anderen Mann suchen? Das Beste daraus machen, wie Myra? Sich beschäftigen? Ja, sie hatte immer dafür gesorgt, dass sie ausgelastet war. Erst die Schule, dann die Ehe, dann die Kinder. Beschäftigt, beschäftigt, beschäftigt. Bis zu diesem Sommer. Hatte der Umstand, dass sie nicht genug zu tun hatte, dazu geführt ... zu dieser seltsamen Sandy? Sie stürzte sich auf die Kisten, warf Dinge auf Haufen. Sie würde die gesamte Babykleidung weggeben und auch das Spielzeug, das den Kindern langweilig geworden war. Und alles, was sie seit mindestens zwei Jahren nicht mehr getragen hatte. Sie würde ›Normans Krimskramskiste‹ mit ›Sandys Schulkiste‹ zusammenwerfen und nur wenig aufheben, um es den Kindern eines Tages zu zeigen.

Verdammt noch mal! Wie kam es, dass Lisbeth sich an ihren Donnerstagabenden keine Gonorrhöe holte? Oder Myra mit ihrem Klempner? *Norman, ich habe Gonorrhöe.* So würde sie es ihm sagen. Schlicht und präzise. *Und weil wir gerade dabei sind – wer ist Brenda Partington Yvelenski?*

Sie riss die Krimskramskiste auf. Sie war mit Eintrittskarten, Programmheften und Speisekarten gefüllt. *Speisekarten.* Wer hob Speisekarten auf? Sie schlug ein paar der Karten auf. Jesus! Er hatte unterstrichen, was er gegessen hatte. Sie warf alle in den Abfalleimer. Sieh nur einer an, sein altes Sweatshirt. *Pressman, '56.* Sie faltete es auseinander, hob es hoch und sah es sich genau an. Sollte sie es waschen und Bucky geben? Nein, sie würde es wegwerfen, gemeinsam mit seinen Turnschuhen, die noch mit Schlamm verdreckt waren, und mit seiner Baseballmütze. Inzwischen hatte er all das wahrscheinlich längst vergessen. Außerdem erwartete er von ihr, dass sie seinen Plunder aussortierte. Für Plunder war sie zuständig. Sie zog ein winziges, gesticktes Kissen aus der Kiste, das sie ihm einmal zum Valentinstag geschenkt hatte; die Stickerei zeigte ihrer beider Initialen von einem Herz umrandet. Sie roch daran. Es müffelte.

Sie wühlte weiter. Diesmal zog sie die Karikatur aus seiner Studentenzeit heraus: Norman mit einem Meckie, ganz großen Augen und gerunzelter Stirn; er trug einen weißen Laborkittel. Die Unterschrift lautete: *Dr. Frankenstein, I presume?* Wieso Dr. Frankenstein? Hatte er es darauf abgesehen, ein Monster zu erschaffen? War es ihm gelungen? War sie es?

Ach, Mist! Sie hatte vergessen, das Hühnerbarbecue abzuholen, das sie im Feinkostladen bestellt hatte. Sie ließ den Inhalt der Kiste verstreut auf dem Dachboden liegen und lief hinunter. Banushka bellte, winselte dann und als er sie sah, zeigte er ihr, dass er mitkommen wollte. »Okay, ich nehme dich mit, wenn du mir versprichst, brav zu sein.« Sie öffnete sämtliche Fenster des Buick. Es war unwahrscheinlicher, dass Banushka vom Fahren übel wurde, wenn er den Kopf aus dem Fenster streckte und sich den Wind ins Gesicht wehen ließ.

Sie fuhr zu Larry's Feinkostgeschäft. Außer dem Huhn nahm sie ein Pfund Krautsalat, eine doppelte Portion Nudelauflauf, zwei Bratäpfel und eine Scheibe Wurst für Banushka mit, die sie ihm geben würde, wenn sie wieder zu Hause waren. Dann fiel ihr noch etwas ein. Da sie den Hund ohnehin mitgenommen hatte, konnte sie auch gleich auf gut Glück beim Tierarzt vorbeischauen, denn die Praxis war ganz in der Nähe. Mit etwas Glück konnte sie Punkt vier von Normans Liste jetzt gleich abhaken.

Es erstaunte Sandy, dass nur zwei Wagen und ein Motorrad auf dem Parkplatz standen, der an die Tierklinik grenzte. Gewöhnlich war hier mehr los. Sie parkte und trug Banushka zu dem neuen Backsteinbau. Neben den Glastüren sagten mattierte Chrombuchstaben *Leonard E. Krann, Dr. med. vet., ausschließlich Katzen und Hunde.* Sie betrat das Gebäude und begrüßte die Empfangsdame so oberflächlich, als wüsste sie nicht, dass es gegen die Regeln verstieß, unangemeldet zu kommen.

»Ja?« Die Empfangsdame bedachte Sandy mit einem eisigen Blick.

»Ich habe meinen Hund vorbeigebracht, um ihm eine Spritze geben zu lassen.«

»Haben Sie einen Termin?«

»Nein ... aber ...«

»Ohne Termin ...«

Sandy unterbrach sie. »Sehen Sie, wir ziehen demnächst um und der Hund braucht wirklich eine Spritze.«

Die Empfangsdame schüttelte den Kopf und blätterte in ihrem Terminkalender. »Wir könnten Ihnen am vierundzwanzigsten September um dreizehn Uhr dreißig einen Termin für Ihren Hund geben.«

»Aber ich bin jetzt hier. Außerdem verträgt Banushka das Autofahren nicht und ...«

Dr. Krann kam dazu. »Hallo, Sandy.«

»Hallo, Dr. Krann.« Er nannte sie *Sandy*, sie sprach ihn förmlich mit *Doktor* an, obwohl sie Emily ganz gut kannte, seine Frau mit der gelblichen Gesichtsfarbe. Sandy hatte gehört, dass sich die Kranns um eine Mitgliedschaft im Club bewarben. »Ich war gerade in der Gegend, und ich hatte gehofft, dass Sie Banushka schnell eine Spritze geben können ... wir ziehen bald um.«

»Sie ziehen um?« Er schien betroffen.

»Ja, nach Watchung.«

»Ach so.« Er lachte. »Ich hatte schon befürchtet, dass Sie *weg*ziehen.«

Interessiert ihn das wirklich so sehr? Machte ein Hund mehr oder weniger einen solchen Unterschied? »Nein, aber bis dahin ist noch so viel zu tun ...«

»Natürlich, ich verstehe. Ich komme gleich zu Ihnen.«

»Aber, Herr Doktor«, protestierte die Empfangsdame, »wir wollten doch heute früher Feierabend machen.«

»Sie können schon gehen, Virginia. Ich kümmere mich selbst darum.«

»Das ist sehr nett von Ihnen«, sagte Sandy.

»Es ist mir ein Vergnügen. Bringen Sie Banushka ins Hinterzimmer. Ich komme zu Ihnen, sobald ich hier fertig bin.«

Sandy fand den schlanken, knabenhaften und im Allgemeinen eher schüchternen Dr. Krann ausgesprochen attraktiv. Anfangs hatte sie sein linkes Auge gestört, das ständig wanderte, und es hatte ihr Schwierigkeiten bereitet, ihm in die Augen zu sehen. Aber inzwischen hatte sie gelernt, sich auf sein rechtes Auge zu konzentrieren, und sie kam gut mit ihm aus. Sie trug Banushka, der bereits ganz verkrampft war und zitterte, in das Sprechzimmer und setzte sich. Den Hund nahm sie auf den Schoß. »Armes, kleines Kerlchen.« Sie streichelte sein weiches Fell und redete beruhigend auf ihn ein. »Es wird alles gut. Bald hast du es wieder für ein Jahr hinter dir und wenn wir nach Hause kommen, gibt es Happi-Happi.« Banushka sah sie an und legte den Kopf auf die Seite.

»So, da wären wir.« Dr. Krann betrat das Sprechzimmer, wusch sich an einem Waschbecken in der Ecke die Hände, trocknete sie mit einem Papierhandtuch ab und trat an den Untersuchungstisch.

Es war Sandy zuwider, Banushka auf die kalte Metallplatte zu setzen. Dr. Krann lächelte sie an. Sandy lächelte auch. »Ein schöner Hund«, sagte er.

»Ja.« *Sie kämen wohl nie auf die Idee, dass ich ganz schön in der Scheiße sitze, oder, Dr. Krann? Dass ich nach Hause gehen und meinem Mann sagen muss, dass ich Gonorrhöe habe.*

»Könnten sie ihn bitte festhalten, Sandy?«

»Ja, natürlich.« Sandy musste wegschauen, als Dr. Krann Banushkas Spritze vorbereitete. Sie hatte auch bei den Kindern nie zusehen können, wenn sie geimpft worden waren. Aber der Kinderarzt hatte eine Arzthelferin gehabt, die sie festgehalten hatte.

»So, das war es schon. So schlimm war es doch gar nicht?«, fragte Dr. Krann Banushka.

Sandy seufzte erleichtert auf. Ihre Handflächen waren feucht.

»Hatten Sie einen schönen Sommer?«, fragte Dr. Krann.

»Ja, und Sie?«

»Emily und ich waren zwei Wochen in Europa. Wir sind gerade erst zurückgekommen.«

»Oh, das muss sehr aufregend gewesen sein. Ich wollte schon immer mal hin.«

»Ja, jeder sollte irgendwann mal hinfahren. In Europa gibt es so viel zu sehen.«

»Ja, das habe ich gehört. Vielen Dank noch mal«, sagte Sandy. Sie öffnete ihre Handtasche und zog ihr Scheckheft heraus. »Wie viel schulde ich Ihnen?«

»Achtundzwanzig.«

Sie hielt Banushka fest, während sie den Scheck ausstellte. Sie schwitzte nicht nur, auch ihre Hände zitterten. Sie spürte einen Kloß in ihrer Kehle und einen Moment lang dachte sie, sie würde gleich anfangen zu weinen. *Reiß dich zusammen ... reiß dich zusammen ...* »Ich bin Ihnen wirklich dankbar.« Ihre Stimme zitterte leicht. »Beim nächsten Mal rufe ich vorher an und lasse mir einen Termin geben.«

»Ist alles in Ordnung mit Ihnen?«, fragte Dr. Krann, und sein rechtes Auge sah sie direkt an, während sein linkes Auge von der Wand zur Tür und wieder zurück wanderte.

»Ja, natürlich. Wieso?«

»Ach, nichts weiter ...«

»Ich bin einfach keine gute Hundekrankenschwester.«

»Wenn Sie einen Moment auf mich warten, hole ich schnell meinen Helm und bringe Sie zu Ihrem Wagen.«

»Das ist doch nicht nötig.«

»Doch, das geht in Ordnung. Ich bin für heute fertig.« Er kam mit einem Helm zurück, der das Sternenbanner trug. Nein!, dachte Sandy. Nicht Leonard Krann, Dr. med. vet., mit einer Praxis, die auf Katzen und Hunde spezialisiert ist, mit einer Frau, die Problemhaar hat, mit zwei kleinen, schreienden, rotznasigen Kindern. Nicht Lenny Krann, zukünftiges Clubmitglied. Nein!

Er brachte sie zu ihrem Wagen, sprang auf sein Motorrad, trat den Motor an, winkte ihr zu und fuhr davon.

Mein Gott, konnte er es wirklich sein?

Nein! Steve hatte gesagt, dass Helme mit dem Sternenbanner im letzten Jahr ganz groß in Mode gewesen waren. Die Mondlandung und dergleichen.

Aber dennoch ...

25

Sie hatte den Tisch gedeckt und das Essen appetitlich auf einer Platte angerichtet, als Norman nach Hause kam. »Du hast schon wieder nichts gekocht?«, fragte er.

»Ich hatte sehr viel zu tun und es war so heiß.«

»Zwei Abende hintereinander Fertigmahlzeiten?«

»Gestern Abend ist es mir nicht gut gegangen. Und wo liegt überhaupt der Unterschied?«

»Ich habe mich heute Abend auf Schweinebraten verlassen. Ich käme wirklich gern wieder zu unserer normalen Einteilung zurück, Sandy.«

»Okay, sobald die Kinder wieder zu Hause sind, werde ich es versuchen. Dafür war ich heute mit Banushka beim Tierarzt.«

»Was hat er gesagt?«

»Er hat gesagt, dass Banushka ein schöner Hund ist … gesund und kräftig … und so vollkommen, dass man einen Preis mit ihm gewinnen könnte.«

»Wirklich?«

»Na ja, nicht ganz mit diesen Worten.«

»Wenigstens hast du es heute geschafft, das mit dem Hund zu erledigen.«

»Ja, immerhin.«

Sie wartete bis nach dem Abendessen, bis sie im Wohnzimmer saßen. Norman las die Zeitung und Sandy hatte ihre Stickerei auf ihrem Schoß ausgebreitet. Im Fernsehen lief eine Unterhaltungssendung, ein sommerlicher Lückenbüßer. Erst jetzt sagte sie, was sie zu sagen hatte. »Ich möchte mit dir reden, Norm.«

»Na los, fang an.«

»Würdest du bitte die Zeitung weglegen. Es ist wichtig.«

»Ich kann gleichzeitig lesen und zuhören.«

»Norman, ich habe Gonorrhöe.«

»Mhm …« Er blätterte eine Seite um.

Sie erhob ihre Stimme. »Ich habe gesagt, dass ich Gonorrhöe habe.«

»Wovon sprichst du eigentlich?« Jetzt legte er die Zeitung hin und sah sie an.

»Ich rede von Gonorrhöe … Tripper … du musst in einer deiner medizinischen Fachzeitschriften etwas darüber gelesen haben.«

»Ich weiß alles über Gonorrhöe.«

»Ja, und ich sage dir, dass ich sie habe.«

»Du hast Gonorrhöe?«

»Ja!«

»Wer sagt das?«

»Gordon sagt das, wer denn sonst?«

»Das muss ein Irrtum sein. Er hat sicher die Untersuchungsergebnisse vertauscht oder so was.«

»Nein!«

»Das soll wohl ein schlechter Witz sein, Sandy.«

»Glaubst du, ich würde mit so ernsten Dingen spaßen?«

»Wo solltest du dir Gonorrhöe geholt haben?«

»Bei dir.« Lügnerin, Lügnerin, bei Vincent X. Moseley höchstwahrscheinlich, wenn Shep die Wahrheit sagt und wenn Rhoda nicht fremdgeht und wenn Gordon wirklich mit keiner anderen Frau zusammen war und wenn Myra in letzter Zeit mit niemandem etwas hatte und du auch nicht.

»Du spinnst wohl! Seit ich dich kenne, war ich mit keiner anderen Frau zusammen.«

»Und was ist mit Männern? Da kannst du es dir auch holen.«

»Hältst du mich etwa für schwul?«

»Ich bleibe nur bei den Tatsachen.« *Fast.*

»Wenn du Gonorrhöe hast, hast du sie dir bei jemand anderem geholt«, sagte er. Ihre Worte waren endlich zu ihm vorgedrungen und jetzt erhob *er* die Stimme.

»Und ich behaupte, dass *du* sie dir bei jemand anderem geholt und mich angesteckt hast.« Lieber beschuldigen als eingestehen.

Er stand auf, ging im Zimmer auf und ab und schlug mit der rechten Faust in seine linke Handfläche. »Ich kann beweisen, dass ich mit niemand anderem zusammen war.«

»Wie willst du das denn beweisen?«

Er drehte sich abrupt um und deutete mit dem Finger auf sie. Auf dem Fernsehschirm besang John Davidson eine Frau namens Loretta. »Einer von uns beiden lügt und ich weiß, dass ich es nicht bin! Nicht, dass ich keine Gelegenheit gehabt hätte. Gerade erst am letzten Wochenende, als du weg warst …«

»Letztes Wochenende? Das wüsste ich wirklich gern genauer.«

»Nicht eine, sondern zwei, hörst du, zwei Frauen im

Club haben mir entsprechende Anträge gemacht.« Er wedelte mit zwei Fingern vor ihrem Gesicht.

»Wer ... wer war das?«

»Das wirst du nie erfahren. Ich bin nicht darauf eingegangen, weil die Ehe für mich ein Vertrag ist, im Gegensatz zu dir, du verdammte Hure! Ich hätte es wissen sollen. Wahrscheinlich bumst du schon seit Jahren in der Gegend rum.«

»Und was ist mit dir? Mit dir und Brenda Partington Yvelenski?«

Er wurde bleich. »Was weißt du über sie?«

»Sehr viel.«

»Wie bist du dahinter gekommen?«

»Das spielt keine Rolle.«

»Für mich spielt es eine Rolle.«

Das Publikum applaudierte und John Davidson lächelte sein reizendes Grübchenlächeln.

»Du warst an meiner Kiste mit den Souvenirs.«

»Ja.« Was hatte das damit zu tun?

»Welches Recht hattest du, dich an meiner Kiste zu schaffen zu machen?« Auf dem Bildschirm wurde eine Werbung für Alka-Seltzer eingeblendet.

»Ich habe deine alten Sachen aussortiert. Und welches Recht hattest du, ihr fünftausend Dollar zu geben, ohne das mit mir abzusprechen?«

»Du hast das Geld nie vermisst.«

»Darum geht es nicht.«

»Ich nehme an, du hast die Briefe gelesen?«

Welche Briefe?

»Antworte mir.«

Sie sah ihn wortlos an.

»Antworte mir, habe ich gesagt!«

»Ja, die Antwort ist ja.« *Aber nicht auf diese Frage.*

»Dann weißt du alles, was es zu wissen gibt.« Er ging durch das Zimmer und schaltete den Fernseher aus. »Dann weißt du auch, dass du von mir keine Gonorrhöe haben kannst ... und somit bleibst du übrig. Wer also war es, Sandy? Für wen hast du die Beine breit gemacht?«

Sie antwortete nicht.

»Sag es mir!«, schrie er. Er zerrte sie an ihren Schultern aus dem Stuhl. »Sag es mir, du Hure!«, brüllte er. Er schüttelte sie. Jetzt verlor er die Selbstbeherrschung. Sie konnte sich nicht erinnern, je erlebt zu haben, dass Norman die Beherrschung verlor. Sie fand seinen Zorn erschreckend und gleichzeitig faszinierend. Faszinierend, weil sie die Ursache war.

»Du dumme Fotze!« Er schlug sie ins Gesicht und erwischte einen Mundwinkel. Ihre Hand legte sich automatisch auf die Stelle und blieb dort liegen. Sie schmeckte Blut. »Wer war es?«

»Das spielt keine Rolle«, sagte sie. In ihren Augen standen Tränen.

»Aha! Du gibst also zu, dass du rumgebumst hast.«

»Ja, ich gebe es zu! Ich war mit jemand anderem zusammen.«

»Ich sollte dich eigentlich verprügeln, bis dir Hören und Sehen vergeht.«

»Wenn du mich noch einmal anrührst, wirst du es dein Leben lang bereuen.«

»Wer war es?«

»Das brauche ich dir nicht zu sagen. Ich brauche dir gar nichts zu sagen.« Sie wandte sich ab und lief nach oben auf den Dachboden und schloss die Tür hinter sich ab.

Norman folgte ihr schreiend. »Du gottverdammte Hure! Du gottverdammte, dreckige Hure!« Er trat wie von Sinnen gegen die Tür zum Dachboden und brüllte: »Komm raus! Du kommst jetzt sofort da raus!«

»Geh weg!«, plärrte Sandy. »Geh weg und lass mich in Ruhe!« Sie hörte Norman die Stufen hinunterpoltern, und dann war es still. Was tat er? Würde er seine Waffe holen, das Schloss aufbrechen und dann sie erschießen? Oder sich selbst? Oder sie beide?

Mord plus Selbstmord!

Ortsansässiger Geschäftsmann erschießt seine Frau, dann sich selbst. Norman Pressman, Besitzer der Pressman-Reinigung, hat gestern Abend seine Frau, Sondra Schaedel

Pressman, erschossen und sich anschließend selbst das Leben genommen. Freunde und Verwandte beschrieben Mr. Pressman als einen ruhigen Mann. »Eigentlich sogar ein Phlegmatiker«, sagte Mrs. Pressmans Schwester, Myra Lefferts aus Short Hills, Besitzerin eines repräsentativen Hauses mit achteinhalb Badezimmern …

Einer von beiden musste jetzt gehen. Das wusste Sandy. Sie hatte genügend Bücher gelesen und Filme gesehen. Sie konnte Myras Ratschläge schon hören: Pack deine Sachen und komm zu uns. Wir werden einen guten Anwalt hinzuziehen, den besten im ganzen Staat. Den Schuft nehmen wir aus!

Aber die Kinder, Myra. Was soll ich mit ihnen machen? Sie kommen bald zurück.

Vorläufig bleibst du bei mir. Dann werden wir dir helfen, eine eigene Wohnung zu finden, und du fängst ein neues Leben an. Niemand muss so etwas hinnehmen. Vergiss, was ich dir vor zwei Wochen gesagt habe. Geh jetzt sofort!

Aber ich möchte diese Ehe nach meinen eigenen Vorstellungen beenden, wenn ich so weit bin.

Wenn du jetzt immer noch nicht so weit bist, dann wirst du nie soweit sein. Dann hast du genau das verdient, was du jetzt bekommst.

Willst du damit sagen, dass ich masochistisch bin?

Ich sage, dass du meschugge bist!

Sie glaubte zu hören, dass die Haustür zugeknallt wurde. Sie lief zum Fenster und schaute hinaus. Sie sah Norman, der mit Banushka spazieren ging, als wäre es ein Abend wie jeder andere. Sie ging zu Normans Krimskramskiste, und ihr Herz schlug so laut, dass sie es hören konnte.

Sie drehte die Kiste um und kippte den restlichen Inhalt auf den Fußboden. Aus Dutzenden von Kodak-Schachteln fielen winzige Farbdias. Sie schluckte schwer und sichtete dann den Plunder von vier Jahren, bis sie das Päckchen mit den Briefen fand, acht Stück, alle in blauen Briefumschlägen, mit purpurner Tinte an Normans Firma in Plainfield adressiert. Der Absender lautete B. P. Y., Newburyport, Massachusetts. Sie überprüfte die Poststempel. Ja, sie waren chronologisch sortiert: Oktober 1969 bis Mai 1970. Sie legte die Briefe zögernd von einer Hand in die andere. Wollte sie es überhaupt wissen?

Ja.

Ja, und wie sie es wissen wollte!

18. Oktober

Lieber Norman,

so viele Jahre sind vergangen, seit wir einander zum letzten Mal gesehen haben, und doch habe ich das sichere Gefühl, dass du dich ebenso gut an mich erinnern wirst, wie ich mich an dich erinnere. Ich habe vieles falsch gemacht, Norman, und ich weiß, wie tief ich dich verletzt haben muss. Ich erwarte nicht von dir, dass du mir verzeihst oder mich verstehst. Ich habe dich geliebt und nicht Stash. Wie soll ich es dir erklären? Lass es mich wenigstens versuchen. Ich glaube, ich habe mir mein Leben mit dir vorgestellt und mich gefürchtet. Du hattest alles so gründlich durchdacht und ich wollte überhaupt nicht über die Zukunft nachdenken. Ich wollte nur für den Moment leben. Deshalb habe ich mich aufgelehnt und bin mit Stash durchgebrannt, der nicht einen Gedanken im Kopf hatte. Ergibt das für dich einen Sinn? Ich hoffe es.

Stash und ich haben innerhalb von vier Jahren drei Kinder bekommen. Er hat mit Gebrauchtwagen ein bisschen Geld gemacht und es dann wieder verspielt. Vor zwei Jahren habe ich ihn endlich verlassen und bin nach Kalifornien gegangen. Die meiste Zeit habe ich als Kellnerin gearbeitet. Stash hat mir und den Kindern nie auch nur einen Penny geschickt. Ich habe gehört, dass er jetzt in New Mexico ist und mit irgendwelchen Grundstücksgeschäften zu tun hat. Aber ich klage nicht. Das habe ich, wie du weißt, noch nie getan.

Vor sechs Monaten bin ich wieder in den Osten gekommen und ich hoffe, dass es mir gelingt, in Newburyport ein kleines Restaurant zu eröffnen. Erinnerst du dich noch an das Wochenende, das wir hier verbracht haben? Ich nehme an, dass ist auch der Grund, warum ich immer hierher zurückkehren wollte. Das Wochenende mit dir war das glücklichste Wochenende meines Lebens.

Aber jetzt ist es genug mit der Rückschau. Man kann nicht zurückblicken, oder? Man muss nach vorn schauen und weitermachen. Und genau das ist es, was ich mit der Hilfe meiner Freunde versuche. Um es ganz plump zu sagen: ich möchte dich um ein Darlehen von etwa fünftausend Dollar bitten. Natürlich werde ich dir das Geld mit Zinsen zurückzahlen, und zwar hoffentlich innerhalb von zwei Jahren. Wenn alles gut geht, sogar eher.

Was ist nur aus uns geworden, Norman? Du warst auf dem Wege, ein großartiger Biologe zu werden und die Welt zu retten. Stattdessen reinigst du jetzt die Kleider anderer Leute. (Wie du siehst, bin ich auf dem Laufenden!) Nicht, dass ich den Beruf, den du gewählt hast, schlecht machen möchte. Ich habe auch nicht das erreicht, was ich wollte. Statt eine großartige Schauspielerin oder Schriftstellerin zu werden, bin ich heute glücklich, wenn es mir gelingt, meine Familie zu ernähren. Hab aber bitte kein Mitleid mit mir. Ich bin stark und entschlossen. Zumindest in dieser Hinsicht habe ich mich nicht verändert.

Immer in Liebe und Zuneigung
Brenda Partington Yvelenski

Mein Gott! Schrieb sie tatsächlich über Norman, über *ihren* Norman? Ein großartiger Biologe? Die Welt retten? Wann? Wie? Als Sandy ihn kennen gelernt hatte, hatte er im Hauptfach Betriebswirtschaft studiert. Ihr gegenüber hatte er die Biologie nie auch nur erwähnt.

9. November

Lieber Norman,

vielen Dank für deinen freundlichen Brief. Ich kann verstehen, dass du nähere Informationen haben möchtest, ehe du dich auf eine Investition in mein Restaurant einlässt. Es wird klein sein und nur zwanzig bis dreißig Plätze haben.

Es liegt an der Hauptstraße, gleich neben der Bank. Ich habe vor, es mit stabilen Tischen, Korbstühlen, den Arbeiten von Künstlern aus dieser Gegend und mit vielen Pflanzen einzurichten. Die Speisekarte wird klein, aber abwechslungsreich sein. (Erinnerst du dich noch daran, dass wir Speisekarten gesammelt und unterstrichen haben, was wir gegessen haben?) Ich bin eine gute Köchin und meine Kinder sind wunderbare, bereitwillige Helfer. Ich hoffe, dass ich zwei oder drei Kellner anstellen kann. Anfangs werden wir keine Ausschankgenehmigung für Spirituosen haben, aber die Gäste können ihren eigenen Wein mitbringen.

Norman, es freut mich, dass du glücklich verheiratet bist und Freude an deinen beiden Kindern hast. Ich bin sicher, dass Sandy genau die Frau ist, die du dir immer gewünscht hast. Selbst in jenem langen, kalten Winter, in dem wir uns so intensiv geliebt haben, hatte ich Zweifel an unserer Liebe. Du warst dir bereits so sicher, was du vom Leben wolltest, und ich wollte einfach nur frei sein. Seltsam, wie sich die Dinge entwickeln.

In Liebe und mit den glücklichsten Erinnerungen
Brenda

Genau die Frau, die er sich immer gewünscht hat? In letzter Zeit nicht, Brenda!

24. November

Lieber Norman,

vielen Dank für deinen Brief und den Scheck. Die fünftausend Dollar sind mir mehr als willkommen. Meine Eltern haben sich auch durchgerungen und leihen mir zweitausend Dollar und meine Cousine Irene, die einen Börsenmakler in Spokane geheiratet hat, leiht mir zweitausendfünfhundert, dieselbe Summe wie mein Bruder Rog, der in Providence Metzger ist. Jetzt kann ich zur Bank gehen und alles festmachen. Ich hoffe, dass ich am Valentinstag eröffnen kann. Das wäre ein schönes Datum, wenn man bedenkt, wie viel Liebe in dieses Projekt investiert worden ist, nicht zuletzt von deiner Seite.

Vielen Dank für das Bild von Sandy und den Kindern. Sie scheinen wirklich gut zu dir zu passen. Ich wünschte, du hättest auch ein Bild von dir beigelegt. Norman, wenn das überhaupt noch eine Rolle spielt, sollst du wissen, dass ich nie jemanden so wie dich geliebt habe. Und ich werde dich immer lieben. Falls bei dir jemals alles danebengehen sollte … Ich hoffe, du weißt, was ich dir damit sagen will.

Mit all meiner Liebe und Dankbarkeit
Bren

Die große Liebe ihres Lebens? Norman? Mein Gott, war Brenda auch die große Liebe *seines* Lebens gewesen? Hatte er *sie* so geheiratet, wie sie ihn geheiratet hatte? Als Sicherheit … Trost … und aus Bequemlichkeit?

16. Dezember

EIN WEIHNACHTSGRUSS AN DICH UND DIE DEINEN
EIN NEUES JAHR VOLLER FREUDE WÜNSCHEN DIR
Brenda Partington Yvelenski
Andrew, Robin und Yvette

All das stand in Druckbuchstaben auf einem Farbfoto, auf dem drei sehr hübsche Kinder und Brenda selbst abgebildet waren, eine stämmige Frau von etwa fünfunddreißig Jahren mit einem hübschen, rundlichen Gesicht, das von langem, dunklem Haar umrahmt war. Unter das Foto hatte sie geschrieben:

Wenn ich heute an dich denke … mich an die Ferien erinnere, die wir gemeinsam verbracht haben. Ist es wirklich so lange her? Mir kommt es vor wie gestern.

In ewiger Liebe
B.

5. Januar

Lieber Norman
ich werde am zwölften in New York sein, um für das Restaurant einzukaufen. Die dortigen Großhändlerpreise

sind unschlagbar. Ich hoffe, dass wir uns treffen können. Ich möchte dir so gern persönlich danken. Ich werde in der H. J. Motor Lodge mitten in Manhattan sein. Ruf mich bitte an.

In Liebe und Hingabe
Bren

War er hingegangen? Am zwölften Januar waren sie seit zehn Tagen aus Jamaika zurück gewesen. Dank seiner neuen Sonnenlampe war Norman noch braun gewesen und er hatte keine Bläschen auf den Lippen gehabt. Jesus, wenn er hingegangen war … wenn er …

18. Januar

Liebster Norman,

es war einfach wunderbar, dich wieder zu sehen. Du bist noch genauso attraktiv wie damals. Das Mittagessen mit dir hat mir so viel Freude bereitet. Ich wünschte nur, es hätte mehr sein können. Du weißt, was ich meine. Ja, ich kann deine Gefühle für Sandy verstehen und ich finde es bewundernswert, dass du entschlossen bist, ihr treu zu bleiben. Ich habe wirklich nicht den Wunsch, eine glückliche Ehe kaputtzumachen. Ich wollte nur unsere Beziehung auf einer Basis von ›besonderen Gelegenheiten‹ erneuern. Wie dem auch sei – ich werde deine Wünsche respektieren und den Kontakt zu dir abbrechen. Aber ich schreibe dir, wo du mich erreichen kannst. Ich habe bereits mit einer strengen Diät begonnen und habe vor, noch vor dem Sommer fünfundzwanzig Pfund abzunehmen.

In ewiger Liebe
Brenda

Bewundernswerte Vorsätze. Wie typisch für Norman. Wenn er sich dieses eine Mal hätte gehen lassen, nur einmal seinem Gefühl nachgegeben hätte, hätte sie ihm vielleicht die Sache mit Shep erklären können. Vielleicht hätte er sie dann verstanden und sie hätten versuchen können, gemeinsam damit fertig zu werden.

Sandy, du solltest eigentlich stolz sein, dass er sich so viel aus dir macht, dass er nicht Du-weißt-schon mit einer anderen Frau täte …

Mag sein, aber ich wüsste lieber, dass er menschliche Züge hat …

Ich kann es einfach nicht glauben, Sandy. Jede andere Frau würde auf die Knie fallen und den Boden küssen, den er betritt.

Gut, dann klag mich doch an.

9. Februar

Hiermit kündige ich die Eröffnung von Brenda's Bistro an:
Main Street Newburyport, Mass.
Abendessen von sechs bis neun
Um Reservierungen wird gebeten
Brenda Partington Yvelenski, Besitzerin/Chefin
(Mit Hilfe von ihren Freunden)

Und schließlich …

10. Mai

Lieber Norman,

ich hatte so viel zu tun, dass ich nicht dazu gekommen bin, dir zu schreiben. Das Bistro läuft ausgezeichnet und wir freuen uns schon auf den Sommer, die Hauptsaison für Touristen. Im Übrigen habe ich einen sehr netten Mann kennen gelernt, Ken Sweeney, der hier ein Haus hat. Er hat Geschäftsverbindungen in Boston, hat sich aber bereits weitgehend aus dem Geschäftsleben zurückgezogen. Er ist etwas älter (61), aber wir sind gern zusammen. Ich lege einen Scheck über den Betrag von zweitausendsiebenhundertfünfzig Dollar bei und ich habe vor, dein Darlehen im November ganz zurückzuzahlen. Noch einmal ganz herzlichen Dank für deine Hilfe, deine Unterstützung und dein Vertrauen in mich. Ich werde dich nie vergessen.

In Zuneigung
Bren

Wie leicht es wäre, diese unabhängige Frau mit dem übertriebenen Selbstvertrauen zu hassen! Wie leicht es war, diese Brenda zu hassen, die ihre Beziehung zu Norman auf einer Basis von ›besonderen Gelegenheiten‹ erneuern wollte.

Das klingt nach Eifersucht, Sandy.

Ich bin sauer, nicht eifersüchtig.

Ich wäre fast darauf reingefallen!

O ja, sie wollte Brenda Partington Yvelenski hassen. Aber es war doch nicht ganz so leicht. Brenda machte einen zu anständigen Eindruck, einen zu menschlichen Eindruck, und aus ihren Briefen strömte mehr Liebe, als Sandy für Norman in zwölf Ehejahren empfunden hatte. Das schmerzte mehr als alles andere. Sie verspürte plötzlich den Wunsch, Brenda anzurufen und sie zu fragen, wie Norman damals *wirklich* gewesen war. Denn jetzt wusste sie, dass es einen anderen Norman gegeben haben musste. Einen Norman, dessen Traum es gewesen war, Biologe zu werden … die Welt zu retten. Einen Norman, der voller Intensität liebte. Konnte dieser Norman immer noch in dem Norman verschlossen sein, den sie kannte – ebenso, wie eine andere Sandy in ihr steckte, die darum kämpfte, ans Tageslicht zu gelangen?

Ihr Norman hatte sich für die Lebensart seiner Eltern entschieden. Er glich immer mehr seinem Vater, wie auch sie in Monas Fußstapfen trat. O Gott, werden wir am Ende alle wie unsere Eltern?

Norman hämmerte wieder gegen die Tür des Dachbodens. »Komm heraus, Sandy, komm ins Bett.«

»Lass mich in Ruhe.«

»Du kannst nicht die ganze Nacht da oben bleiben. Komm heraus. Ich tue dir wirklich nichts. Ich verspreche es dir.«

»Geh weg!«

»Bitte, Sandy …«

»Nein!«

Sandy schaltete die Lichter bis auf eines aus und kroch

in Buckys Snoopy-Schlafsack. Sie schlief schlecht und dachte über den Mann nach, mit dem sie verheiratet war. Über diesen Mann, den sie kaum kannte.

26

Am Morgen war Norman fort. Zur Arbeit? Im Büro seines Anwalts? In Reno? Sie wusste es nicht. Sie sah in seinen Kleiderschrank. Seine Sachen lagen und hingen ordentlich da. Sie ließ heißes Wasser in die Badewanne laufen und betrachtete sich im Spiegel. Ihre Lippe war geschwollen. Sie hätte Eis darauf legen können, aber jetzt war es zu spät.

Sie ließ sich in die Wanne sinken und versuchte, sich zu entspannen.

Was sollte sie jetzt mit ihrem Leben anfangen?

Wo waren die Regeln, wenn man sie brauchte?

Norman brachte eine Pizza mit, als er von der Arbeit nach Hause kam. Ein Friedensangebot? »Ich dachte, dass du heute wohl kaum Lust hast zu kochen.«

Absolut richtig.

»Und ich dachte, dass du auch kaum Lust haben wirst auszugehen.«

Wieder richtig.

»Ich bin heute Nachmittag beim Arzt gewesen. Er hat meine Prostata massiert, um eine Kultur anlegen zu können. Du kannst dir keine Vorstellung davon machen, wie unangenehm es für einen Mann ist, sich die Prostata massieren zu lassen.«

Versuch doch mal, ein Kind zu bekommen.

»Er hat keinerlei Anzeichen für Gonorrhöe feststellen können, aber angesichts der Umstände hat er mir empfohlen, mich trotzdem dagegen behandeln zu lassen. Für alle Fälle. Um sicher zu sein. Ich stelle den Herd an.« Er sah sich die Schalter an. »Auf Braten, Backen, Vorheizen oder Zeitbacken?«

Sie lachte fast. »Backen, dreihundertfünfzig Grad.«

»Du siehst nicht schlecht aus.«

Vielen Dank.

Er schob die Pizza in den Ofen, schloss die Tür, starrte auf den Herd und sagte: »Ich habe es mir genau überlegt und ich habe beschlossen, es noch einmal zu versuchen. Es wäre unsinnig, das Leben der Kinder zu verpfuschen. Ich glaube, dass du deine Lektion gelernt hast und dass es nicht wieder vorkommt.« Er legte eine Pause ein. »Würdest du bitte etwas dazu sagen?«

»Ich weiß nicht, ob ich bleiben will«, sagte sie. »Ich weiß nicht, wie unser Leben aussehen wird, wenn ich bleibe.«

»Das weiß ich auch nicht und ich habe keine Ahnung, ob ich jemals wieder in der Lage sein werde, dir zu trauen …«

Sandy stand auf. »Na dann …« Sie ging zur Tür.

»Sandy … warte … geh nicht … bitte …« Endlich wandte er sich vom Herd ab. »Ich brauche dich … Und ich will es versuchen … Ich werde keine Mühe scheuen, um dir zu trauen … Wenn du versprichst …«

Wie sehr er jetzt Bucky glich. Wie ein kleiner Junge. Brauchte er sie wirklich oder sagte er das nur?

»Und für das neue Haus möchte ich ein Doppelbett kaufen.«

»Ein Doppelbett?« Jetzt wusste sie, wie sehr er sich fürchtete. Wie sehr er sich davor fürchtete, dass sie ihn tatsächlich verlassen könnte. Zum ersten Mal seit Jahren wollte sie ihn in die Arme nehmen, um ihn zu trösten.

»Ja. Du wolltest doch immer ein Doppelbett, oder?«

»Aber, Norm, du …«

»Ich habe gesagt, dass ich es versuchen will, und es tut mir Leid, dass ich dir gestern Abend wehgetan habe.« Er sah nicht sie an, sondern senkte den Blick auf den Fußboden. »Aber du darfst nicht vergessen, dass du mir auch wehgetan hast.«

Okay. Das konnte sie verstehen. Zumindest konnte sie es versuchen. »Du hättest mir von Brenda erzählen sollen. Ich habe ihre Briefe gestern Nacht gelesen.«

»Sie wieder gelesen, meinst du.«

»Nein, ich habe sie zum ersten Mal gelesen.«

»Aber du hast doch gesagt …«

Sie schüttelte den Kopf. »Ich habe den Scheck gefunden … nur daher wusste ich es.«

»Was hattest du am Waffenschrank zu suchen?«

»Ich habe abgestaubt.«

»Unsinn, Sandy!«

»Okay … Ich habe mit dem Gedanken gespielt, mich zu erschießen.«

»Wegen der Gonorrhöe?«

»Unseretwegen … meinetwegen, deinetwegen … Ich weiß es nicht …«

»Sandy, was hätte das für einen Sinn gehabt?«

»Es wäre alles vorbei gewesen, aber wie du siehst, habe ich mich dann doch gegen diese Lösung entschieden.«

Er stieß einen tiefen Seufzer aus. »Ich weiß nicht, was du von mir willst, San. *Liebe* hast du einmal gesagt. Nun gut, ich liebe dich. Ich liebe dich auf die einzige Art, die ich kenne. Es tut mir Leid, wenn dir das nicht genügt.« Seine Stimme bebte.

Sie begann, leise vor sich hin zu weinen. »Können wir es schaffen, Norm? Haben wir eine Chance, Norm?«

»Ich weiß es nicht. Ich glaube, wenn du diesmal vernünftig bist, schaffen wir es. Ich glaube, wenn du aufhörst, alles zu hinterfragen, und wenn du dich einfach zurücklehnst und dich entspannst, schaffen wir es. Wenn du mich so akzeptierst, wie ich bin, ja. Andernfalls weiß ich es nicht, aber die Vorstellung, dass wir uns scheiden lassen, ist mir unerträglich.«

Scheidung.

»Morgen ist unser Hochzeitstag. Zwölf Jahre seines Lebens wirft man nicht einfach so weg.« Er schnippte mit den Fingern. »Ich glaube, wir sollten eine neue Seite aufschlagen. Vielleicht hätte ich dich in diesem Sommer nicht so drängen dürfen. Vielleicht hätte ich dich nicht Tag für Tag allein zu Hause sitzen lassen sollen. Ich dachte, ich täte das, was das Beste für dich ist. Ich habe immer versucht, das zu tun, was das Beste für dich ist.«

Das ist mir neu.

»Was sagst du dazu, San?«, fragte er, während er sich an sie schmiegte.

»Die Pizza brennt an.«

27

»Alles Gute zum Hochzeitstag!«

Myra hatte im Club ein Abendessen für die Familie organisiert. Zwölf Jahre! Sandy sah in die Runde, als man ihr und Norman zuprostete und sie dachte: *Was habe ich hier zu suchen?*

Myra saß Sandy gegenüber. Sie trug ausgebleichte Blue Jeans und ein T-Shirt und ihr Haar war frisch geschnitten, im San-Francisco-Look. »Und noch was, Sandy«, hatte sie vor einer Weile gesagt, als die beiden allein zur Damentoilette gegangen waren, »stell dir vor: Gordon und ich haben dort zum ersten Mal Gras geraucht. Alle Kongressteilnehmer hatten welches und es war einfach toll. Ich sage dir, wir haben uns genossen wie noch nie ...«

Ich weiß, hätte Sandy gern gesagt. *Ich habe Fotos gesehen.*

Gordon saß neben Myra. Er wirkte leicht verlegen. Wegen der intimen Einzelheiten *ihres* Lebens, fragte sich Sandy, oder wegen der intimen Einzelheiten seines eigenen Lebens?

Connie saß neben Gordon und neben ihr Kate. Beide waren jetzt fünfundzwanzig Pfund leichter und hatten anbetungswürdige neue Nasen und benahmen sich *lebhaft,* ganz wie ihre Mutter. Die Wunder plastischer Operationen!

Mona neben Sandy. Enid neben Norm.

Myra sagte: »Und auf dem Rückweg von San Francisco sind Gordon und ich nach Aspen geflogen. Wir haben ein ganz fabelhaftes Anwesen gekauft und im nächsten Winter werden wir alle das Skilaufen lernen.«

»Das ist ja wunderbar«, sagte Norman. »Ich wollte schon immer Skilaufen.«

Nicht du, dachte Sandy. Die anderen.

»Hoffen wir, dass sich niemand ein Bein bricht«, sagte Mona.

»Ach, Großmutter, du denkst aber auch immer gleich an das Schlimmste.«

»Einer muss doch daran denken.«

»Und ...«, fuhr Myra fort, »das ist noch nicht alles. Wir spielen mit dem Gedanken, im kommenden Sommer in den Bootssport einzusteigen. Wir haben uns die ganze Woche lang Jachten angeschaut. Die sind einfach toll. Wie kleine Häuser mit drei Schlafzimmern und zwei Bädern und Küche. Nach welcher Größe sehen wir uns um, Gordy? Fünfzehn Meter?«

»Etwa in dieser Größenordnung, ja.«

»Wir spielen mit dem Gedanken, zu den Hamptons rauszufahren oder rauf zum Kap. Und habt ihr schon gehört, dass Gordy ab nächsten Monat einen Partner hat, damit er nicht mehr so viel arbeiten muss? Dann haben wir mehr Zeit füreinander ...« Sie beugte sich zu ihrem Mann hinüber und küsste ihn. Gordon errötete. »Und im nächsten Sommer seid ihr alle auf unsere Jacht eingeladen.«

»Danke, aber ich ziehe das Festland vor«, antwortete Enid.

»Ja, wir haben schon gehört, dass du nach Florida gehst«, sagte Gordon zu ihr.

»Vielleicht. Mein Sohn findet, dass ich mich zur Ruhe setzen sollte.« Enid sah Norman gequält an. »Ich weiß es aber noch nicht.«

»Du hast lange Zeit hart gearbeitet, Mom«, sagte Norman. »Gordys Eltern sind seit Jahren dort, und sie sind sehr glücklich.«

»Es wimmelt dort von alten Leuten, die auf den Tod warten.«

»Nein, so ist das keineswegs«, widersprach Myra. »Es gibt dort viele Leute, die sich zur Ruhe gesetzt haben, aber diese Leute sind nicht zwangsläufig alt.«

»Und wer weiß?«, ergänzte Mona. »Vielleicht lernst du dort einen netten Mann kennen.«

»Dich sieht man auch nicht mit einem Mann«, schoss Enid zurück.

»Ich bin ja auch nicht in Florida!« Mona blinzelte Sandy zu und gab ihr damit zu verstehen, dass zwischen ihr und Morris Minster noch etwas lief.

Enid wandte sich an Mona. »Was soll das alles mit Florida? Du hast doch vermutlich gehört, dass sie das Haus an einen Makler verkauft haben, es praktisch verschenkt haben, und allein schon das Treppengeländer ist ein kleines Vermögen wert … importiert … ich sage es dir, Mona, eine Enttäuschung nach der anderen …«

»Sei froh, dass es ihnen gut geht. Das zählt doch schließlich.«

Enid seufzte. »Wer kann das wissen? Wenn ich noch mal von vorn anfangen könnte, würde ich vieles anders machen, das kann ich dir sagen.«

»Wer täte das nicht?«, fragte Mona.

Ja, dachte Sandy. Wer täte das nicht? Ich würde meine Hochzeitstage vielleicht mit Shep und Norman seine vielleicht mit Brenda verbringen, ganz gleich, was unsere Eltern dazu sagen würden. Nein … Moment mal … Das ist unfair … Ich kann nicht in alle Ewigkeit die Schuld auf Mona schieben. Ich bin diejenige, die Norman geheiratet hat. Niemand hat mir ein Messer an die Kehle gehalten. Hör auf zu denken, Sandy, das Denken tut zu weh …

»Sandy, du hast dein Essen ja noch gar nicht angerührt«, sagte Mona.

»Wer kann ihr das verdenken?«, fragte Enid. »Probier doch erst mal, diesen Dreck zu schneiden, den man hier Roastbeef nennt, und die Suppe ist kalt, genau wie beim letzten Mal.«

»Was ist denn deiner Lippe passiert, Tante Sandy?«, fragte Kate. »Sie wirkt so geschwollen.«

»Schon wieder ein Ausschlag, San?« Myra sah sie aufmerksam an.

»Nein, es ist …« Sandy hatte mit großer Sorgfalt Makeup aufgetragen und gehofft, dass niemand etwas bemerken würde.

»Wir wollten nicht, dass ihr es erfahrt«, sagte Norman, »aber Sandy hatte vor zwei Tagen einen kleinen Unfall. Sie ist die Treppe hinuntergefallen.«

Sehr gut, Norman. Sehr fantasievoll.

»Sandy, mein Schätzchen!« Mona wirkte betroffen.

Sandy versuchte, das Thema mit einem Lachen abzutun. »Nur die drei untersten Stufen. Ich bin einfach gestolpert.«

»Warst du beim Arzt?«, fragte Mona.

»Ja, natürlich.«

»Bist du sicher, dass sonst alles in Ordnung ist?«

»Ja, mir geht es gut.« Sie sah Gordons skeptischen Blick und sie wiederholte: »Mir geht es wirklich gut.«

Nach dem Abendessen brachte Enid einen Trinkspruch aus. »Mögen die nächsten dreizehn Jahre ebenso glücklich sein!«

»Zwölf«, sagte Sandy.

»Dann wünsche ich euch eben noch ein Jahr mehr Glück.«

»Wie wäre es mit einer Kleinigkeit zu unserem Hochzeitstag, San?«

»Du hast mir schon ein goldenes Armband geschenkt.«

»Aber ich habe noch nichts von dir bekommen.«

»Ich wusste nicht, was ich dir schenken soll.«

»Ich begnüge mich mit einer Kleinigkeit. Erinnerst du dich noch an unsere Hochzeitsnacht, San?«

»Ja, sehr gut.«

»Und an unsere Flitterwochen?«

»Mhm.«

»Damals waren wir wirklich sehr entflammbar, meinst du nicht?«

»Ich glaube schon.«

Er rollte sich auf sie. »Hast du das Pessar eingesetzt?«

»Nein.«

»Ich hole es dir.« Er schlurfte ins Bad und kehrte mit dem blauen Plastiketui zurück.

»Norman, warum hast du mir nie erzählt, dass du Biologe werden wolltest?«

»Damals war ich noch ein kleiner Junge. Als ich dich kennen gelernt habe, hatte ich es mir schon anders überlegt.«

»Ich wünschte trotzdem, du hättest es mir erzählt … das, und auch das mit Brenda …«

»Das ist schon so lange her.«

»Es muss dich verletzt haben, als sie davongelaufen ist.«

»Ich möchte nicht darüber reden.«

»Manchmal muss man über Dinge reden, auch wenn es wehtut.«

»Sieh mal, ich hätte Brenda ohnehin nicht heiraten können.«

»Warum nicht?«

»Weil sie zu … zu …«

»Zu was?«

»Zu anders war.«

»Weil sie eine Schickse war?«

»Sie war eine Schickse, sie hatte nichts studiert und wenn du die Wahrheit wissen willst: Ich habe ihr die fünftausend Dollar geschickt, weil ich ihr gegenüber immer Schuldgefühle hatte.«

»Sie ist dir doch davongelaufen.«

»Und ich war erleichtert. Ich wusste, dass ich sie nie geheiratet hätte.«

»Aber du hast sie geliebt.«

»Was ist schon Liebe?«

»Ein tiefes Gefühl.«

»Ich sage doch, dass ich damals noch ein kleiner Junge war. Das alles spielt jetzt wirklich keine Rolle mehr.«

»Wie war es, als du sie in New York wieder gesehen hast?«

»Ich habe nicht mit ihr geschlafen. Das weißt du doch schon.«

»Aber du hättest es gern getan?«

»Ich habe darüber nachgedacht.«

»Vielleicht hättest du es tun sollen.«

»Vielleicht.«

»Warum hast du mich geheiratet, Norman?«, fragte sie leise.

»Warum heiratet man?«

»Ich frage dich.«

»Weil du das richtige Mädchen für mich warst, das Mädchen, mit dem ich den Rest meines Lebens verbringen wollte.«

»Und jetzt?«

»Mir gefällt es so, wie es ist. Das soll heißen: so, wie es bis vor kurzem war.«

»Wir kennen einander gar nicht wirklich, Norm. Erschreckt dich das nicht?«

»Doch, manchmal.«

»Wir sollten einander besser kennen lernen.«

»Wie?«

»Ich weiß es nicht genau. Ich glaube, wir müssen erst uns selbst kennen lernen.«

»Okay.«

»Was ist okay?«

»Ich bin bereit für dich, San.« Er strich mit seiner Hand über ihren Körper.

Sie setzte das Pessar ein.

Sie kam zweimal.

Na ja, warum auch nicht? Wem war damit geholfen, wenn sie nicht kam? Norman nicht. Ihr nicht. Ihrer Ehe nicht.

Statt sich in seinem eigenen Bett zusammenzurollen, blieb er hinterher dicht neben ihr liegen und fragte: »War es gut mit diesem anderen?«

»Es war okay.«

»Wer war es, San?«

»Du kennst ihn nicht.«

»War es genauso gut mit ihm?«

»Es war anders.«

»Bei mir kommst du immer zweimal.«

»Ja.«

»Bei ihm auch?«

»Nein.« *Wie wäre es mit einem fünfgängigen Essen, Mädchen ?*

»Ich finde, du solltest wissen, dass ich verstehe, warum

das alles passiert ist«, sagte er und sie spürte seine Erleichterung. »Ich verstehe es wirklich. Du warst noch ein kleines Mädchen, als du mich geheiratet hast. Du hast nie mit einem anderen Mann geschlafen und du warst neugierig. Ich glaube, ich bin sogar froh, dass dir das jetzt nicht mehr durch den Kopf geht, solange so etwas nie wieder passiert. Denn das wäre das Ende. Ich könnte es nicht noch einmal ertragen.«

»Norm …« Sie nahm seine Hand.

»Mhm.«

»Wenn ich mir die Schamhaare abrasieren würde, glaubst du, dann könntest du … du weißt schon …?«

»Hat *er* das mit dir gemacht?«

»Ja.«

»Und es hat dir gefallen?«

»Ja.«

»Und er ist nicht beinah erstickt?«

»Nein.«

»Ich verstehe, aber wenn du dich rasierst … Hättest du dann nicht Stoppel da unten?«

»Ich weiß es nicht. Ich denke, man muss erst Geschmack daran finden, Norm. Wie bei Hummer.«

»Kann sein … ja, vielleicht …«

»Und ohne Haare, die in deine Luftröhre kommen können, ist es vielleicht leichter.«

»Ja, ich verstehe, was du meinst.«

»Hast du mit Brenda nicht …«

»Nein.«

»Oh.«

»Weißt du was? Rasier die Haare gleich morgen ab und wir versuchen es mal.«

»Das ist ein faires Angebot.«

»Gute Nacht, San. Ich bin froh, dass wir es hinter uns haben.«

»Gute Nacht, Norm, ich bin froh, dass wir damit angefangen haben.«

28

Am nächsten Morgen stand Norman auf und sprühte das Schlafzimmer mit Lysol aus. Er duschte und rasierte sich, küsste Sandy auf die Wange und ging zur Arbeit. Sandy blieb im Bett. Sie dachte über Norman nach, über sich selbst, über ihre Ehe, bis sie das Geräusch eines Motorrads hörte. War er wieder da? War er es? Sie eilte in ihrem Nachthemd zum Fenster. Ja, da stand er. An der gewohnten Stelle. Als er sie am Fenster stehen sah, ließ er seine Jeans auf die Knöchel fallen und fing an. Während er vollauf mit sich beschäftigt war, rief sie: »Wer sind Sie? Setzen Sie doch zur Abwechslung mal Ihren Helm ab.«

Er hörte abrupt auf.

»Sind Sie Dr. Krann?«, fragte sie.

Er zog seine Jeans hoch.

»Ich will wissen, wer Sie sind!«

Er lief zu seinem Motorrad, sprang auf und brauste davon.

Verdammt noch mal! Jetzt würde sie es wahrscheinlich nie erfahren. Wer es auch sein mochte – sie hatte das Gefühl, dass er nicht mehr kommen würde. Heute kamen die Kinder aus dem Ferienlager zurück. In ein paar Wochen würden sie umziehen. Sie hatte viel zu tun. Viel zu viel zu tun, um über den Motoradfahrer oder über irgendjemand anderen nachzudenken.